La sonrisa
del claro de luna

La sonrisa del claro de luna

Julien Aranda

Traducción de Beatriz Villena Sánchez

Título original: *Le sourire du clair de lune*
Traducción al español a partir de la edición publicada por Amazon Publishing, Luxemburgo, 2015

Edición en español publicada por:
AmazonCrossing, Amazon Media EU Sàrl
5 rue Plaetis, L-2338, Luxembourg
Octubre, 2016

Impreso por: Ver última página
Primera edición digital 2016

ISBN: 9781503940147

www.apub.com

Acerca del autor

Julien Aranda nació en Burdeos en 1982, pero creció en las Landas, donde soñaba y leía mucho frente al océano Atlántico. Sus viajes por Sudamérica, Asia y las islas Canarias han inspirado su primera novela: *La sonrisa del claro de luna*. Gracias al apoyo de sus lectores y reafirmado en su vocación, no ha dejado de escribir y, tras un año y medio de arduo trabajo, ha terminado su segunda obra: *La Simplicité des nuages*. Para saber más de Julien Aranda, puedes seguirle en Facebook: facebook.com/julien.aranda o visitar su página web: julien-aranda.com.

A Élodie, a mis padres, a mi abuelo, a mi familia y a mis amigos

Todo, tanto el principio como el final, está determinado por fuerzas sobre las que no tenemos ningún control. Está determinado tanto para los insectos como para las estrellas. Los seres humanos, las plantas o el polvo cósmico, todos bailamos al ritmo de una música misteriosa que un flautista invisible interpreta en la lejanía.

ALBERT EINSTEIN

Kerrassel (Morbihan), 1992

Estaba echado en la cama cuando sonó el timbre. Al principio, me sorprendió. No esperaba a nadie. El despertador marcaba las ocho y media de la noche. Me levanté en la penumbra y miré por la ventana. Un hombre moreno bien vestido, de unos cuarenta años o más, esperaba frente a la puerta. Su rostro no me sonaba de nada. Un comercial, sin duda. Me puse una chaqueta a toda prisa y me dirigí a la entrada. Al abrir la puerta, me encontré cara a cara con aquel sonriente individuo.

—Buenas tardes, señor Vertune —dijo el hombre con acento español.

—Buenas tardes. ¿Puedo ayudarlo en algo?

—Sí —respondió mirándome directamente a los ojos.

—Lo escucho...

—Quería darle las gracias.

—¿Cómo?

—Gracias de todo corazón —dijo rompiendo a llorar.

LUNA NUEVA

1

Las casualidades no existen o, más bien, de haber alguna, sería la propia vida. Un día, mi padre vio a mi madre, quizá fue al contrario, qué más da. El caso es que se descubrieron mutuamente y surgió la magia. Fue amor, al menos eso dice el papel que firmaron ante el alcalde del pueblo. A veces, la teoría y la práctica se parecen a dos hermanas gemelas que se detestan. Mi historia es, ante todo, la historia de un encuentro, pero también es el relato de mi nacimiento. Para los optimistas, llegué al mundo a principios de verano. Para los pesimistas, a finales de junio. Pero si en algo están de acuerdo todos es en que ese verano hizo mucho calor. Durante años los ancianos contaron a todo aquel que quisiera escuchar este episodio dramático para las cosechas, con la amargura propia de quienes han sufrido y con rencor hacia una naturaleza que no hizo nada por evitarlo. Al juzgar que había un clima propicio para iniciar mi viaje uterino, no tardé mucho en nacer a ese frenesí solar. El nacimiento es a la vida lo que el frasco a un perfume y lo que el aburrimiento a la imaginación: conceptos indisociables. Mi madre empezó a sentir las primeras contracciones en el jardín de su granja, mientras estaba agachada recolectando las verduras saturadas de sol. Por aquella época todavía no existían las bajas por maternidad. Las mujeres, embarazadas o no, se ocupaban de las necesidades de su familia, sin ni siquiera plantearse descansar. A gatas bajo el sol, mi madre se sujetó el vientre, suponiendo que su embarazo había llegado a su fin. Llamó al médico y al cura del pueblo, pero apenas les dio tiempo a preparar el instrumental, subirse a la bicicleta y recorrer a toda velocidad los tres kilómetros que los separaban de nuestra granja. A mi padre, también avisado, aquello no le pareció un hecho extraordinario. No había excusas para abandonar el trabajo. Después de todo, yo era su cuarto hijo. Seguro que estaba harto de ver salir de entre las piernas de su mujer las cabezas ensangrentadas de sus futuros críos. La naturaleza en acción solo tiene la belleza que le queramos dar y, en este caso, mi padre no tenía nada de artista. Él prefería la soledad del campo a los gritos lastimeros de su hijo. Su trabajo era su vida. El resto no eran más que futilidades.

෧ඌ

El cura y el médico llegaron al mismo tiempo. Dejaron sus bicicletas apoyadas en la verja del jardín.

—Buenos días, doctor. ¿Qué tal está hoy? —preguntó el cura con esa calidez que suelen tener los hombres de fe.

—Bien, gracias —respondió el médico con frialdad.

—No se le ve mucho en misa los domingos.

—Es porque no me gusta cómo saben las hostias.

—Si ese es el problema, basta con no tomarlas —bromeó el representante de la Iglesia.

El médico, indignado por la réplica del cura, se encogió de hombros. El hombre de Dios bajó la cabeza, decepcionado una vez más por no haber podido iniciar una conversación. A pesar de su fidelidad a la tradición católica, todas sus tentativas habían sido en vano. Su fe en el ser humano no decaía, más bien todo lo contrario, pero había que reconocer que el médico le daba muchos quebraderos de cabeza. Al sacerdote le ofendía la falta de apertura de mente que a veces tenían los hombres de ciencia en cuanto a espiritualidad, esa intolerancia poco disimulada que parecía hacer de ellos genios, poseedores de un secreto millonario del que el populacho, demasiado ignorante para comprenderlo, no tenía la más mínima idea. Cada vez que lo veía, el cura lo intentaba por si había suerte, pero siempre era en vano. En pocas palabras, uno percibía en la procreación una obra maestra de Dios y el otro, más cartesiano, solo veía la prueba de la supervivencia de la especie. Una diferencia importante de puntos de vista. Todavía no había nacido y ya echaba raíces en torno a mí la paradoja de la vida. Nada bueno podía esperarme allí fuera. O si había bondad, tendría que cavar hondo para desenterrarla. Quizá ese era mi destino. El *leitmotiv* de mi existencia quedó marcado el día que la luz dañó mis retinas. Redondear los ángulos. Pulir los conflictos. Comprender más que castigar. Amar más que odiar. En cuanto cortaron el cordón umbilical, mi cuerpo fue zarandeado entre el instrumental médico y el agua bendita del cura.

—Déjeme bendecirlo —insistió.

—Sí, bueno, pero espere un segundo a que me asegure de que su corazón late como es debido.

—Gracias, Señor, por este regalo lleno de gracia...

—¡Se quiere callar ya de una vez, que no escucho nada! —exclamó el médico extenuado.

—Perdóneme, pero debo proceder con los ritos tradicionales de mi Iglesia.

—¡Al diablo sus ritos y déjeme hacer mi trabajo! —gritó el otro en dirección al cura, que palideció ante la evocación de semejante blasfemia.

Deslizó su estetoscopio por todo mi cuerpo, palpó mis órganos genitales y examinó mis pupilas, mis oídos, mi cuero cabelludo, mis dedos y mis pies. Comprobó mis terminaciones nerviosas con instrumentos a cual más austero. Su ritual se prolongó tanto tiempo que mi madre empezó a dudar de su utilidad. Se preguntaba si el objetivo de toda esa comedia no era más que sacar de quicio al cura, impaciente por bendecir mi cuerpo de recién nacido. Por fin acabó su minucioso examen.

—Todo está bien, señora. Su hijo goza de muy buena salud —afirmó satisfecho.

—Muchas gracias.

—A usted. Bendígalo con todas sus boberías —le soltó con desdén al cura, que estaba justo detrás de él.

Este último me cogió con dulzura y sumergió mi cabeza en el agua bendita. Pronunció unas palabras en latín antes de envolverme con una toalla. Algunos científicos afirman que el día de nuestro nacimiento, el cerebro saca conclusiones de toda esta mascarada extraña que condicionan nuestra existencia para el resto de nuestros días, como si un gigantesco cordel surgiera de nuestras cabezas. Por desgracia, son pocos los que se acuerdan de su nacimiento. Uno de mis hermanos mayores me relató estos hechos unos años más tarde. Me contó cómo, en el momento en el que los dos hombres me sostuvieron, un flujo ininterrumpido de lágrimas empezó a rodar por mi rostro de bebé. A la salida de la vagina, la desesperación me esperaba, solapada y cínica. Ya echaba de menos mi estrecha morada en el seno materno, ahí donde todo empieza, donde nada importa y donde solo hay silencio y reposo. Después, cuando el cura me puso en los brazos de mi madre, el llanto cesó y la fuente de desesperación se secó de repente. En cierto modo, comprendí que mi progenitora era mi aliada, mi luz en la oscuridad. La presencia de una mujer ya me provocaba una sensación agradable, diferente de la generada por los hombres. El auténtico milagro del nacimiento se produjo entonces, no en el sentido estricto del término, mecánico y sanguinolento, sino en el metafórico y espiritual, la fusión de dos seres para la eternidad. Una enorme sonrisa se dibujó en mi rostro como ofrenda a mi madre, a la vez emocionada y aliviada por separarse de una parte de sí misma. En ese momento exacto, en los meandros de mi inconsciente, se representaba una obra de teatro cuyos protagonistas me ofrecían un espectáculo cargado de conclusiones. La primera, que había que desconfiar de los hombres y de su sed patológica de poder. La segunda, que aunque se sufra, nunca hay que perder la sonrisa porque, como se suele decir en el campo, no te pide pan. Y, por último, la tercera, que hay que vivir intensamente y jamás esconderse detrás de pretextos en los que solo creemos a medias. En ese momento, apareció un destello de luz, titilando en mis pupilas como una antorcha en la noche.

2

Ese día, el 26 de junio de 1929, en el calor del verano, me ofrecí a la vida con total desnudez, tanto física como intelectual y emocional. Mi madre me tomó en sus brazos y me dio un largo beso. Estaba acurrucado contra su pecho como un frágil animalito recién nacido, dependiente de sus cuidados y sus caricias. El cura observaba la escena con una sonrisa enternecida dibujada en la cara. El médico, sin embargo, ordenaba el instrumental en su maletín sin prestarnos atención. Parecía tener prisa por salir de la habitación.

—¿Y cómo piensa llamar a este jovencito? —preguntó el miembro del clero a mi madre.

—Paul —respondió ella.

—Es un nombre bonito. Paul es el decimotercer apóstol de Jesús según la tradición católica. Se le considera diferente al resto por ser sensible, poeta, soñador y el apóstol de los gentiles. Es un nombre que le va bastante bien a su hijo. Siento que él también es diferente...

—¿Diferente por qué? —interrumpió el médico—. ¡Tiene un corazón, dos piernas, dos brazos, dos pies, dos manos, una cabeza! Con los debidos respetos, señora, no hay nada más banal que un recién nacido...

—No hablo de su envoltorio carnal, doctor, sino de lo que hay en el interior...

—¿En el interior? Pues hay vísceras, kilómetros de venas por las que circula un líquido rojizo, huesos que lo mantienen erguido, nervios que hacen que se mueva, músculos que lo ayudarán a cargar con el trigo en los campos para alimentar a su familia, ligamentos, tendones que se degradarán con los años, células llenas de agua, mucha agua, agua por todas partes, y, por supuesto, un cerebro, que le permitirá priorizar, tener sentido de la realidad y no de una ficción cuya veracidad nadie puede demostrar. ¡Eso es lo que hay en el interior de este niño, señor don cura párroco! Y, ahora, perdónenme, pero tengo que irme. Tengo otros pacientes que esperan que me ocupe de su cuerpo enfermo y no voy a curar sus males precisamente con boberías. Adiós, señora. Venga a verme con regularidad para verificar la buena salud de su hijo.

—Adiós, doctor —dijo el cura decepcionado, aunque jamás rencoroso.

El médico se alejó a paso rápido con su maletín en la mano. Cuando llegó al marco de la puerta, se detuvo y se dio media vuelta.

—Bueno... Enhorabuena, señora, tiene usted un hijo muy guapo —titubeó antes de desaparecer.

Mi hermano me contó que el cura esbozó una leve sonrisa antes de volver a felicitar a mi madre e irse él también. Bordeó el muro de la granja, se subió a la bicicleta y accionó el vetusto mecanismo de su piñón mayor cubierto de óxido. Se alejó despacio, tarareando un cántico lleno de esperanza, cuya agradable melodía inundaba el camino como un reguero de humanidad bien empleada. A continuación, desapareció con el sentimiento del deber cumplido.

❦

El 26 de junio por la noche, cuando mi padre volvió a la granja, se detuvo frente a mí. Su rostro no reflejaba ninguna emoción, solo el cansancio propio de un hombre agotado por tanto trabajo.

—Este crío no se me parece en nada —declaró con indiferencia.

—¿Ah, no? Pues yo creo que tiene tus ojos y tu boca —replicó mi madre.

—Parece flacucho.

—Es un poco pronto para decirlo.

—A mí, con que me ayude en el campo, me parece bien. El resto me da igual.

Una vez satisfecha su curiosidad, se alejó de la cama y se fue a dar de comer a los animales. Para él, yo solo era una boca más que alimentar y dos manos adicionales para ayudarlo a segar el campo. Ni más ni menos. Mi destino ya estaba esculpido en piedra. Seguiría al pie de la letra los pasos de mi progenitor y sembraría la tierra fértil con puñados de semillas y me agacharía para recolectar los tallos dorados. En su cabeza no cabía ninguna otra opción viable, ninguna otra alternativa posible, ninguna magia capaz de suplantar la dolorosa realidad de nuestros campos. Una inmensa línea recta, rutinaria, en la que yo quedaría enclaustrado, como un monje en su abadía. Las adivinas no podrían timarme en la feria del pueblo al contemplar mi mano. Ningún engaño posible, solo una línea de vida conforme a las exigencias de mi progenitor, nada más: siga su camino, gracias. Mi padre era un hombre misterioso que jamás llegué a conocer realmente. La expresión de su rostro, carente de emociones hasta el extremo, de toda veleidad de emoción en sí misma, no se tradujo jamás en sentimiento alguno de amor hacia mí. Sus ojos reflejaban un vacío abismal, un pozo sin fondo en el que el marasmo se había precipitado en su más tierna juventud, impregnando la piedra hasta corroerla por completo, pero la roca era sólida y la estructura del pozo no vaciló a pesar de la podredumbre estancada. Su frialdad extrema me daba tanto miedo como su falta de humanidad. Un muro de incomprensión se erigía entre nosotros. La muralla de las emociones. Además, mi entusiasmo contrastaba demasiado con su concepto triste y cerrado de la existencia. Jamás estrechamos lazos. En cuanto a mi madre, ¿qué amaba ella de un hombre tan austero? Los caminos del amor, como los del Señor, son inescrutables. Nunca fui capaz de descifrar el misterio de esta unión inestable y anárquica. Mi madre no tenía nada que ver con su marido, más bien todo lo contrario. Católica fervorosa que iba a misa todos los domingos, cantaba a la gloria de Dios a pesar de no afinar demasiado. Su físico agradable apenas se había visto afectado por los partos en cadena y las tareas del hogar. Conservaba una silueta esbelta, dulce y pueril. A veces, nuestro físico es el reflejo de nuestra alma. La gente abierta parece más joven, al contrario que la gente cerrada, que aparentan mayor edad, como si existiera una correlación entre nuestros órganos capaz de controlar inexorablemente nuestro destino. Mi madre me quería con todas sus fuerzas, con todo su ser, y me protegía como podía de la autoridad de su marido. Con un coraje del que mi padre carecía cruelmente, ella me consolaba de los vaivenes de la vida.

3

Mis primeros años estuvieron marcados por los mugidos de las vacas, el olor a heno, el perfume de las frambuesas que cubrían el jardín y las salpicaduras saladas del mar que acariciaban las costas bretonas a algunos cables de la casa. No tenía yo preocupación alguna, aquella época fue la edad de oro en la que solo me preocupaba por el placer de experimentar. Apreciar la vida sin pensar en el mañana. Aprendí a hablar, a andar y a correr a toda velocidad por los innumerables paisajes del golfo. Mis tres hermanos, Jacques, Guy y Pierre, me hicieron descubrir este entorno en el que todo me maravillaba, de los insectos a las plantas, de los moluscos a los peces, de los trigales a los caminos por los que rugían los motores de los automóviles.

—¡Paul, por aquí, una luciérnaga! —gritaba Jacques cada vez que divisaba al extraño coleóptero iluminando la maleza con su tenue luz pálida.

—¡Luciéeeernaga! —gritaba yo maravillado, insistiendo en la *e* hasta hacer que la palabra acabara siendo una sombra de sí misma.

Andaba intrigado hacia el insecto, creyendo que era un ser de la era de los dinosaurios, profesando el mismo culto metafísico por el coleóptero que los incas consagraban al sol. Su mundo me intrigaba, ese mundo de silencio, de susurros. Cuando eres pequeño, la imaginación está libre de manchas. No está cortocircuitada por el pensamiento nefasto de su ser en evolución. Ningún adulto rinde culto a un insecto, excepto quizá los entomólogos, por ser esa su profesión. Con infinita dulzura, sujetaba al animal en mis manos y admiraba su luz verdosa, delicada y tranquilizadora. A veces, se apagaba de repente, sin razón alguna. La volvía a dejar en su sitio, sintiéndome culpable por haber perturbado su quietud luminosa, ella que no se metía con nadie. Jacques comprendía mi decepción y me rodeaba con los brazos. Por aquel entonces, era un tipo simpático.

ᑫᕵ

A veces, cuando mis padres no miraban, me iba de aventura a nuestro jardín, lleno de manzanos dispersos. Me refugiaba bajo la sombra de estos árboles inmensos cuyos frutos me sobresaltaban de vez en cuando al caer al suelo. Sus hojas, de formas prominentes, bailaban al ritmo del viento. Las observaba durante horas sin fruncir el ceño, hipnotizado por su baile aéreo. Con frecuencia, una de ellas se descolgaba de su rama y planeaba sobre mi cabeza, contorsionándose bajo las rachas de viento, revoloteando en el vacío, hasta estrellarse en el suelo susurrando. Cientos de pequeños insectos dibujaban líneas a lo largo de la corteza de los árboles. Sus largas espirales se enrollaban en las ramas, en silencio, a pesar de los millones de patas que arañaban la madera. Contemplaba la naturaleza tan vívida y tan exuberante que me rodeaba. Me tumbaba en el suelo y admiraba el cielo durante horas. Su azul infinito me maravillaba, así como el manto de puntos luminosos del que hacía gala por la noche. Sin embargo, en esta decoración nocturna, había algo que me intrigaba allí arriba, una especie de guijarro luminoso posado en el vacío. Durante mucho tiempo, lo escruté con inquietud, sin comprender qué hacía allí. A veces lo veía de día, más pálido, más apagado. Su forma cambiaba sin parar: unas veces parecía un cruasán y otras era como un tazón o una pelota. ¿Qué mensaje quería transmitir? Yo intentaba encontrar una lógica, un sentido, y me estrujaba la sesera hasta donde me lo permitía mi cerebro de niño. El enigma era absoluto. Cuando tuve edad suficiente para hablar, al no poder más, interrogué a mi madre.

—Mamá, ¿qué es eso?

—¿Eso? ¡Es Laluna! —me respondió con el tono de quien dice una obviedad.

Pensé que era un nombre bastante curioso para una piedra colgada del cielo. A pesar de todo, seguía observándola a través de la ventana, entonces con menos inquietud, por saber ya su nombre. Ese fue el inicio de una gran historia de amor entre ella y yo. Mi piedra colgada del cielo. Al echar la vista atrás, creo que siempre fui ese niño embelesado, con los brazos extendidos sobre la hierba, desbordado de emociones, con las lágrimas rodando por las mejillas hasta caer al suelo en forma de pequeñas perlas brillantes.

—¿Paul Vertune? Ah, sí, el pequeño Paul, ¿ese que siempre tiene la cabeza en Laluna? Nunca se esforzará mucho en nada, él no está hecho para trabajar —murmuraba la gente en la intimidad.

Los lugareños, cuando hablaban de mí, esbozaban una mueca dubitativa que ni a mí se me escapaba. Ya desde mi más tierna infancia, veía una connotación peyorativa en esa expresión, tener la cabeza en Laluna, como si soñar estuviera prohibido y conmoverse constituyera un delito. Al fin y al cabo, ¿qué hay de malo en observar los astros celestes durante horas? Jamás he tenido la impresión de cometer hurto ni, peor, crimen alguno. Pero la mirada infantil oculta la sórdida realidad. Todavía no es capaz de vislumbrar los vicios ocultos ni las luchas de poder. Más tarde comprendí el verdadero problema: la holgazanería. Esa debilidad mental que en ocasiones algunos consiguen gestionar a las mil maravillas sin que nadie se dé cuenta. Pero la holgazanería, aquí, era la muerte. Y su opuesto, la vida: la vida era el trigo, el oro de la tierra. La economía de mi pueblo dependía de ese cereal. El trigo, caprichoso, respondía a un ciclo vegetal estricto en el que el más mínimo error se pagaba caro, hasta tal punto que se había convertido en el centro de nuestras vidas. A fin de cuentas, nacer allí no nos dejaba demasiado margen de decisión. Era el trigo o el exilio. El trabajo duro o la mera subsistencia. La mayoría de los lugareños, muy aferrados a sus raíces, heredaban la granja de sus antepasados y cultivaban la tierra hasta el día de su muerte. Sus vidas se reducían a eso. El conformismo más absoluto, el más inextricable. El trigo, ahora y siempre... A veces acompañaba a los hombres al campo y me sentaba en una esquina a observarlos. Mis hermanos a duras penas si levantaban los ojos, celosos por no poder beneficiarse ya de ese periodo sin preocupaciones. Mi padre, por su parte, me vigilaba con indiferencia. Su mirada, ya cargada de reproches, se eternizaba sobre mí.

Parecía decirme que tarde o temprano llegaría mi momento, que, como todo el mundo, tendría que labrar la tierra, sembrar el grano, acondicionar las parcelas, organizar la cosecha, segar el trigo, recolectar el trigo, negociar el precio con los mayoristas deshonestos, volver a casa agotado y acostarme con la espalda ardiendo. Y al día siguiente, vuelta a empezar, toda la jornada, de sol a sol, todos los días que Dios estime, sin tregua, sin descanso, porque el trigo no espera. Jamás. Sabía que eso acabaría borrando de mi rostro esa sonrisa que tanto lo exasperaba.

Estaba seguro de que mi padre me odiaba desde el día en que nací. Pensaba que era demasiado diferente de él, más despreocupado, más interesado en pensar que en hacer. El pensamiento, en el campo, se considera un virus que hay que erradicar. Una plaga destructora, una vergüenza, un sacrilegio familiar. Aquí no se piensa, se actúa. Se siega el trigo y punto. Además, qué clase de manía extraña es esa. Qué grosería. El pensamiento es un invento de los perezosos, un subterfugio para huir de una realidad difícil, un cáncer. Mi padre no pensaba nunca. Trabajaba duro, sin refugiarse jamás ni eludir sus responsabilidades como hombre. Justo al contrario que yo. Gracias a ese cáncer que se había apoderado de mí, lo comprendí muy pronto. Mi mente jugueteaba sin parar, libre como el viento, con el único fin de protegerme del sufrimiento. No dejaba de reinventar una realidad en la que me sentía bien, como un pájaro en su nido, con el pico en alto para que lo alimenten, algo que mi padre odiaba por encima de todas las cosas.

෮

Cuando tenía cinco años, la primera señal del destino llamó a mi puerta. Toda mi historia es una sucesión de casualidades, golpes de suerte y coincidencias, que cada uno lo llame como quiera. Yo personalmente las llamo señales del destino. Poco importa que la expresión pueda parecer ingenua. Ese día, se abrió ante mí un camino sobre el que todo mi cuerpo se abalanzó, sin remordimiento ni arrepentimiento alguno. Un domingo, después de misa, pusimos rumbo hacia el oeste, a la península de Rhuys, en dirección al puerto de Arzon, que se alza frente al inmenso océano Atlántico. Al llegar, nos dimos cuenta de que había una multitud de curiosos reunidos en torno a un navío. La gente gritaba mientras acariciaba el monstruo de chatarra oxidada hasta la médula. Algunos, maravillados, charlaban con unos hombres vestidos de manera extraña. Era la primera vez en mi vida que veía semejante atuendo. Un sombrero plano con una bola de pelo encima, un jersey a rayas azules y blancas, un pantalón de lona azul marino y unos zapatos finos trenzados. Los personajes parecían haber salido de una época futurista. Mis hermanos corrieron en su dirección y se plantaron delante. Al verlos aparecer con los ojos abiertos como platos, llenos de admiración, aquellos hombres, seguramente acostumbrados a este ritual apasionado, acariciaron sus melenas rubias. Mi madre también se acercó. Yo seguía caminando sin decir nada, cautivado por el misterio de estos hombres de extraño uniforme. ¿De dónde vendrían? ¿De Laluna? ¿De esa piedra del cielo? ¿Acaso eran los responsables de su luz? ¿El océano estaba lleno de pasadizos secretos por los que podían llegar allí arriba? A medida que me iba acercando, me entusiasmaba más la idea de conocer la verdad sobre mi piedra. Apretaba fuerte la mano de mi madre, con el corazón latiendo en mi pecho como si fuera un tambor aporreado por su baqueta. Cuando llegamos a su altura, levanté la mirada para poder apreciar sus excéntricos trajes. Uno de ellos se arrodilló, cogió su extraño sombrero y me lo puso en la cabeza.

—Pues ya está, ya eres marinero tú también —exclamó el hombre sonriendo.

Esta extraña frase, aparentemente anodina, resonó en mi mente durante años. Hay palabras que nos marcan a fuego para el resto de nuestra vida. Conservamos el rastro indeleble de sus letras, como un tatuaje que nos acompaña a lo largo del tiempo. En las fibras del tejido fijado a mi cabeza habían quedado impresos los grandilocuentes siglos de solidaridad de esta hermandad tan antigua. Podía sentir toda su fuerza, toda su energía y toda su filosofía. El hombre recuperó su gorra y volvió a calársela. Acarició mi cabeza sin saber que en ella había sembrado una idea que le daría forma durante años, como un escultor trabaja la piedra, moldeando cada uno de los rincones de mi cerebro, fijando las bases de una vocación. Después, el hombre se dirigió a la embarcación, subió los escalones de la pasarela y saludó a la multitud que se arremolinaba abajo. Los motores no tardaron en rugir en el puerto. Una ola de espuma blanquecina surgió de la popa del navío. La muchedumbre gritó absorta. El barco empezó a moverse y a alejarse en el horizonte. No le quitaba los ojos de encima a mi marino, que agitaba los brazos en el puente, contento por despegar rumbo a Laluna. El barco desapareció en los reflejos borrosos del océano. La gente se fue dispersando poco a poco, cansada de esa efímera distracción. En cuanto a mí, seguía allí, inmóvil, con los ojos fijos en el mar. Con cinco años ya me había ido con ellos, al asalto de las tempestades y las corrientes. Yo también saludaba a la muchedumbre, que estaba orgullosa de mí. Desde ese momento, tuve muy clara mi elección. De mayor sería marinero. Como ellos. Partiría hacia altamar, con la brisa marina acariciando mis mejillas en el puente del barco y una sonrisa ingenua dibujada en los labios. Si mi padre me concediera algún día ese privilegio...

4

Los días pasaban apaciblemente en el golfo de Morbihan. Mi padre
y mis hermanos iban al campo mientras yo ayudaba a mi madre
en las tareas cotidianas. Recolectaba la fruta del jardín, ordeñaba
las vacas, recogía la leche y daba de comer a los animales. Todas las
mañanas, íbamos al mercado del pueblo para aprovisionarnos de
cuanto necesitáramos para preparar la cena. Las mujeres de los agri-
cultores, engañadas por sus maridos con aquellas amantes vegetales
suyas de las que tampoco podían privarse, acudían a la plaza a charlar
un rato. Así se apoyaban mutuamente en su soledad. A pesar de lo
que pudieran decir los machos henchidos de orgullo, las jornadas
de mi madre eran agotadoras. La rutina diaria abarcaba una serie de
tareas, repetitivas hasta la saciedad, todas ellas alienantes, pero el
miércoles, día de colada, era diferente. Yo lo esperaba con impaciencia, tachando los días en un calendario imaginario, llenando de cru-
ces el muro invisible del tiempo que pasa. El martes por la noche,
antes de irme a dormir, se me erizaba el vello de todo el cuerpo de la
emoción. Me costaba muchísimo cerrar los ojos, tanto como calmar
mi agitación. Mis extremidades se agitaban en la cama, mi corazón
palpitaba y mi respiración se aceleraba. Todo parecía desbocado a mi
alrededor. La emoción era tan viva que, a veces, temblaba de miedo

ante la idea de no poder contenerla. Me invadía con toda su fuerza, con toda su incertidumbre. Atemorizado por los sobresaltos de mi ser, giraba la cabeza hacia la ventana. Laluna resplandecía en el cielo, a veces pálida y débil, otras brillante y en todo su esplendor. Sus rayos dorados diseminaban por el cielo notas musicales, cuya partitura silenciosa apaciguaba mi mente atormentada. Sobre la almohada de paja, mis pupilas titubeaban en un vaivén indomable hasta acabar tranquilizándose, vencidas por la melodía. Me dormía plácidamente.

Por la mañana, íbamos al lavadero a hacer la colada. Mi madre tenía sus costumbres. Las mujeres del pueblo se reunían allí para hacer de esta tarea aburrida algo más divertido. Me gustaba aquello más que nada en el mundo, ese ambiente tan singular y alegre, el olor del jabón que perfumaba el aire, las risas sin complejos de esas mujeres que, durante unas horas, no estaban sometidas al yugo de la autoridad de sus maridos. En la intimidad de su vetusto lavadero, se despojaban de las cadenas de esposas sumisas, se liberaban y renacían. Creaban un torbellino de pompas y sonreían a la vida como pocas veces lo hacían a sus hombres. El resto de la semana, erraban como fantasmas en sus moradas. Las horas en el lavadero eran su burbuja de oxígeno, su momento de libertad. El miércoles, jugaban a ser las mujeres que habían dejado de ser y yo las observaba, maravillado por el espectáculo que protagonizaban. Al final, cansadas de ser ellas mismas, extendían los brazos en la hierba, sin aliento. Yo aplaudía su interpretación, algo triste porque la pieza hubiera terminado. Mi madre, jadeante, me regalaba inmensas sonrisas en las que la locura se imponía a la razón antes de ir desapareciendo la primera poco a poco. Se había acabado. Había que volver a la granja. Me sujetaba con fuerza a su mano para recorrer los caminos de tierra en la oscuridad de la noche. Me susurraba palabras tiernas al oído para tranquilizarme. Estábamos solos en el mundo, solos los dos, con las estrellas a modo de linternas. Cuando llegábamos a casa, me soltaba la mano y desaparecía hasta el día siguiente. Es bastante probable que temiera que mi padre le reprochara un exceso de cariño hacia mí. Comprendí muy joven que las relaciones entre ambos sexos eran complicadas, que estaban separadas por un río que, de vez en cuando, se desbordaba por culpa de las emociones. O se secaba. La educación marca a los niños para siempre. Fue así como crecí, en medio de un torbellino de emociones contenidas en origen, reprimidas, sin saber que un día todos los cadáveres que había en el fondo del río acabarían por subir a la superficie.

൭

Una tarde de julio, recién cumplidos los seis años, mi hermano Jacques me enseñó a pescar almejas en el golfo. Me empapaba de sus palabras y escuchaba con atención sus prudentes consejos. Me enseñó a detectar los lugares de pesca, a escarbar en la arena y a no forzar la espalda. De inmediato me abalancé con entusiasmo a la captura de mi primer crustáceo, dispuesto a todo para impresionar a mis progenitores, para brillar a los ojos de mi padre. Unas horas después, mi cubo seguía igual de vacío que un cielo sin nubes. El cubo de Jacques estaba lleno a rebosar. De todos sus hijos, Jacques era su favorito, el más productivo, el que más trigo cosechaba y el que pescaba más crustáceos para el almuerzo del domingo. La familia no ahorraba en elogios en su honor y pensaban que mi hermano sería el futuro propietario de la granja de los Vertune. Jacques era el mayor, el hijo al que mi padre admiraba en secreto. Justo lo contrario que yo. Con el tiempo, en la familia se estableció una jerarquía efectiva. La competencia entre los hermanos se hacía cada vez más evidente. Sin embargo, en esta carrera hacia la gloria parental, yo tenía una ventaja importante: no estar jamás a la altura. Además, Jacques adoraba a su hermanito pequeño. Veía en mí más un compañero de juego que un adversario. Esta deducción había hecho que me tomara bajo su tutela. Si no hay oposición, por qué no convertirse en aliados.

33

Los últimos rayos de sol se resistían a la oscuridad sobre el mar y había llegado el momento de resignarme a regresar con las manos vacías. Pedaleaba rumbo a la granja cuando, unos cuantos metros antes de llegar, escuché una voz. Dejé la bicicleta sobre la hierba y rodeé despacio la verja. Los animales encerrados, que bramaban ante la presencia de la raza humana, ocultaban el ruido de mis pasos. Me deslicé pegado al muro hasta otear a mis padres en plena discusión.

—¿Qué vamos a hacer con él? —vociferaba mi padre con tal desprecio que supe de inmediato que estaba hablando de mí.

—Dale una oportunidad, llévatelo al campo, enséñale a trabajar la tierra.

—No sirve para nada, no hay nada que rascar en ese crío. No es como sus hermanos, no es fuerte, ¡es un blandengue!

—Eres demasiado duro con él —se rebeló mi madre—. Es cierto que es diferente a los otros, pero esa no es razón suficiente para despreciarlo.

—Bueno, ya veremos. Mañana me lo llevo al campo con nosotros.

Mi suerte estaba echada. Los dados se habían lanzado ya trucados. Sentí la injusticia de no ser más que un niño, de no tener ni voz ni voto. Mi padre miró hacia donde yo estaba. Me estremecí y me escondí detrás del muro, acurrucado sobre mí mismo, con el miedo en el estómago. Temía que viniera a sacarme de mi escondrijo, furioso porque su propio hijo lo espiara, pero se quedaron dentro de la granja y ya no oí nada más. Y entonces se hizo la oscuridad. En una esquina del cielo, Laluna me seguiría sonriendo, con sus inmensos cráteres a modo de hoyuelos. En cuclillas tras el muro, oculto como un prisionero a la fuga, presentí que el periodo de despreocupación había llegado a su fin. Las tardes en el lavadero, deleitándome con la belleza de las mujeres liberadas, pronto no serían más que un recuerdo lejano. Las nubes se acumulaban en el cielo, negras, siniestras, como los años venideros. Había llegado el momento de convertirme en un hombre.

5

Mi padre me despertó al alba. Su rostro estaba inclinado sobre mí. Me observaba en la oscuridad con el pelo aún revuelto. Me puso un dedo en los labios y me ordenó que lo siguiera. A mi alrededor, todos mis hermanos dormían a pierna suelta. En la casa, reinaba un silencio absoluto. Me froté los ojos, me levanté despacio del colchón de heno y caminé a tientas en la penumbra. A medida que iba avanzando, empecé a experimentar un sentimiento extraño de curiosidad mezclada con miedo. ¿Por qué demonios me despertaba tan pronto y dejaba a mis hermanos seguir durmiendo? Fuera, el frío del alba me acarició el rostro y el rocío de la mañana mojó mis pies descalzos. Mi padre me esperaba junto al corral de los animales y me miraba con tristeza. Me senté sobre un trozo de madera. Frunció el ceño mientras preparaba su discurso solemne.

—Hoy te voy a enseñar a trabajar la tierra —dijo con frialdad.

—Sí, papá.

—Más adelante, en septiembre, te presentaré al maestro del pueblo. Irás al colegio por la mañana y trabajarás el campo por la tarde.

Hizo una pequeña pausa y clavó sus ojos en los míos con aire amenazante.

—Paul, quiero que te conviertas en un hombre que alimenta a su familia con el sudor de su frente, que se levanta temprano y trabaja toda la jornada sin poner mala cara, soñar ni pensar, solo trabaja la tierra y alimenta a su mujer y sus hijos. Si no lo consigues, no podré hacer nada por ti. Aquí, nacemos en el campo y morimos en el campo. Los que no están contentos se van. ¿Lo has entendido?

—Sí, papá.

—Ve a despertar a tus hermanos mientras que yo preparo los aperos. Diles que salimos en quince minutos.

Corrí en dirección al dormitorio y desperté a mis hermanos de uno en uno. Todos comprendieron que había llegado mi turno. La infancia había llegado a su fin y las primeras responsabilidades ya asomaban por la esquina. Desayunamos en silencio y salimos sin decir ni una sola palabra, con las herramientas en la mano. Mi padre abría la marcha, orgulloso como un gallo, saludando a todo aquel con quien nos cruzábamos por el camino. Esperaba con impaciencia el momento en el que el sudor empezara a rodar por mi frente, en el que suplicara una pausa, extenuado por el calor. Cuando llegamos, cada uno ocupó su puesto en silencio, con la cabeza gacha, como soldaditos buenos que van a la guerra. De repente me vi en el borde del campo sin tener ni idea de cómo tenía que trabajar la tierra y sin haber recibido formación alguna.

—Paul, ven aquí —gritó mi padre.

—Sí, papá —respondí abalanzándome hacia él.

—Los primeros meses, nos verás trabajar y nos ayudarás cuando te lo pidamos.

—Sí, papá.

—Pues a trabajar.

Obedecí, frustrado por no poder seguir disfrutando de la ternura de mi madre ni de sus sonrisas condescendientes. Como en toda organización, el trabajo en el campo contaba con su propia jerarquía establecida con el paso de los años y la experiencia. Nadie hacía ninguna excepción a la regla. Todo el mundo empezaba por lo más bajo de la escala e iba subiendo peldaños en función de sus méritos, ya fuera por la cantidad de trigo sembrada o cosechada o por las temporadas trabajadas. Mi padre me asignó mi primera tarea y debería cumplir con ella los dos meses de verano. Digamos que yo era el chico para todo. El escalón básico de esta larga ascensión hacia la responsabilidad. Por primera vez en mi vida, tenía un empleo. Esta palabra, indisociable de la condición humana, tenía una especial importancia en la mente de mi padre. En la mía, ni era así ni auguraba nada bueno.

Me tragué todo mi orgullo y me entregué al trabajo sin pensármelo dos veces, ansioso por brillar ante los ojos de mi progenitor, por desagraviar mi conducta. Mi función era ayudar a quien más lo necesitara. En la cosecha o la siembra, iba de unos a otros en función de su progresión, coordinando el reparto de aperos de forma que no hubiera tiempos muertos. Llevaba agua cuando se secaban las gargantas, repartía los almuerzos a mediodía y ordenaba el material por la noche. En el campo, mi eterno optimismo prevalecía en cualquier circunstancia. Al final, acabé apreciando ese puesto de chico para todo que tan bien iba con mi espíritu dinámico y con la necesidad que yo tenía de moverme todo el tiempo. Y así terminó gustándome eso de estar ahí, de ayudar a los demás, algo que encajaba a las mil maravillas con mi personalidad sensible. A pesar de las jornadas agotadoras, las quemaduras por el sol y las ampollas en las manos, siempre tenía dibujada una sonrisa inquebrantable en la cara. Para animarme, entonaba los cánticos religiosos de mi madre. Mis hermanos, al reconocer la melodía de su corta infancia, también canturreaban cuando mi padre estaba ocupado. Todo el mundo desconfiaba de él, excepto Jacques, con quien tenía una relación privilegiada. De vez en cuando, mi padre miraba por encima de las espigas doradas que se movían al ritmo del viento. Escrutaba el campo intentando distinguir mi rostro con la convicción de tener un hijo imbécil que no servía para nada. Cuando su mirada se posaba finalmente sobre mí, se ponía a gritar, solo por el placer de verter su ira, de romper el impulso de optimismo que me caracterizaba. No entendía por qué yo seguía sonriendo. Él apenas sonreía desde hacía años. Decenios. Milenios. Una vez que soltaba toda la bilis, volvía al trabajo, farfullando palabras sin sentido bajo su barba, como esos ancianos que rumian su pasado. Jacques, por su parte, asombrado por esa sonrisa inmutable que iluminaba mi cara, no tardó en ponerse celoso. Se propuso destruir toda veleidad positiva de mi mente. Empezó a reprocharme mi falta de rapidez a la hora de ejecutar mis tareas, algo que supuestamente hacía que él se retrasara. Yo, como un estúpido, me disculpaba para no avivar aún más su ira e, infatigable, redoblaba el esfuerzo para que no pudiera reprocharme nada más. Entonces me dejaba en paz, cansado de gritar y de gesticular solo, al comprender que nada ni nadie podría quitarme las ganas de vivir, sobre todo a ojos de mi padre.

A finales de verano, mi cuerpo empezó a dar señales de fatiga. Tenía las manos llenas de cicatrices por los cortes del ingrato trigo. Mi espalda estaba curvada por el peso de los aparejos. Mi madre tuvo que imponerse para que yo pudiera descansar. Mis ganas de existir me consumían e irradiaban todo mi ser con su locura. Mi padre, incapaz de doblegarme, pudo confirmar lo que siempre había presentido.

—No eres más que un blandengue y jamás llegarás a ser un hombre —me soltó una mañana el muy cobarde aprovechando que su mujer estaba de espaldas.

Y después puso rumbo al campo, acompañado de mis hermanos y sus aperos. Cuando por fin desaparecieron al final del camino, agaché la cabeza con tristeza. El mundo entero se hundía a mis pies. Me asaltó un fuerte sentimiento de fracaso. Mi estrella jamás brillaría en los ojos de mi padre con la misma fuerza que Laluna en el cielo. El sabor de la evidencia era ácido. Mi padre jamás me querría.

El verano había llegado a su fin. Mi madre ya no pudo hacer nada más por mí y tuve que volver al campo. El trabajo se volvió rutinario, alienante. El entusiasmo que habitara en mí había desaparecido y la pasividad había ocupado su lugar. En el campo, pensaba en los marineros del puerto, en sus bonitos uniformes a rayas y sus melenas alborotadas por la brisa oceánica. Me habría gustado estar con ellos, lejos de allí, y saludar a la muchedumbre en el puerto, charlar con los curiosos y vivir plenamente mi sueño de la infancia, pero tenía que rendirme a la evidencia. Yo no era más que un campesino manchado por la tierra cuyo único destino era trabajar su campo hasta que la muerte viniera a buscarlo. El resto no era más que una ilusión, el fruto de mi imaginación de sabor agridulce. Esperaba con impaciencia el final de la jornada dándole vueltas a mi malestar en una especie de confusión mental. Soñaba que estaba en otra parte. No encajaba allí. Ya entonces sabía que esta diferencia sería un problema. La familia Vertune no aceptaría jamás que uno de sus miembros quisiera volar con sus propias alas.

6

En septiembre, mi padre me llevó al pueblo a paso rápido. Yo caminaba junto a él por el camino de tierra sin decir nada. Nos detuvimos junto a un edificio de piedra. En su interior, un hombre pequeño y barbudo paseaba arriba y abajo. Cuando nos vio, se acercó a mi padre y le dio la mano. Mi progenitor se la apretó mecánicamente, sin ningún entusiasmo, y se fue con la misma discreción con la que llegó. De repente me vi ante un señor extraño que me escrutaba detrás de unas gafas redondas. Su barba, descuidada, contrastaba con los trazos finos de su rostro. Su aspecto simpático me inspiró confianza de inmediato.

—Buenos días, Paul. Me llamo señor Duquerre y soy el maestro del pueblo —me dijo con voz dulce.

—Buenos días, señor —respondí intimidado.

—¿Sabes lo que es un maestro?

—Sí. ¡Es el señor de la escuela! —respondí con orgullo.

—¡Exactamente! Bienvenido a la escuela de Brillac. Sígueme, que te voy a enseñar el lugar.

Me agarré a la mano al maestro, que se quedó muy sorprendido al sentir mi pequeña mano en la suya y me miró estupefacto. Sentí cómo el buen hombre se conmovía ante semejante atención. Se quedó quieto en la sombra del edificio y me dedicó una sonrisa tibia. Después entramos, pasamos delante de algunas salas vacías y nos detuvimos frente a una especie de cobertizo lúgubre en el que no había ni un alma. El maestro me explicó que era el patio cubierto en el que jugaban los niños cuando no estaban estudiando. A veces mis hermanos me contaban las mañanas que pasaban en el colegio y nunca me parecían divertidas. Todos hablaban de esa institución con el mismo desdén, sobre todo Jacques, que se aburría como una ostra. A mí, el patio del colegio me parecía bonito. Era grande y estaba salpicado de plataneros, ideal para que jueguen los niños. Excepto el lúgubre patio techado, todo me parecía fantástico, tan alejado de los paisajes en los que me movía. No veía la hora de disfrutar de ese lugar mágico con mis compañeros. El maestro se percató de mi fascinación y no dijo nada, respetando mi ignorancia. Me llevó a una sala con unas excelentes vistas de todo el patio, me pidió que me sentara en una silla y me sirvió un vaso de agua.

—Bien, Paul, ¿te ha gustado la visita? —me preguntó.

—Sí —respondí fascinado.

—De ahora en adelante, pasarás aquí las mañanas. Formarás parte de mi clase a partir de mañana y seguirás tus estudios hasta obtener el graduado escolar.

—¿Qué es el graduado escolar?

—Es un diploma que se consigue cuando terminas tus estudios. Gracias a él, podrás hacer lo que quieras en la vida. ¿Qué es lo que quieres ser de mayor?

—Me gustaría ser marinero, señor.

—Pues es una profesión muy bonita —afirmó el hombre, incómodo ante semejante confesión—. Y necesitas aprender a leer y escribir, porque uno no llega a ser marinero siendo analfabeto.

—¿Qué significa ser analfabeto?

—Pues es cuando no sabemos leer ni escribir.

—¿Como papá y mamá?

El señor Duquerre no me respondió. Me volvió a agarrar de la mano y me llevó a la entrada, donde me esperaba mi padre, que saludó al hombre instruido con dejadez y la cabeza gacha. Podía ver la vergüenza en los ojos de mi padre, como si se sintiera inferior al maestro. Ese hombre, tan seguro como parecía, había mutado de repente a un animal doméstico. El maestro desapareció detrás de los muros de su escuela. Durante el camino de vuelta, por miedo a disgustarlo, no me atreví a preguntarle a mi padre si él era analfabeto. Me conformaba con observar sus andares de hombre de campo, curtido por el trabajo. Por la noche, cuando la granja quedó en silencio y mis hermanos se durmieron, volví a pensar en el maestro de la escuela, en su barba descuidada y sus gafas redondas, su patio con plataneros de troncos sin ramas, su cajón de arena en el que todo era concebible y sus aulas vacías que pronto estarían llenas. Me imaginaba entre todos esos niños, ávidos de aprender para poder volar con sus propias alas, lejos de los campos de trigo. Las palabras de aquel hombre resonaban en mi cabeza. Para ser marinero, hay que saber leer y escribir. ¿Sería capaz de aprender?

೧

Los años siguientes transcurrieron al son del silbato del maestro y las hoces. Fascinado por el mundo de las letras y el saber, aprendí a leer y escribir muy deprisa. Impaciente por enfrentarme a esos nuevos conocimientos que alimentaban mi curiosidad infinita, llegaba el primero a la clase del señor Duquerre y me sentaba en mi pupitre. Al principio, el buen hombre se sorprendía por tamaña asiduidad, pero acabó acostumbrándose a mi ritual apasionado. Poco a poco, él también empezó a llegar antes. ¿Acaso hay mejor regalo de un alumno? Me bebía sus palabras y devoraba sus frases sin desperdiciar ni una migaja. De forma natural, fuimos entablando una amistad y, quizá, hasta llegó a encariñarse de mí, no lo sé. A pesar de su cultura, en el pueblo se decía que vivía solo, rodeado de libros. En el campo, el conocimiento daba miedo, tanto como la gente que lo promovía. Por aquella época, no había nada más importante que alimentar a la familia. La mayoría de los habitantes jamás habían puesto un pie a más de diez kilómetros a la redonda. ¿Para qué culturizarse?

Además de lectura, escritura y cálculo, estudiaba geografía, historia de Francia y ética. Un día de invierno, aprendí a reconocer las constelaciones en el cielo. Me indicó que Laluna, en realidad, se escribía en dos palabras, la luna, signo inequívoco de una infancia que se alejaba a marchas forzadas. Sonreía mientras yo me sonrojaba por la vergüenza, decepcionado por no ser más que un ignorante. Después me quedé estupefacto cuando me mostró nuestra situación geográfica en el planisferio. Mis ojos de niño inculto no podían creer que estaban viendo los océanos, los continentes y los polos en un cartón plastificado. Las superficies azules del planisferio me hacían pensar en los marineros. Me imaginaba con mi uniforme, desafiando las corrientes del Golfo, divisando en la lejanía la punta del cabo de Hornos frente a las costas chilenas, resistiendo los devastadores huracanes de los Cuarenta Rugientes. Eso me hacía feliz. Me aprendí de memoria los países, sus capitales y sus ciudades, los departamentos franceses, las prefecturas y las subprefecturas. Por la tarde, en el campo, los recitaba. Mi padre me observaba sin decir nada, con esa envidia apenas disimulada que suelen tener los incultos frente a un erudito. Con tan solo recurrir a las enseñanzas de mi maestro, los conocimientos estaban allí, al alcance de mi mano. A pesar de las tardes de labor, entre los muros de la institución pública, recuperé el gusto por la vida y podía tocar con la yema de los dedos mis sueños más locos. La escuela era el punto de partida hacia un futuro brillante en el que todo parecía posible.

Sin embargo, el año 1939 supuso un punto de inflexión en la historia. A las puertas de Europa, el mal ganaba terreno. Hitler invadió Polonia. Francia e Inglaterra declararon la guerra a los nazis. El caos se extendió hasta las fronteras de la Unión Soviética. Toda Europa se convirtió en una gigantesca hoguera en la que la humanidad se consumía a fuego lento. Nuestro país estaba en guerra. El planisferio que revestía la pared se había quedado obsoleto. Alemania se prolongaba más allá de sus fronteras. Poco después de la declaración de guerra, el señor Duquerre me llevó a una sala y me explicó con todo lujo de detalles el conflicto que hacía estragos bastante cerca de allí. Cuando terminó su lección, no pudo contener las lágrimas.

—¿Por qué llora, maestro? —le pregunté emocionado.

—La guerra es una maldad que nos afecta a todos —dijo el hombre con lágrimas en los ojos.

—¿La guerra le ha quitado algo, maestro?

—Sí, a mi padre.

—¿Cómo? —pregunté incrédulo.

—Murió en las trincheras de Verdún durante la Primera Guerra Mundial. Un obús cayó sobre ellos. Fue allí a defender su patria, pero a él no lo defendió nadie.

Se secó las lágrimas con el reverso de la mano.

—Voy a enseñarte algo —continuó.

De su maletín sacó un sobre de papel. Sus dedos acariciaron el borde y sacaron una pequeña hoja que me dio.

—Puedes leerla, si quieres —dijo como si me ofreciera un tesoro.

Tomé el trozo de papel y lo abrí con delicadeza. Una escritura fina invadía el espacio de la hoja. Lo que leí me afectó profundamente.

Querido Édouard:

Te escribo esta carta para decirte que aquí todo va bien. Todos los días nos despertamos al amanecer y observamos la línea alemana que tenemos enfrente. Los alemanes, que resulta que no son tan diferentes a nosotros, también vigilan para que no nos adentremos en territorio enemigo. Esperamos escondidos, como haces en la escuela cuando juegas al escondite con tus compañeros. Ya ves, al final, por mucho que hayamos crecido, no somos más que niños grandes.

La semana pasada, para Navidad, salimos por primera vez de nuestras trincheras y pudimos hablar con el enemigo, intercambiamos regalos y jugamos al fútbol juntos. Confieso que no entiendo el objetivo de esta guerra. Sin embargo, aquí seguimos, esperando en el frío del invierno.

Édouard, hijo mío, me gustaría que supieras que te quiero con toda mi alma, que pienso en ti y en tu madre día y noche, que me acompañáis a dondequiera que voy y que os querré siempre. Si me pasara algo aquí, quiero que seas fuerte, hijo, que te conviertas en un hombre a pesar de tu edad y que cuides de tu madre. Sois mis dos ángeles y, esté donde esté, no os abandonaré jamás. Espero volver pronto y poder estrecharos entre mis brazos. Os quiero mucho a los dos.

Papá

Volví a leer la carta para comprender mejor el sentido de sus palabras mientras imaginaba al padre de mi maestro prisionero en su sucio escondite y luego jugando al fútbol con el enemigo. Pensé que aquella era una mezcla curiosa. En la Primera Guerra Mundial habían muerto millones de personas y aquello había marcado la vida de familias enteras y diezmado a millares de inocentes que solo querían vivir. Y en medio de esa mascarada incoherente, los soldados se habían reconciliado el tiempo suficiente para jugar un partido, antes de volver a encerrarse en sus guaridas. No pude evitar pensar en mi padre. Bajo un aluvión de obuses, ¿habría comprendido

JULIEN ARANDA

que la vida era demasiado corta como para llevarse a la tumba los sentimientos más inconfesables? ¿Habría plasmado también en un folio en blanco las palabras que llevaba esperando desde mi nacimiento? El maestro volvió a meter la carta en el sobre secándose las últimas lágrimas. Tenía que volver a Rennes para ocuparse de su madre y reunirse con el inspector, que tenía grandes planes para él. Se despidió de mí con amabilidad. Con mucho pesar y el corazón lleno de tristeza, volví a la granja de mis padres. Mi padre, al verme llegar, me dijo que no servía para nada, que jamás sería un hombre, así que me fui a tumbarme al jardín y a dormitar a la sombra de los manzanos. Bajo sus ramas apacibles, me sentía bien, solo en el mundo.

※

El lunes siguiente, el señor Duquerre me anunció que se iba a Rennes. Su madre, muy enferma, esperaba que respetara la promesa hecha a su padre en esa carta. Me prometió que me conseguiría una beca de estudios en la capital bretona. Otro maestro lo sustituiría. El inspector vino a buscarlo en un coche negro. El señor Duquerre me dio la mano con frialdad para no despertar sospechas sobre nuestra relación secreta, se metió en el vehículo y desapareció por el fondo del camino. A pesar de todas sus promesas y esfuerzos, no lo volví a ver nunca más. Me dejó abandonado a mi suerte, solo, en mi pueblo natal. Durante mucho tiempo lo odié hasta que, investigando un día en una biblioteca, vi que su nombre aparecía en la lista de muertos por Francia. Como le había sucedido a su padre, lo habían alistado a la fuerza para defender a la madre patria y había sido abatido por las balas del enemigo en una emboscada cerca de la frontera alemana, en un pequeño pueblecito cercano a la Alsacia. ¿Habría pensado en mí el día que su cuerpo cayó al suelo con el pecho acribillado por las balas? Él, el pequeño maestro cuya vida había

46

quedado devastada por la guerra. Había dedicado toda su vida a ayudar a los demás y había muerto por ello, tirado en el frío suelo. Al día siguiente, volví a la escuela, pero mi corazón ya no estaba allí. El nuevo maestro, demasiado ocupado escribiendo libros, no tenía tiempo para mí fuera del horario escolar. Se limitaba a prestarme algunas obras que yo devoraba antes de devolvérselas. Un inmenso vacío afectivo me envolvió en su nada. Más que un maestro, el señor Duquerre, con el paso del tiempo, se había convertido en un auténtico padre al que debía olvidar.

En el pueblo algo cambió. Al poco tiempo vimos aparecer un batallón de nazis para ocuparse de la vigilancia de las playas bretonas por si al enemigo se le ocurría desembarcar allí. Aparecieron por la granja a robarnos el trigo. Mi padre se opuso con fuerza y lo maltrataron delante de su familia. Los soldados alemanes se reían a carcajadas al verlo allí, tirado en el suelo, con el rostro cubierto de sangre. Sentí lástima y lo ayudé a levantarse sin que me lo agradeciera. Los nazis se volvieron a ir tal y como habían venido pero con las alforjas llenas de trigo. Nos habíamos convertido en los hijos de una Francia ocupada por el nazismo, una república partida en dos. Por todas partes, el fascismo extendía sus colores, rojo y blanco, y su cruz gamada de formas rectilíneas y quebradas. Aprendimos a vivir en el terror de los enemigos que controlaban nuestros papeles sin cesar. A juzgar por su manera singular de escrutarnos, de verificar nuestra documentación desde todos los ángulos, en busca del más mínimo indicio de falsificación, tenía la impresión de que buscaban algo concreto. De hecho, más tarde supimos que buscaban judíos para ejecutarlos en sus campos de Alemania, un horror absoluto. Muchos hombres del pueblo fueron enrolados en el servicio de trabajo obligatorio. Mi padre se libró por poco. En el enorme camión que paró en la entrada, lleno de hordas de hombres apilados los unos sobre los otros, ya no quedaba sitio para él. Un golpe de suerte del destino o una casualidad fortuita, no sabría decirlo, pero el largo viaje de la vida esconde misterios cuyos orígenes jamás conoceremos.

Mi padre siguió ocupándose de su campo, como si el enemigo que patrullaba todos los días sus tierras no existiera. El trigo parecía más importante que todo lo demás. Parecía enraizado en su campo para la eternidad, como las espigas que segaba desde los inicios de su existencia. Y, una tarde de octubre, murió. Jamás conocimos los detalles de su muerte. ¿En qué habría pensado justo antes de fallecer? ¿Se habría arrepentido de su comportamiento? Nunca supimos nada. Durante mucho tiempo, me imaginé su muerte antes de irme a dormir, solo en la cama. Un final novelesco, como en los libros que devoraba. Mi padre, en medio de las plantas que jamás discutían su autoridad, se deleitaba con el murmullo del viento entre las espigas doradas. Mientras contemplaba la onda misteriosa que barría el campo, se emocionaba con el sonido del susurro oceánico. Inmerso en un cóctel de emociones, cansado de doblar el espinazo, se desplomó en el suelo con los ojos hacia el cielo, hacia la luna que exhibía su sonrisa diurna. Ironías de la suerte, la muerte lo segó con la misma precisión que él lo hacía con las espigas de trigo, pero en la vida no existen coincidencias.

7

Ese día era gris y lluvioso. La Bretaña estaba cubierta por su manto de otoño y los árboles se habían puesto su traje ocre de temporada. Cuando lo vimos, allí tumbado, sin vida, en una caja de madera, tuvimos que rendirnos a la evidencia. Estaba total y absolutamente muerto. Me acerqué al féretro y contemplé su rostro. Por un momento me pareció verle una leve sonrisa. Mi padre, en su lecho de muerte, tenía un semblante elegante. Yacía allí, tumbado, frío como el hielo, duro como una piedra, pero su rostro reflejaba serenidad. Había hecho falta que muriera para que mostrara, tal vez, su auténtica naturaleza. Aquel día, ante su última morada, no sentí nada, ni pena, ni rabia, ni nada de nada. Lo contemplaba con la misma indiferencia de la que él había hecho prueba el día que nací. Solo me preocupaba qué sería de nosotros, de mis hermanos y de mí. Estábamos todos petrificados frente a un cuerpo sin vida ni alma, un cuerpo frío, inerte. Me sorprendió ver a Jacques, su hijo preferido, contener sus lágrimas. Contemplaba la lividez de su cuerpo con la fascinación de un adolescente absorto por el inmovilismo de la muerte. Mi madre besó la frente de su marido. Cuando sus labios rozaron su piel helada, dio un paso atrás, sorprendida por la frialdad del cadáver.

Al día siguiente enterramos a mi padre. Todo el pueblo acudió a dejar una flor sobre su ataúd. Reconocieron su coraje y sintieron mucho que se hubiera ido tan pronto. Consolaron a mi madre, ahora viuda, que permanecía inmóvil frente al féretro de su marido. Luego lo metieron bajo tierra. Su ataúd fue engullido por la oscuridad del agujero recién cavado. Las lágrimas de la hipocresía rodaban por todas las mejillas. Nadie apreciaba a mi padre; lo consideraban un hombre frío y solitario. ¿Por qué llorarían por un hombre que jamás había vertido una sola lágrima por nadie? Cuando acabó la ceremonia, los lugareños se secaron las lágrimas de cocodrilo. Nos dirigimos a la granja. Después de la embriaguez del bautismo viene la desesperanza de la muerte. Créanme cuando les digo que no hay coherencia alguna en esta mascarada grotesca. Por el camino, nos cruzamos con algunos soldados alemanes, demasiado ocupados haciendo la guerra como para perder el tiempo consolándonos. Eso sí, tuvieron la deferencia de no molestar al cortejo enlutado. La muerte da miedo, incluso a los más feroces soldados.

Cuando llegamos a la granja, tuvo lugar una reunión que se prolongó hasta bien entrada la noche en la que se tomaron muchas decisiones. A partir de entonces, de conformidad con el contrato matrimonial, la granja y el campo de mi padre pasarían a ser propiedad de mi madre. Los hijos Vertune trabajarían juntos y, cuando Jacques estuviera preparado, tomaría las riendas de la explotación familiar. Nuestros tíos se turnarían para ayudarnos los dos primeros años. Pasado este plazo, Jacques asumiría la total responsabilidad de la granja, así como de la venta del trigo. Todos estaban de acuerdo en que el joven era el más apto para alimentar a la familia Vertune. Cuando nos anunciaron la noticia, me estremecí al imaginar el resto de mis días, esclavo de un campo del que odiaba todo, incluso el olor de la tierra manchada por el cuerpo de mi padre. Me sentía atrapado, prisionero de un destino sin consideración por la persona ni por sus opiniones. No había escapatoria ni puerta de salida en aquella trampa. Ahora, al igual que toda una generación de hombres antes que yo, me tocaba a mí convertirme en rehén de la tierra. Los estudios parecían desde ese preciso momento una cuestión inviable, porque la supervivencia de la familia era más importante que la holgazanería del conocimiento. Mi adolescencia empezó el día que murió mi padre.

Al día siguiente, me levanté al amanecer para ir al campo, lejos de los libros que tanto me habían hecho feliz apenas hacía unos años. Veía alejarse mi sueño de la infancia en el océano dorado del campo cuyas espigas imitaban las olas. Mi hermano Jacques, el único suboficial a bordo a partir de entonces, se convirtió en un tirano más cruel aún que mi padre, menos diligente en el trabajo, pero mejor organizado para hacer él lo menos posible. Jacques, desde muy joven, había comprendido que uno no dirige dando el callo, sino presionando psicológicamente a los demás. Algunos hombres actúan según sople el viento, en función de sus propios intereses. Como las veletas, cambian de dirección como de camisa, de opinión o de pensamiento. Jacques era así. Desde ese momento, ya no tuve jamás más aliados en el campo. La solidaridad de nuestra infancia desapareció como un velo de neblina sobre el mar y todos quedamos sometidos a su yugo. Durante esos años, aprendí a comportarme como un hombre, a apretar los dientes y, como único refugio en el que mis sueños seguían disponibles, a imaginar la vida en vez de vivirla. Todas las mañanas, camino del campo, pasábamos por delante de la escuela. Observaba la fachada de ese edificio en el que el maestro de gafas redondas me había enseñado tantas cosas. En ocasiones, me invadía la nostalgia, pero no perdía la esperanza. La hora de liberarse pronto sonaría en el carillón. Puestos a sufrir, prefería sonreír. Mi intuición haría el resto. El optimismo siempre gana, diga lo que diga la gente que, como mi padre, nunca sonríe.

8

El 17 de abril de 1943, la guerra hacía estragos sobre nuestras cabezas. Los bombarderos ingleses soltaban sus cargas sobre la península de Rhuys con la intención de aniquilar las fuerzas alemanas. Los gritos de sus habitantes, bombardeados por todas partes, parecían anunciar el apocalipsis.

—¡Al suelo, rápido! —gritó mi madre, aterrorizada ante la idea de perder a uno de sus hijos.

Bajamos las escaleras de cuatro en cuatro y nos reunimos todos en el sótano de la granja. Fuera, el pánico generalizado se apoderaba de la población, ya cansada de esconderse en sus agujeros. Nosotros no habíamos hecho nada. La guerra estaba allí, asolando nuestros cultivos y nuestras casas, sin que nadie nos hubiera pedido nuestra opinión. En el caos, solo teníamos dos opciones: huir o someternos. A veces, el mundo es extraño. El éxodo hacia la zona libre, a unos kilómetros de allí, gracias a las redes de la Resistencia, era una opción que se debía tener en cuenta, pero para ello uno debía dejar atrás tierras y casa, familia y amigos. Por desgracia para mí, que soñaba con descubrir otros paisajes, nadie de mi entorno parecía estar dispuesto a irse de allí. A pesar de las bombas que caían sobre sus granjas, su ganado y sus vidas, nadie quería abandonar una tierra legada por sus antepasados, de manera que tocaba someterse. Y someterse significaba aguantar todas las injusticias de los soldados alemanes, sus controles incesantes e, incluso a veces, sus golpes. Cuando nos paraban, farfullaban palabras incomprensibles en ese idioma de tonos tan particulares.

Aquella mañana estábamos apiñados en el sótano en el que solíamos almacenar la sidra, esperando a que cesara la lluvia de bombas. Mi madre, acurrucada, rezaba con las manos juntas sobre su pecho. Sujetaba fuerte la cruz de Jesús y murmuraba cánticos inaudibles, implorando la protección del Señor. Yo la observaba en silencio sin que se diera cuenta. El luto marcaba los rasgos de su rostro, pero mi madre seguía siendo muy guapa. Todo era bonito en ella: sus grandes ojos almendrados, su nariz algo respingona y esa eterna cola de caballo. En cuclillas, entre sus hijos, rezaba para que se acabara esa locura asesina que a veces se apodera de los hombres cuando no escuchan su corazón. La estancia olía mucho a sidra. Fuera, los animales daban alaridos, asustados por el impacto de las bombas. El mugido de las vacas, más grave que el de costumbre, reflejaba su incomprensión ante semejante caos del que eran víctimas. Debían de dar al hombre por loco. Jacques, impasible, esperaba que pudiéramos volver al campo a trabajar. Era como mi padre. Los dos compartían la misma capacidad para no pensar, para no dejarse llevar por las emociones. Yo era justo lo contrario a ellos dos. Por su parte, Pierre y Guy permanecían uno junto al otro temblando de miedo. Mis dos hermanos también se parecían: jamás llegué a intimar mucho con ninguno, pero los dos eran una mezcla sutil de mi madre y mi padre, el punto medio perfecto. Yo también rezaba para que las bombas no nos alcanzaran. Escuchábamos el ruido estridente que hacían al caer, primero lejano, luego cada vez más cercano. Su vuelo acababa en el suelo, en un estruendo ensordecedor que hacía temblar la tierra. Cada vez que caía una bomba, apretaba los dientes muy fuerte y pensaba en las víctimas, en los que no habían tenido tanta suerte. A veces, estamos en el lugar incorrecto en el momento inadecuado. Cuando las bombas caían a unos metros de la casa —una incluso había llegado a devastar las frambuesas de mi infancia—, creía que había llegado mi hora. La guerra marca para siempre la mente de aquellos a los que le toca de cerca. Atormenta la conciencia de todos ellos para la eternidad. Tiempo después, cada vez que se oía un portazo o que explotaban fuegos artificiales en el cielo, apretaba los dientes al recordar aquellos momentos pasados agazapado en el sótano de la granja, esperando a que se cerrara el paréntesis de la muerte. Los aviones dejaron de surcar el cielo bretón.

Salimos de nuestra guarida como zorros cazados y pudimos constatar que ninguna bomba había impactado en el suelo de la granja. El destino nos daba un pequeño respiro. Mi madre volvió a sus tareas del hogar sin decir ni una palabra, dura como una roca. Mi hermano nos ordenó que volviéramos al campo porque quedaba todavía una semana de labranza y ya íbamos con retraso en la siembra. Jacques había rechazado la ayuda de nuestros tíos y, para mi gran angustia y desesperación, prefería trabajar de sol a sol. Por una cuestión de honor o, más bien, por cuestión de ego, quería demostrar a la familia su tenacidad. Pusimos rumbo a ese campo que yo tanto detestaba.

A medio camino, los soldados alemanes exigieron ver nuestros papeles. Se los enseñamos por turnos. Uno de ellos empezó a gritar algo en ese dialecto que, definitivamente, no me gustaba nada. Nos tiraron al suelo y nos molieron a palos. El calzado del oficial quedó grabado en mis costillas, brazos y piernas. Gritaba de dolor cada vez que el cuero de sus zapatos rozaba mi piel. Ellos se reían a carcajadas porque les divertían nuestras reacciones de espanto. Cuando se cansaron de pegarnos, nos metieron en un camión. Jacques ofreció resistencia y empujó a uno. Su jefe extendió el brazo todo lo que daba de sí. La culata de su fusil impactó con una violencia inaudita en la nariz de mi hermano, por la que empezó a sangrar abundantemente. Le había roto la nariz ante mis ojos. Jacques, conmocionado, contempló el rostro de su agresor. Parecía sorprendido por tanta crueldad, algo que no dejaba de ser una paradoja teniendo en cuenta que mi hermano, desde la muerte de nuestro padre, se comportaba como un auténtico tirano. Siempre hay alguien más fuerte. Jacques lo comprendió y bajó la cabeza sujetándose la nariz.

De repente, estábamos en el camión y nos llevaban a un lugar desconocido. Nos mirábamos sin entender nada. Los soldados alemanes hablaban entre ellos en una lengua bárbara y no nos prestaban la más mínima atención. Nos apretábamos los unos contra los otros. La tensión era palpable y la inquietud alcanzó su punto álgido en el camión. Jacques se sujetaba la nariz con los brazos sobre las rodillas sin dejar de maldecir con todas sus fuerzas a los alemanes. Gota a gota, a sus pies se fue formando un pequeño charco de sangre en el suelo. Guy y Pierre me echaban miradas extrañas, una mezcla de complicidad e incomprensión, como si mis dos hermanos quisieran transmitirme un mensaje importante, pero esperaran al último momento para hacerlo por si sus inquietudes estuvieran infundadas. Sin embargo, aquel día, pude sentir la calidez en su mirada, esa calidez fraternal que mi padre tanto se había esforzado en quebrar. La hermandad se recompuso un poco en las estrecheces de aquel vehículo. A pesar de nuestra situación, algo incómoda, me sentí bien entre ellos.

El camión se paró junto a una inmensa granja de piedra blanca. Bajamos del vehículo, asustados por la suerte que nos tendrían reservada los soldados. Un alemán nos hizo señas para que nos acercáramos a un granero en el que habían almacenado cientos de fardos de heno. Nos indicó otro camión en el camino de tierra, este más grande, y nos hizo gestos para que cargáramos los fardos en el vehículo. Por fin pude respirar. No era la muerte lo que nos esperaba, sino trabajos forzados. Otro soldado entró en la granja y salió con un hombre menudo que empujó al granero. El hombre cayó al suelo y se levantó con los ojos llenos de ira. Nos saludó haciendo un gesto con la cabeza. Entonces nos dimos cuenta de que se trataba del alcalde, el señor Blanchart. Cargamos el camión alemán en menos de tres horas. Cuando acabamos, los *boches* se fueron sin ni siquiera darnos las gracias. Nos dejaron tirados como perros en un camino forestal con la misma crueldad en las entrañas.

—Malditos alemanes —exclamó el señor Blanchart con rabia—. Se han llevado todo mi trigo, todo mi ganado y, ahora, vienen a por mi granero.

—¿Qué quieren hacer exactamente? —preguntó Jacques.

—Un escondite para la munición.

—¿Y su heno? —osé preguntar.

—Van a quemarlo, ¡evidentemente! ¿Qué quieres que hagan? —respondió—. Pero no podemos hacer nada, nadie puede hacer nada. Esta asquerosa guerra no acabará jamás.

—Dicen que los americanos van a venir —dijo Jacques.

—Los americanos tienen cosas más importantes que hacer, ¡créeme! —respondió el señor Blanchart—. Bueno, no os quedéis ahí. Venid a refrescaros dentro. Un poco de calor humano no viene mal en estos tiempos tan tristes.

Lo acompañamos al interior del edificio. En el comedor flotaba un olor agradable a pan recién hecho. Nos hizo señas para que nos sentáramos.

—Mathilde, ¡tráenos unos vasos de agua! —ordenó en dirección a otra estancia de la casa.

—Sí, papá, ahora se los llevo —respondió una voz más joven.

—¿Cómo va todo en la granja? —preguntó mirando a mi hermano mayor.

—Bien. Llevamos un poco de retraso en la labranza, pero nada grave —respondió Jacques antes de fruncir el ceño—. Si los *boches* no nos hubieran pillado por el camino esta mañana, habríamos avanzado.

—No me hables de esos parásitos —dijo enfadado el señor Blanchart—. ¡No dormiré tranquilo hasta que se vayan de aquí!

—Yo tampoco —vociferó mi hermano mayor.

Oí el sonido de unos vasos entrechocando en la cocina. Unos leves pasos se aproximaban, pasos que a duras penas rozaban el suelo. Apareció una joven con una bandeja en las manos en las que había colocado nuestras bebidas. Fue la primera vez que vi la silueta de Mathilde Blanchart. Se me aceleró el pulso, me empezaron a sudar las manos y me quedé pálido. Avanzó en silencio, concentrada para no derramar el agua, con su larga melena sobre los hombros. Su piel era blanca y contrastaba con la nuestra, quemada por el sol. Debía de pasar mucho tiempo encerrada en la casa. Por aquella época, las mujeres no tenían otra opción. Nacían, crecían, ayudaban a sus madres, se casaban, tenían hijos, se ocupaban de las tareas de la casa y, por último, morían, agotadas por las labores domésticas. Ninguna emancipación ni libertad; los hombres regían todo. Solo algunas mujeres de carácter bien templado salían victoriosas de esta lucha entre los dos géneros.

Mathilde Blanchart puso la bandeja sobre la mesa y nos sirvió los vasos. Contemplaba sus gestos tranquilos, seducido por la destreza de sus manos. Una vez acabó, su padre le hizo señas para que nos dejara tranquilos. Desapareció en la cocina. ¿El señor Blanchart esconde a su hija para no avivar las concupiscencias y tener una mano sobre su tesoro de forma que nadie se le pudiera acercar? Jamás había visto a Mathilde, ni en la escuela ni en ninguna otra parte. En un pueblo de tan solo cincuenta almas, todo el mundo se conoce. Los rumores circulan a la velocidad del viento y se propagan de casa en casa al ritmo de las idas y venidas de sus habitantes. Sabíamos que el alcalde tenía una hija, pero nadie la había visto nunca. Nos bebimos los vasos de agua, le dimos las gracias al regidor por su cálida acogida y pusimos rumbo a nuestro campo, esperando que no nos volviera a reclutar otra patrulla alemana. Por el camino, seguía pensando en Mathilde, en su piel blanca, en su larga melena sobre los hombros. No me había hecho el más mínimo caso, ni siquiera me había mirado. Su indiferencia me había molestado un poco. Como un adolescente herido, sentía crecer dentro de mí los primeros signos del ego masculino, ese mismo ego que asolaba nuestros campos y a nuestros animales y que sería el origen de muchas otras desgracias. Ya entonces mi mente tenía que enfrentarse a los primeros suplicios del amor. Mis conocimientos en la materia, a los casi catorce años, eran mínimos, por no decir inexistentes. El único amor que había conocido en mi infancia era el de mi madre, pero no era tan visceral como el otro, el único, el verdadero, el que se siente por una mujer. Ese que, al principio, se asienta con suavidad y luego, poco a poco, cubre todo con sus largos tentáculos, como un pulpo que se aferra al brazo de un pescador. La imagen de Mathilde me acabaría atormentando día y noche. En el campo, cuando segaba el trigo, veía su rostro por todas partes. Por la noche, antes de dormirme, sentía su perfume imaginario y soñaba con Mathilde. En la intimidad del granero de sus padres, con las palmas de las manos abiertas, me ofrecía la oportunidad de penetrar en su reino, en el que los fardos de heno crepitaban al ritmo de mi corazón apasionado. Soñaba entre sudores en el silencio de la noche. Mi adorada luna me sonreía fuera y mis hermanos roncaban a mi alrededor. Durante el día, cuando llegaba el momento de comer, contemplaba mi plato sin hambre y dejaba que Jacques se acabara mis raciones de trigo. Mi estómago estaba demasiado ocupado luchando contra la frustración de no poder estar cerca de Mathilde. Pronto tendría que rendirme a la evidencia. Estaba enamorado de una joven y enfermo por la falta de reciprocidad.

9

Una mañana, al no poder soportarlo más, puse el pretexto de que me dolía horriblemente el estómago y me quedé en la cama retorciéndome de dolor. Mamá, inquieta al constatar mi estado de salud, quiso llamar al médico. Le supliqué que no hiciera nada y, al final, se dio por vencida, me besó la frente y desapareció junto a mis hermanos por el camino que llevaba a la iglesia. Me levanté y me vestí, contento de poder poner en práctica la primera parte de mi plan.

Desde hacía ya algún tiempo, había observado que el señor Blanchart siempre iba solo a la iglesia. ¿Por qué escondía así a su hija? Sabía que su mujer había muerto hacía ya algunos años, así que Mathilde debía de quedarse encerrada en la granja durante los oficios. Tenía que darme prisa. Salí rápidamente, cogí la bicicleta de mi hermano mayor y pedaleé con todas mis fuerzas en dirección a la granja de los Blanchart. Cuando ya estaba cerca, me sorprendió ver varios camiones alemanes aparcados junto al granero. En mi arrebato apasionado, había olvidado esa parte de la historia, que había quedado reducida a nada en mi mente llena de mariposas. Me refugié detrás de un arbusto y maldije con estruendo al constatar la fragilidad de mi plan. Estos dichosos alemanes estaban en todas partes. No solo nos impedían vivir, sino que además ahora me privaban de la posibilidad de soñar. Ojalá acabara ya esta estúpida guerra. Pero, con alemanes o no, mi organismo reclamaba que pasara a la acción. Estaba dispuesto a arriesgar mi vida para llegar hasta Mathilde. Saqué discretamente la cabeza del matorral y busqué, como un estratega militar, una posible ruta de entrada. La granja de los Blanchart, situada a unos cuantos metros del granero, parecía en calma. No había rastro de soldados patrullando en los alrededores. Delante del granero, montaban guardia dos esbirros teutones. Con el fusil al hombro, escrutaban el horizonte. La partida iba a ser difícil. La granja estaba rodeada por un bosque denso y los troncos de los árboles podían ocultar mi avance, al menos hasta unos treinta metros, donde se acababan. A partir de ahí, correr a campo abierto era la única opción, algo muy peligroso teniendo en cuenta el temor que sentían los alemanes por la Resistencia. Si me veían, me dispararían sin contemplaciones.

El miedo aguijoneaba el campo de mis certezas e instilaba la semilla de la angustia en sus surcos labrados. Pensé que todo aquello era una locura, sobre todo porque no estaba seguro de que Mathilde estuviera dentro. Si escapaba de las balas alemanas sin ni siquiera poder hablarle, ¿qué interés tendría arriesgar mi vida? Quizá, después de todo, no era más que un loco, incapaz de controlar ese deseo fantasioso, de esperar a que acabara la guerra para declararle mi amor. En la vida, no siempre podemos hacer lo que queremos. La renuncia, por muy dura que fuera, no es una vergüenza, sino la justa medida entre las posibilidades de éxito y de fracaso y más cuando se trata de poner tu propia vida en peligro. Eché un último vistazo triste a la granja de Mathilde cuando un detalle captó mi atención. Había una ventana abierta. Los alemanes no podían verla porque el muro del edificio limitaba su campo de visión. Antes estaba cerrada, seguro; un detalle así no se me podía haber escapado. El destino me ponía en bandeja de plata la prueba de la presencia de Mathilde.

Un arrebato de entusiasmo cruzó mi cuerpo. Me dirigí al bosque colindante a la propiedad de los Blanchart y, al meterme entre los matorrales espesos, me arañé con las espinas. Busqué un palo para abrirme paso entre la maleza. Gracias a esta estrategia, vieja como el mundo, pude avanzar deprisa. Hay momentos, mágicos, en los que el nerviosismo es tal que olvidamos todo lo demás. Lo que nos rodea deja de existir y solo nos importa el placer de sucumbir a la pulsión. Ese día, bajar la guardia fue el primer gran error de mi vida. Una mano me agarró violentamente por el hombro y me tiró al suelo con fuerza. Una vez allí, tirado bajo la mirada furiosa de un soldado alemán que me apuntaba, cerré los ojos y pensé en el rostro de mi madre.

—*Achtung! Kapitän!* —gritó el alemán, echando espumarajos por la boca como un perro que ha encontrado un hueso.

Un río de orina recorrió mis muslos y acabó mojando mis pantalones. Mi padre tenía razón: yo era un blandengue. Su rostro, cargado de desprecio, invadía mi espacio mental. El alemán que había frente a mí no paraba de gritar palabras incomprensibles. Pronto me uniría a él, a ese padre que tanto odiaba. Ese era el final de mi historia. Una bala alemana me agujerearía la piel, desgarraría mis entrañas y esparciría mis vísceras por el suelo. Lo que más me apenaba era haber tratado a mi madre de esa manera, haberle mentido. Al ver mi cama vacía, se inquietaría por mi ausencia, mientras mi alma volaría sobre el paisaje, ectoplasma sin consistencia rumbo al firmamento. Desde allí arriba, observaría las lágrimas de preocupación, culpable por no haber sido capaz de contener mis emociones. Mi madre no se repondría jamás. No servía para nada, solo era un imbécil. Finalmente, tenían razón.

ᕕᕗ

Contra todo pronóstico, no hubo detonación. El grito de otro soldado resonó en la lejanía. Corrió partiendo las ramas a su paso.

—*Halt! Das ist ein Kind* —gritó el soldado sin aliento.

El soldado que me encañonaba dejó de gritar y se cuadró. Los pasos se oían cada vez más cerca y no tardé en sentir el aliento ronco del individuo junto a mí.

—¿Quién eres? —preguntó en francés, con un fuerte acento alemán.

—Yo... yo... —balbuceé con los ojos todavía cerrados.

—¡Abre los ojos! —me ordenó.

Abrí los ojos despacio y me encontré frente a un soldado con un uniforme diferente al del resto, más oscuro. Tenía el pelo corto, muy rubio, como los nórdicos. Sus ojos eran azules como el agua del mar. Incluso podría decirse que era guapo. Pidió al otro soldado, claramente a sus órdenes, que se fuera a patrullar un poco más lejos y este lo hizo sin cuestionarlo. Volvió a centrarse en mí, me escrutó atentamente y percibió la mancha de orina entre mis piernas. Me puse rojo.

—¿Vives aquí? —me preguntó.

—No —balbuceé recuperando un poco la compostura.

—¿Entonces qué haces?

—Nada, señor.

—¿Por qué estás aquí? ¡Habla! —gritó apuntándome con su arma.

Podía ver el tubo sombrío del cañón. Me estremecí y decidí dejar de mentir.

—Yo... quería... entrar... en... la granja de los Blanchart —contesté con dificultad señalando la casa con el dedo.

—¿Por qué?

—Para... ver... a Mathilde...

—¿Quién es Mathilde?

—La hija... del señor Blanchart...

* —¡Para! No es más que un niño.

—¿Por qué quieres verla? —preguntó dubitativo.

—Porque...

—¿Por qué? ¡Responde! —gritó aún más fuerte.

—Porque estoy enamorado —respondí, arrepintiéndome de inmediato de mi respuesta.

El hombre se quedó paralizado de repente, como esa estatua de la plaza de un pueblo que los curiosos admiran mientras comentan el trabajo del escultor. Durante unos segundos, siguió quieto, inmóvil ante semejante confesión. ¿Qué pintaba el amor en todo esto, en esta despreciable barbarie que asolaba todo a nuestro alrededor? El hombre parecía haber olvidado la definición misma de esa palabra, reprimida en lo más profundo de su ser, cerrada con doble llave en una caja fuerte.

—¿Estás enamorado? —me preguntó con los ojos como platos.

—Sí...

De repente, apartó el cañón del arma. Por fin pude respirar. Me miró fijamente a los ojos. Había algo diferente en ese hombre de unos cuarenta años de rasgos marcados, algo humano. Preguntándose por la veracidad de mi afirmación, observaba mi cara en busca de algún indicio de mentira. ¿Qué podía hacer un niño de catorce años contra unos gigantes armados hasta los dientes? Esta pregunta seguramente le taladraría la mente. Dio unas cuantas vueltas a mi alrededor acariciándose la incipiente barba antes de echar un vistazo a su subordinado, más contemplando la belleza de los árboles que en busca de posibles amenazas. Tras resolver el rompecabezas, se agachó a mi lado.

—¿Es verdad lo que me dices? —preguntó con su fuerte acento alemán.

—Sí.

—Si me mientes, puedo hacer que te maten.

Me estremecí ante esa posibilidad.

—¡Le juro que no miento!

Los rasgos de su rostro se volvieron aún más marcados. Tomó una larga bocanada de aire.

—¿Estás enamorado de esa niña?

—Sí —respondí todavía aterrorizado.

—¿Cuántos años tiene? —preguntó, dubitativo.

—No lo sé, señor...

El hombre siguió mirándome de arriba abajo. A nuestro alrededor, el viento soplaba entre las ramas y balanceaba las hojas. Su agradable melodía contrastaba con la gravedad de la situación en la que nos encontrábamos los dos. El hombre, absorto en sus pensamientos, sonrió con tristeza. ¿Qué iba a hacer conmigo? ¿Me mataría o me dejaría con vida? Quizá quería charlar un rato antes de meterme una bala en la cabeza y enterrarme en el bosque. Nadie sabría nada. La desaparición del pequeño de los Vertune sería un enigma para su familia para siempre jamás. Me estremecía al pensar en mi madre. Ya había perdido a un marido y no podía perder también a un hijo. ¿Qué hay más cruel que perder al fruto de tus entrañas? Ningún dolor, ni siquiera el físico, es más intenso que el que se siente al tener que enterrar a un hijo. El capitán alemán terminó creyendo mi historia o al menos eso fingió. La pasión en la mirada nunca miente.

—¿Sabes? Yo también tengo una hija en Alemania —me dijo mientras vigilaba al otro soldado, que estaba lejos.

El hombre, cansado de luchar contra enemigos invisibles, quería librarse de las quimeras producto de la imaginación de aquellos que manejan los hilos de la guerra. En medio de todo aquello, había hombres que dejaban a sus familias y apretaban los dientes mientras las balas enemigas silbaban en el campo de batalla. Apretaban los dientes pensando en sus allegados como yo lo hacía en el sótano de mi granja cuando las bombas martilleaban la tierra. Por mucho que estuviéramos en guerra y fuésemos enemigos, no por ello nos parecíamos menos. Como Don Quijotes modernos, luchábamos contra molinos de viento. Ya muy joven, en la intimidad de aquel claro en el que soplaba el viento, comprendí que todo aquello no servía para nada. Para mí era evidente que la guerra era una locura que nos arrastra al caos y la muerte. No es más que el reflejo sangriento de un alma en pena que difunde su malestar a sus semejantes. Porque, cuando todo va mal, es mejor odiar que amar, armarse que abrir los brazos. Y ese es el trágico destino de nuestra especie.

—¿Sabes cuánto tiempo hace que no veo a mi hija? —prosiguió el soldado alemán.

—No —respondí.

—Tres años —dijo con tristeza—. Hace tres largos años que no percibo su aroma. La echo mucho de menos.

—¿Cómo se llama? —osé preguntar.

—Catherine —respondió con una sonrisa, como si, al pronunciar su nombre, pudiera sentirse más cerca de ella.

—Es un nombre muy bonito —respondí enternecido por sus palabras.

—Es francés. Antes de todo este caos, a mi mujer le gustaba mucho Francia.

—Lo siento mucho por ustedes —dije con una compasión que lo conmovió.

—No es culpa tuya. Todo esto es culpa de Hitler —susurró sin perder de vista al otro soldado.

—Lo sé, mi maestro me lo ha enseñado. Su padre murió en las trincheras de Verdún.

Sus ojos azules me escrutaban. Más allá de las simples fronteras maniqueas, entre nosotros se había creado un vínculo humano. No le quitaba los ojos de encima al otro soldado y respiró profundamente.

—Mi padre murió también allí —me confesó.

—¿Y entonces por qué está aquí? —le pregunté sin comprenderlo.

—Para vengar su muerte.

—¿Vengar su muerte?

—Sí. Cuando estalló la guerra, partí al frente para matar franceses.

—¿Y ha matado muchos? —balbuceé temblando de miedo.

—Ninguno. No he tenido el coraje. Y ahora, cuando debería estar con mi hija, soy prisionero de mi propia venganza.

—¿Qué va a hacer conmigo? —respondí impaciente por saberlo.

—Nada —respondió triste.

—¿Me va a dejar volver a casa?

—Sí...

—¿Por qué? —pregunté intrigado.

El hombre volvió a mirarme directamente a los ojos.

—Tu cara me ha recordado a Catherine —respondió con tristeza—. Y, en estos momentos, todo lo que me recuerda a mi hija me reconforta.

—Seguro que volverá a verla —dije llevado por la compasión.

—Nunca pierdes la esperanza, ¿eh?

—No.

—Lárgate de aquí antes de que den la voz de alarma. No quiero volver a verte por aquí, ¿está claro?

—Sí, señor.

Me levanté y, cuando me dirigía a mi bicicleta contento de seguir vivo, el oficial alemán me volvió a llamar. Se me heló la sangre en las venas. ¿Habría cambiado de opinión?

—¡Joven! —me dijo con autoridad.

Me giré hacia él con el miedo en el cuerpo.

—¿Sí, señor?

—Buena suerte con la chica de la granja —dijo sonriendo.

—Gracias —respondí más tranquilo.

Corrí en dirección a mi bicicleta. El oficial alemán me observaba sin decir nada mientras brincaba por la arboleda. Pensaba en su hija, Catherine, a la que abandonó por la esperanza de reconciliarse con su propio padre en el campo de batalla, él que era incapaz de quitarle la vida a nadie. Luchábamos sin un objetivo, como perfectos ignorantes que daban rienda suelta a sus pulsiones asesinas. El odio es una maldad que se perpetúa de generación en generación como una vulgar herencia. Una herencia destructora. Cuando desaparecí, el oficial alemán llamó al subordinado y este acudió. Le explicó que solo era un niño que se había perdido en el bosque, una falsa alarma. Continuaron su patrulla a la captura de todos aquellos que se resistían a un régimen que ni ellos mismos entendían. A veces, los hombres son paradójicos. Se esfuerzan por hacer cosas a las que no dan ninguna importancia, prisioneros de sus propios miedos, incapaces de emanciparse de sus verdugos. Mi vida sería diferente. No permitiría que nadie me metiera palos en las ruedas. Al contemplar la granja de Mathilde, sentí un pinchazo en el corazón. ¿Ocasión perdida o buen intento? Todo depende del punto de vista. Al menos, no tendría nada que reprocharme. Era mejor esperar a que terminara la guerra, si es que se acababa algún día.

10

Un año después, el 6 de agosto de 1944, Vannes fue liberada de los alemanes. Los americanos desembarcaron en el norte de Bretaña y echaron al ocupante, que se replegó al este de Francia, pero la guerra estaba lejos de terminar. Hacía ya cuatro años que vivíamos bajo su ocupación. Al volver del campo, oímos el clamor popular en el pueblo. El alcalde, el señor Blanchart, había conocido la noticia por una misiva administrativa. No podíamos creer lo que estábamos escuchando. Volvíamos a ser libres. La libertad es un perfume agradable que embriaga a quienes la habían perdido. Soltamos las herramientas para unirnos a la alegría popular. Los hombres cantaban en honor a los americanos y las mujeres, aprovechando la ocasión para ser ellas mismas, bailaban en corro vestidas con sus trajes tradicionales. En el centro, mi madre daba vueltas, sin recordar a su difunto marido, sonriendo a la vida como ya casi no lo hacía nunca. Los más ancianos, acostumbrados a las celebraciones de armisticio, tocaban su gaita bretona, sacada expresamente para la ocasión, y hacían temblar la tierra entera. Todos estaban radiantes, iluminados por una amplia sonrisa a la que los músculos zigomáticos ya no estaban acostumbrados. Contemplaba ese fervor popular y también cantaba, orgulloso de pertenecer a esa gran nación que es Francia. Las gentes

a mi alrededor, hombres y mujeres por lo general bastante regiona-
listas, agitaban banderas azules, blancas y rojas como si, de repente,
nada de aquello importara. Cuando el hombre redescubre la libertad, no tienen cabida las disputas de pueblo. Todo el mundo se
besaba, del alcalde al obrero, del mayorista al campesino: la lucha de
clases también se tomó un descanso.

Abandonando sus herramientas llenas de tierra sin miedo a que
se las robaran, mis hermanos se unieron al gentío. Entre la muchedumbre, notaba la presencia del señor Blanchart. Agitaba con orgullo una bandera francesa. Para este cargo electo de la República, la
liberación de su pueblo tenía un sabor especial. Simbolizaba la victoria del Estado que él representaba en lo más recóndito de la campaña
bretona. Durante la guerra, había seguido gestionando el ayuntamiento, colaborando con los alemanes con prudencia, más por deber
político que por ideología. La mayoría de alcaldes de los pueblos de
la zona ocupada había dimitido de sus funciones, pero él no lo había
hecho. Aunque compartía el poder con el enemigo, vigilaba el muni-
cipio y orientaba la elección de los ocupantes. Cuando los alemanes
requisaron su granja, habían circulado rumores de colaboracionismo,
que él había acallado haciendo llegar a la Resistencia de forma clan-
destina información estratégica, aun a riesgo de su propia vida. Había
aprovechado para llevar a cabo algunos sabotajes, pequeños robos que
no habían hecho capitular al enemigo, pero que habían mantenido
la esperanza de una rendición. El señor Blanchart era un hombre
valiente y los lugareños lo sabían. Escruté la muchedumbre con la
esperanza de encontrar a su hija. Ni rastro de Mathilde. No la veía-
mos nunca, ni siquiera en un día como ese. Vivía recluida en su
casa, como una monja en su celda. Sentí un pinchazo en el corazón
al pensar en ella.

De repente, en el fervor popular, se produce un disturbio. Primero oímos unos gritos y la muchedumbre se dispersó. A unos metros, apareció un grupo de hombres, armados con horquillas, chillando como bestias salvajes. Entre ellos, mi tío Louis, acompañado por mis hermanos y otros aldeanos. Al principio, sonreí pensando que venían a unirse al entusiasmo general, pero entonces me di cuenta de que detrás de ellos había un grupo de soldados alemanes atados y cubiertos de sangre. Todas las miradas se giraron hacia ellos. Las gaitas y los cánticos pararon, también las mujeres dejaron de bailar. Los soldados avanzaban con las cabezas gachas y sus uniformes cubiertos de manchas oscuras. Les habían dado una paliza y los habían arrastrado por el suelo. Ese pensamiento hizo que me estremeciera. Definitivamente, la crueldad humana no tiene límites. No satisfechos con haber vencido al enemigo y celebrar la liberación de su territorio, la Nación todavía tenía que ejecutar en la plaza a los chivos expiatorios del régimen nazi, los peones sin importancia.

Mi tío tiró de la cuerda con fuerza. Los soldados cayeron al suelo entre gritos roncos como bestias llevadas al matadero. La multitud gritaba con rabia a su alrededor. Sus ojos percibían la muerte. El pueblo reclamaba venganza por aquellos que, habiendo caído en combate, no tenían la suerte de seguir vivos. No pedían un juicio, no importaba la justicia, solo la implacable sentencia de la parca, esa a la que miramos directamente a los ojos antes de desaparecer para siempre. Los soldados alemanes no volverían a ver su país. No abrazarían a sus allegados por última vez, ya no olerían nunca más su perfume, ni acariciarían la piel de quienes los amaban. La muchedumbre empezó a golpear indiscriminadamente, un cabeza por ahí, una pierna por allá, escupiendo a los alemanes y vociferando injurias. El señor Blanchart, un buen demócrata muy apegado a los valores de la República, intentó imponerse, pero los campesinos lo apartaron. Observó asombrado los rostros de aquellos a quienes administraba sin poder reconocerlos antes de dar un paso atrás aterrorizado. Buscó entre la multitud la mirada de alguien y, después, presa del pánico, se escabulló entre la gente. Yo también me abrí camino entre los cuerpos poseídos por la sed de venganza.

Cuando por fin conseguí salir de la masa bulliciosa, la vi. Estaba allí, sentada en el muro bajo de la plaza principal, con la mirada fija en la multitud en éxtasis asesino. Mathilde Blanchart. Igual de encantadora que siempre, con su melena larga ondulando sobre sus hombros. Me volví a enamorar de ella, como si el tiempo no hubiera alterado ni corrompido nada. Su rostro no había cambiado. Seguía siendo la niña de tez pálida que había visto furtivamente hacía un año. Cuando vio a su padre, le hizo señas con la mano. Con ese instinto protector que suelen tener los padres por sus hijas, la rodeó con sus brazos para reconfortarla. Después giró la cabeza en mi dirección y se sorprendió por mi actitud, indiferente al tropel generalizado. Solo tenía ojos para su hija. Mathilde también se quedó mirándome, fascinada sin duda por mi desfachatez. Me dedicó su primera sonrisa y yo me sonrojé, conmovido por semejante atención. Allí estábamos los dos, mirándonos a los ojos, en el caos sanguinario, una paradoja de barbarie y amor. Su padre se dio cuenta y me hizo señas para que me acercara. Lo hice sin decir nada, pero sin apartar la mirada de su hija, avergonzado por la idea de que descubriera la verdad.

—Quédate con Mathilde. Ahora vuelvo —dijo—. ¡No la pierdas de vista!

Corrió en dirección al ayuntamiento. Me había quedado solo con la persona que amaba, rojo como una peonía. Nos mirábamos intermitentemente, como dos adolescentes acomplejados que no se atreven a romper el silencio. A veces, hablar no sirve para nada, basta una simple mirada. Y, además, ¿qué podía decirle yo, el campesino, un chico con estudios pero de familia pobre? La familia Blanchart tenía tierras por toda la península. No tenían necesidad de ensuciarse las manos porque los campesinos como yo lo hacíamos por ellos. Aun a los quince años, cuando el amor no tiene más fronteras que las que nosotros mismos nos fijamos, mi posición social avergonzaba. El señor Blanchart reapareció en la escalinata del ayuntamiento con un fusil en la mano. Al principio pensé que quería disparar a la muchedumbre para acabar con los instigadores, pero apuntó con su arma hacia el cielo. Resonó una detonación, ensordecedora, como las bombas que taladraban la tierra de mi jardín. La multitud miró de inmediato, sorprendida. Todo el mundo se apartó. Las miradas se giraron hacia el alcalde del pueblo. El cañón del fusil todavía humeaba y desprendía un ligero olor a pólvora quemada que me resultaba agradable.

—¡Apartaos! ¡Dejadlos respirar! —gritó el alcalde en un tono que jamás le había oído antes.

—¡A muerte! —respondió un hombre entre el gentío.

—¡Apartaos o disparo! —vociferó el magistrado con ira.

La multitud se apartó deprisa formando un círculo en torno a los soldados magullados que ya no se movían.

—¡No seáis tan bárbaros como ellos! —gritó—. ¡Esa sed de venganza es la que nos ha llevado a la guerra todos estos años!

—¡Han masacrado a nuestros hombres! Ahora nos toca a nosotros masacrarlos —respondió una mujer entre la gente, apoyada por gritos de venganza.

La muchedumbre empezó a golpear sin parar los cuerpos de los soldados inertes. El señor Blanchart volvió a disparar por segunda vez.

—¡Os lo ruego! ¡Parad! ¡Ya ha sido derramada suficiente sangre en estas tierras! ¡Volved a vuestras casas!

—¡Ni hablar! —vociferó otro hombre—. ¡No saldrán vivos de aquí!

—¡Callaos! —gritó el señor Blanchart.

De repente, la gente se calló, frustrada por no poder ejecutar su propósito diabólico. Con el mismo color rojizo que suele pintarrajear la cara de los borrachos, el odio se reflejaba en sus rostros. Después se hizo un largo silencio durante el que todo el mundo agachó la cabeza. La cólera empezó a decaer poco a poco, todo era cuestión de no cruzar la mirada con nadie por miedo a detectar la misma locura. El señor Blanchart avanzó hacia la muchedumbre, asqueado por la rudeza de sus administrados. Contempló la masa informe de soldados en el suelo, con los brazos y las piernas enredadas y la sangre tiñendo sus uniformes. Uno de ellos, tirado en el suelo, consiguió levantar la mano para suplicar al hombre del fusil el indulto. El soldado estaba destrozado por los innumerables golpes recibidos. Mientras se arrastraba por el suelo, sus últimas fuerzas parecían abandonarle.

Sentí pena por él y me precipité a ayudarlo ante la mirada asombrada de mis vecinos.

—¿Pero qué hace? —preguntó un hombre atónito.

—No lo sé —respondió una mujer junto a él.

Le di la mano al soldado. Su piel, helada, me recordó a la de un cadáver. El hombre intentó mover la cabeza, cubierta de una mezcla de pelo rubio y sangre. Me miró y, cuando vislumbré los rasgos de su rostro, creí que me desmayaba. El soldado con los ojos azules como el mar, esos ojos que no olvidaré jamás. Era el oficial alemán que me había perdonado la vida en el claro hacía un año. Agonizaba lentamente y un hilo de sangre brotaba de su boca destrozada. Todavía conservaba la humanidad en los ojos, él, el soldado que había querido vengar la muerte de su padre y que jamás había tenido el valor necesario para matar a nadie. A pesar de sus globos oculares inyectados en sangre, me reconoció. Una leve sonrisa se dibujó en su mandíbula rota. Reconfortado por mi presencia, intentó articular algunas palabras.

—Catherine... Catherine...

—Sí —respondí con una voz apenas audible.

—Dile... que... la quiero —balbuceó con voz agonizante.

Apoyó la cabeza en el suelo. Su espalda a duras penas se hinchaba con suspiros roncos. El pobre hombre intentaba respirar en vano. La sangre de su garganta parecía bloquearle las vías respiratorias. Al intentar inspirar una bocanada de oxígeno, se atragantó y escupió sangre al suelo, medio asfixiado. Luego exhaló el poco de aire que quedaba en sus pulmones. Sentí cómo el hombre se rendía, cansado de vivir. Poco a poco sus ojos se fueron quedando inmóviles y sus párpados se cerraron suavemente. El soldado nazi, el padre de Catherine, murió ante mí. Jamás volvería a ver a aquella por lo que latía su corazón en el campo de batalla. Catherine crecería sin él, como mi maestro, cuyo padre había caído en las trincheras de Verdún. Los campesinos recogieron los cuerpos de los soldados y los arrastraron por la tierra. El señor Blanchart miraba sin decir nada con el fusil todavía en la mano. No había podido pararlos, ya era demasiado tarde. Los lugareños, en su locura asesina, habían matado a los nazis. Sus cadáveres serían tirados con prisas en un agujero negro y los cubrirían con tierra, sin sepultura ni plegarias, con la única compañía de los gusanos que se apresurarían a devorarlos. La muchedumbre se dispersó. Cada uno volvió a su casa, con sangre alemana en sus manos, la sangre de la venganza. El señor Blanchart esperó a que no quedara nadie en la plaza para sentarse en el pequeño muro del ayuntamiento. Contempló el suelo unos minutos, afectado por la brutalidad de aquellos que administraba, que habían matado a sangre fría sin la más mínima sombra de duda. Lo observábamos en silencio, intentando entender la ignominia de los actos perpetrados por los aldeanos. Los cuerpos de los soldados yacían en el suelo a unos metros de nosotros con sus cabellos rubios cubiertos de sangre.

—La humanidad camina a su perdición —dijo mirando a su hija.

—Sí, papá —respondió educadamente Mathilde.

El señor Blanchart tomó la mano de su hija.

—Gracias, Paul. Pásate por casa cuando quieras —dijo antes de irse.

Sus palabras reflejaban la sinceridad de un hombre conmovido y la gratitud que un hombre siente por un hijo. Yo estaba conmocionado. Estaba claro que aquel hombre me apreciaba. La sed de venganza no había nublado mis pensamientos hasta el punto de cometer lo irreparable. Mathilde también parecía estar afectada. Su mirada era más insistente, más profunda. Me volvió a sonreír y me dijo:

—¡Hasta pronto!

Me sonrojé y mi corazón palpitaba a toda velocidad en mi pecho. Se alejaron con las manos entrelazadas, unidos por un amor indescriptible.

Me acerqué al cuerpo del oficial alemán y me incliné sobre los cadáveres en descomposición, tumefactos por los golpes. Antes de morir, el hombre me había encargado una misión: encontrar a su hija para decirle que su padre la quería con todas sus fuerzas. El soldado alemán, aunque era mi enemigo, me había abierto su corazón en el claro aquel antes de perdonarme la vida. Su sinceridad me había conmovido, incluso emocionado, así que me parecía lógico hacer todo lo posible para hablar con su hija. Después de todo, ella no tenía culpa de nada. Catherine tenía derecho a conocer la verdad de esta historia y yo era el único que podía ayudarla. El problema es que no sabía nada de ella, ni siquiera tenía una descripción física ni una dirección ni nada que pudiera ayudarme en mis investigaciones.

Rebusqué en el cuerpo del oficial para intentar encontrar alguna prueba. Del bolsillo trasero de su pantalón saqué un trozo de papel y lo examiné. Se trataba de una fotografía en blanco y negro de una niña de unos diez años que sonreía con tristeza. Imaginé que se trataría de Catherine. Tenía la misma mirada que él, la misma humanidad en los ojos. ¿Por qué la vida era tan injusta? Su único error había sido cumplir las órdenes de un tirano cuya salud mental estaba gravemente afectada por los fantasmas de su infancia. Estaba muerto. Yo también debería de haber sentido odio por el invasor, por esos soldados sin fe ni ley que habían expoliado nuestras vidas durante cuatro años. Pero mi corazón estaba en contra de cualquier forma de odio. En el reverso de la fotografía había algo escrito. «Catherine. 31-08-1940. Fráncfort». Seguí buscando en el resto de bolsillos y encontré su identificación. Su nombre estaba grabado en letras de oro: «Gerhard Schäfer». A lo que añadí mentalmente: «Muerto por Alemania».

Me metí la fotografía en el bolsillo con cuidado de no estropearla. El cuerpo del oficial sin vida se parecía al de los animales que acababan varados en las playas bretonas: inerte y sin consistencia. Junto a sus restos susurré un «gracias» al oficial, con la gratitud de un niño indultado, jurándome que encontraría a su hija. Aunque esta búsqueda parecía una locura irrealizable teniendo en cuenta mis medios económicos y logísticos, me aferraba a esa idea como un niño perdido en la oscuridad que buscaba la luz. Corrí en dirección a la granja, atemorizado por la imagen de la muerte, pero orgulloso por haber encontrado, por fin, un sentido a mi vida.

11

Todo tiene un principio y un final. Es una lógica inexorable en esta vida, salvo, quizá, el tiempo y el universo, pero como no somos más que ignorantes, nos contentamos con desarrollar hipótesis. La infancia llegaba a su fin. Pierre se fue dos años a Rennes para hacer el servicio militar y Guy fue declarado exento por miopía incapacitante. Es verdad que el pobre no veía nada. Pronto llegaría mi turno. Aunque odiaba todo lo relacionado con el ejército, estaba impaciente por partir lejos del campo y descubrir el país. Me imaginaba los paisajes pintorescos de Francia, con sus montañas y sus lagos, su capital refinada y sus monumentos gigantescos que tanto contrastaban con la estrechez de mi territorio de la infancia. Aunque había estudiado, desconocía los olores de las calles parisinas, el desnivel de los Alpes, la belleza de los bosques alsacianos y la diversidad de sus habitantes. Estaba deseando partir a la aventura, a descubrir nuevos mundos, como aquel marinero al que había renunciado ser. Pero tenía miedo de irme lejos de mi madre y de Mathilde.

Las cosas habían avanzado mucho entre nosotros desde la liberación. Unos días después, llamé a su puerta. Su padre me abrió y me ofreció algo de beber. Mathilde nos hizo compañía. No dejamos de mirarnos ni un solo instante. A partir de ahí, empecé a visitarla con mayor frecuencia. Su padre debió de rendirse a la evidencia: algo pasaba entre ella y yo. Me dejó cortejar a su hija, posiblemente porque vio en mí un joven educado en vez de un campesino inculto manchado por la tierra de su campo. Al cabo de un tiempo, se hizo a un lado y pude llevarme a Mathilde a pasear por el golfo. De eso se compone la vida, de resistencias y aceptaciones, de negociaciones y compromisos. En este gran baile en que todos danzamos al ritmo de una música misteriosa, solo los hombres cambian. Unos se oponen, mientras otros ceden. El señor Blanchart era un buen hombre que había comprendido que oponerse no servía para nada, aparte de para avivar las llamas de lo prohibido. ¿Y qué hay más difícil que apagar ese fuego? Prefería vernos felices bajo su ventana que tristes y ocultos en un campo. Su mujer había muerto hacía ya unos años con horrible sufrimiento, por lo que el señor Blanchart sabía un par de cosas sobre la tristeza, no había necesidad de añadir todavía más. Así pues, con su bendición, vagábamos por los caminos de tierra que rodeaban el golfo, nos tumbábamos los domingos sobre la arena y saboreábamos esos instantes privilegiados, lejos de la rutina de las hoces y las labores del hogar. Disfrutábamos de los albores del amor sin renunciar a la magia ni al placer, sin perder una sola miga, como bulímicos sentimentales con deseos de vivir. Tirados en la playa, gozábamos de ese paréntesis y contemplábamos la inmensidad del mar en silencio, pegados el uno al otro. Jamás corrimos el riesgo de besarnos, por miedo a romper la magia de esos instantes. Aunque me moría de ganas, prefería prolongar el mayor tiempo posible ese periodo despreocupado en el que nada se había desnaturalizado.

Los dos años de posguerra fueron los más dulces de mi existencia, los más embriagadores, esos a los que aspiramos toda la vida, en los que los nostálgicos siempre piensan para darse ánimos. Rozaba la felicidad con la yema de los dedos y vivía a la espera del paseo dominical. Aquella niña era un regalo del cielo, un obsequio para mi espíritu solitario que guardaba celosamente al abrigo de las miradas. Charlábamos tardes enteras en la playa. Mathilde era buena costurera y se dedicaba a ese oficio que tanto amaba. A veces, se instalaba a la sombra del roble más grande de su jardín y cosía durante horas. La contemplaba sin decir nada, fascinado por su minucia, observando cómo progresaba el trabajo a medida que iba pinchando la tela con la aguja. Mathilde calmaba el torbellino de emociones de mi alma. Se había convertido en una droga sin la que no podía vivir.

Mi madre, que veía cómo su hijo no dejaba de sonreír, se había dado cuenta de todo, pero siempre tuvo la delicadeza de no tratar jamás el tema delante de mis hermanos. Ella era, ante todo, empática más allá del entendimiento y yo la quería por eso, por más que nunca llegara a compensar por completo el vacío afectivo dejado por mi padre. Algunas personas tienen la capacidad de proyectarse en los demás y comprender el mecanismo. Mi madre era una de esas mujeres que siempre dan sin esperar nada a cambio.

Por el contrario, hay vampiros que riegan su egocentrismo con la sangre de sus víctimas y que se beben su energía humana hasta quedar saciados. Jacques era uno de ellos. Estaba celoso de esa fuerza interior que yo tenía y quería horadar el pozo de mi alma y enriquecerse a costa de ese precioso filón. Aprovechando el abismo emocional dejado por mi padre en su propio beneficio, se volvió más atento, más interesado. Me ayudaba a llevar los aperos y me exoneraba de la mayoría de tareas penosas del campo. Guy, siempre callado, no protestaba cuando le asignaba más trabajo del acostumbrado. Se limitaba a asentir con la cabeza y a obedecer a su hermano mayor. El domingo por la mañana, cuando me iba a ver a Mathilde, Jacques surgía de la nada para pedirme ayuda. Con frecuencia, terminábamos con los pies en el barro pescando almejas todo el día, como en los viejos tiempos. Pensaba en Mathilde, que me esperaba a la sombra de su árbol, frustrado pero sin atreverme a confesárselo a mi hermano. Los vampiros se nutren así, se alimentan del miedo de los demás hasta someterlos totalmente. Pero se equivocaba: yo no era tan fácil de manipular. Un domingo por la tarde, estábamos pescando los dos. Hacía ya dos largos meses que no había visto a Mathilde. Mi hermano levantó la cabeza y me miró.

—Estamos bien los dos aquí, ¿no? —dijo exultante.

—No, Jacques, me voy a ver a Mathilde.

—¡Déjala en paz! —exclamó muerto de la risa.

Jacques era más grande y fuerte que yo. En ocasiones, la fuerza es el único instrumento con el que ciertas personas componen la melodía de su existencia. Sin embargo, yo había comprendido su juego, una chispa había surgido de no se sabe muy bien dónde, un chasquido que había cambiado todo. Jacques no quería simplemente ser un hermano afectuoso, sino que quería alejarme de Mathilde. Celoso por no poder amar, sufría al ver en mi cara la expresión de esa fuerza de la que no sabía nada, pero que le parecía tan deliciosa. Ese día, en los ojos de mi hermano, percibí la misma crueldad que en los de mi padre, la misma tiranía, el mismo deseo de dominar. Dejé los utensilios en el suelo y me fui.

—Quédate aquí, Paul —dijo con tono tiránico.

—No, me voy a ver a Mathilde.

—¡Quédate aquí o vas a tragarte el barro! —gritó.

Me giré hacia mi hermano.

—¿Por qué eres así, Jacques? ¿Por qué eres tan cruel como papá?

—¡No hables de él! —volvió a gritar harto—. Murió por tu culpa, por esa sonrisa perpetua de tu cara. ¡Es la sonrisa del diablo!

—Estás loco —respondí mientras me iba.

A medida que fui avanzando hacia la orilla, oía los pasos de mi hermano acercándose. Sus pies hacían un ruido parecido al de las ventosas al despegarse del suelo inestable. Me saltó encima, me aprisionó con pies y brazos, me agarró la cabeza y la sumergió entera en la arena. Su fuerza, multiplicada por el odio, era desmesurada. Empezó a insultarme, histérico, con una ira tal que podía distinguir la expresión de mi padre en su rostro.

—¿Y bien? ¿Sigue ahí esa sonrisa? ¡Espero que no! —gritó poseído.

Jacques apretaba mi cabeza con todas sus fuerzas sin dejarme respirar. Estaba inmovilizado por el peso de mi hermano, que estaba tumbado sobre mí, yo totalmente a su merced, prisionero de su voluntad de dominarme, de humillarme, de destruirme. Con la boca llena de arena, intentaba racionar las últimas reservas de oxígeno que quedaban en mis pulmones. Cuando se agotaron, empecé a debatirme como un pez fuera del agua. No me quedaban más opciones. La silueta de Mathilde cosiendo bajo su árbol me sonreía con tristeza. Mi cuerpo no era más que una envoltura, iba a morir allí, ahogado en la arena por un hermano revanchista, abandonado entre los moluscos de mi infancia. Por segunda vez en mi vida, sentí cómo el aliento frío de la parca acariciaba mi espalda. Cuando mi hermano tiró de mi cabeza y pude volver a respirar, se alejó, lleno de rabia. Una vez más, había fracasado en su misión diabólica. Allí, a gatas, vomité toda la arena negra de la boca.

—¡Eso es por lo que le hiciste a papá! ¡No te atrevas nunca más a sonreír! ¿Me escuchas? ¡O te volveré a meter la cara en la arena hasta que dejes de respirar!

Empezó a andar hacia la orilla sin mirar atrás. Después, cogió su bicicleta, se subió a los pedales y escaló la costa. Me tumbé con los brazos en cruz sobre la arena y miré al cielo. Grandes lágrimas empezaron a recorrer mis mejillas, confundiéndose con el agua salada que, al ritmo de la marea, cubría poco a poco toda la playa. ¿Por qué demonios la vida era tan complicada? Yo solo quería pasar días felices junto a Mathilde y que me quisieran y apreciaran los míos, mis hermanos y mis tíos. Pero había un ensañamiento macabro en su comportamiento. Mi ser desprendía tal entusiasmo que la gente sentía celos. Estaba contento de vivir, eso era todo. Pero ese estado de ánimo contrastaba demasiado con la tristeza de los lugareños, desgastados por sus existencias sombrías. Amaba esta tierra con todas mis fuerzas, pero comprendí que tenía que irme lejos de allí. Allí no había más que desolación y tristeza y yo ya no era bienvenido en mi pueblo. Había encajado los golpes bajos, los reproches, las miradas cargadas de odio y los insultos y había soportado todo eso a pesar de la incomprensión de los míos, pero esta vez las cosas habían ido demasiado lejos. El incidente con Jacques fue la gota que colmó el vaso. Quería convertirme en el Paul Vertune que siempre había soñado ser, en ese marinero que, con la melena al viento, navegaría hacia el horizonte en la tormenta, con la sonrisa en los labios, esa sonrisa inextinguible que jamás me arrebatarían, ni mi padre, ni mi hermano, ni nadie. Había llegado el momento de partir a la búsqueda de mi destino.

∽

Unos días después, cuando cumplí los dieciocho años, recibí la carta que me convocaba a cumplir mi deber militar. Me habían destinado a un regimiento de infantería cerca de París, en un pequeño pueblo de las afueras del que jamás había oído hablar. Mi incorporación era inmediata, con orden de llegar lo antes posible.

Mi madre, al ver a su hijo absorto por la lectura del documento, reconoció la bandera francesa y agachó la cabeza. La patria le volvía a quitar un hijo y, además, esta vez era al que estaba más unida. Me acerqué a ella y le levanté la cabeza. Una pequeña lágrima brillaba como un diamante bajo los rayos del sol que bañaban su vestido. Nos abrazamos y lloramos. La apretaba con fuerza. Recordamos todos esos años de vida en común, esos momentos de alegría, de pena, esos instantes mágicos en el lavadero, extasiado, maravillado, aplaudiendo con fuerza para animarla a vivir. Mi madre daba vueltas en un torbellino de pompas de jabón, con la sonrisa siempre en los labios, la misma que la mía, dibujada para la eternidad. Bailaba al son de las gaitas bretonas, las gaitas de mi infancia, y se embelesaba con los miles de aromas del jardín, mezcla de las manzanas y las frutas del bosque que recolectábamos juntos todas las mañanas. Mi madre lo era todo para mí, pero debía irme, triste ley de vida.

Busqué una bolsa y metí algunos enseres. La besé por última vez y puse rumbo al mismo camino de tierra que el cura había tomado el día que nací. Al final del sendero, me giré hacia la granja de mis padres. Mi madre agitaba las manos por encima de su cabeza, alentando mi exilio con ternura. Le respondí lleno de tristeza. Al lado de la granja, cerca del corral de los animales, creí ver la figura de mi padre, erguido, que también me sonreía, con una sonrisa sincera e indulgente a la que no estaba acostumbrado. No me quitaba los ojos de encima y me hacía señales para acompañarme en este viaje al otro lado de Francia. Sus labios parecían moverse, como si intentara decirme algo. Mientras me concentraba en intentar leer las palabras que salían de su boca, comprendí el mensaje. Por primera vez en su vida, mi padre me decía que me quería. A pesar de todos esos reproches de soñador empedernido que me había dedicado desde la infancia, aquella imagen, producto de mi imaginación, me consoló aquel día. Siempre he funcionado así: he huido de la realidad triste del mundo que me rodeaba y me he refugiado en esa imaginación que me ofrecía una infinidad de posibilidades. Fue así como perdoné a mi padre por su falta de empatía, por su falta de atención, imaginándolo a mi manera, hecho a mi medida.

Me dirigí a la granja de Mathilde para decirle adiós. Estaba sentada bajo su árbol, cosiendo, como siempre. En cuanto me vio, me hizo señas. La tomé de la mano y le expliqué las razones de mi partida a las afueras de París, la necesidad de cumplir con mis obligaciones cívicas y militares. Mathilde se echó a llorar cuando comprendió que me iba nada más y nada menos que dos años. La rodeé con mis brazos para reconfortarla y sequé sus lágrimas con un pañuelo. Le juré que le escribiría todas las semanas largo y tendido y que volvería a buscarla cuando acabara mi servicio. Nos iríamos lejos de ese pueblo maldito en el que ambos nos marchitábamos. Sonrió con tristeza. También le confesé que tenía la intención de construir una vida con ella, que quería casarme. Antes de que tuviera tiempo de responder, junté mi boca con la suya. Aquel fue nuestro primer beso.

CUARTO CRECIENTE

12

Unas horas más tarde, me encontraba cómodamente instalado en un tren rumbo a la capital. Ya cuando se estaba acercando al andén de la estación, me empezó a intrigar aquel gigantesco montón de chatarra. Me subí de forma mecánica para no despertar sospechas de mi total ignorancia. Me senté en mi sitio, junto a la ventana, desde la que veía pasar el paisaje, fascinado. El tren atravesaba los campos y los pueblos a gran velocidad. De vez en cuando, vislumbraba siluetas trabajando la tierra, pescando al borde de un lago o charlando disfrutando de un pícnic. Algunos saludaban al tren agitando enérgicamente las manos por encima de sus cabezas.

En una estación, hicimos una breve parada. Distinguí una pareja en el andén. Uno frente al otro, se besaban afectuosamente. La chica lloraba a lágrima viva y el chico intentaba tranquilizarla como podía. Tras un abrazo infinito, el joven se dirigió al tren, dejando a la muchacha desesperada, inconsolable y duplicando el volumen de lágrimas que intentaba enjugar en vano. Sentí un pinchazo en el corazón al percibir la desesperación de la chica inmóvil en el asfalto y pensé en Mathilde, abandonada bajo su árbol. ¿Tendría la paciencia de esperarme dos años enteros o, al no poder más, acabaría enamorándome del primero que llegara? Los dos vivirían cerca de la granja de mis padres, fundarían una familia y pasearían de la mano por el golfo. Mathilde a duras penas me reconocería cuando volviera. Esos pensamientos me estremecían. Una bola de ansiedad se apoderó de mi pecho. Ella jamás haría algo así. ¿O quizá sí? Después de todo, no la conocía tan bien. Su padre, por muy bueno que fuera, quizá tenía otros planes para ella, un matrimonio previsto desde hacía ya tiempo con el hijo de un mayorista del trigo o de un político local. ¡Qué sé yo! Al fin y al cabo, yo solo era un campesino sin blanca. Mis sueños se alejaban en mis pensamientos. Mathilde sonreía hipócritamente de la mano de su nuevo amante, más preocupado por el control del trigo en el pueblo que por hacerla feliz. En aquel vagón lleno de gente, buscaba oxígeno.

—¿Está bien, señor? —preguntó la anciana que estaba sentada frente a mí.

—Sí, señora... No... Bueno, sí...

—¿Está seguro?

Me levanté y me abrí paso entre los pasajeros. Llegué hasta la separación entre los dos vagones, donde se arremolinaba algo de aire, y por fin pude respirar una bocanada de oxígeno salvador. El aire me llenó los pulmones y relajó mi cuerpo estresado. La imaginación puede ser un arma de doble filo. A veces nos transporta a lugares en los que la emoción es tal que nos gustaría quedarnos allí para la eternidad o, por el contrario, nos expone a nuestros miedos más primarios, los más angustiosos, sin que podamos detener esa mecánica infernal. Me encontraba allí, entre dos vagones de tren que cruzaban la campaña virgen a toda velocidad, respirando un oxígeno con olor a humo de locomotora, angustiado por las imágenes de mi amada en brazos de un marido ficticio. Todo aquello no tenía sentido. Mathilde me esperaría, seguro. Matilde era la mujer de mi vida y no había ninguna razón para inquietarse. Esperaríamos al momento en que, una vez pagado a la nación el precio de mi libertad, volvería a la campaña bretona para reencontrarme con ella, cosiendo bajo el roble de su jardín como si nada hubiera cambiado.

Volví a respirar y me dirigí a mi asiento, ocupado por otro pasajero que había aprovechado mi ausencia para sentarse. La anciana frunció el ceño para expresar su indignación. Me quedé de pie y me sujeté a la rejilla en la que se apilaban las maletas. Fuera, los edificios grises desfilaban a medida que la gran ciudad se iba abriendo paso. París, la capital de Francia. Me sabía de memoria todos los monumentos que adornaban su paisaje. El señor Duquerre me había prestado varios libros sobre el tema, pero jamás había tenido el placer de verlos en su contexto, allí, ante mis ojos. Languidecía de impaciencia en el tren que se acercaba a la estación, sin tener ni idea de dónde tenía que presentarme. En la convocatoria decía que debía ir al cuartel de Torcy. Me deleitaba ante la idea de descubrir ese nuevo mundo, carente de sentido.

El tren no tardó en entrar en la estación y frenó con un estruendo ensordecedor que hizo que a todos nos dolieran los oídos. Cuando por fin se detuvo por completo, se armó un enorme barullo. La gente recogió sus maletas, se amontonó en el estrecho pasillo sin pedir perdón y salió pitando como liebres perseguidas por una jauría de perros. No tardaron en desaparecer en el horizonte, engullidas por la masa de pasajeros que se acumulaba en esa estación monumental. En cuanto a mí, andaba por el interminable andén, un poco asustado por la cacofonía que reinaba. La gente, maleta en mano, corría en todas las direcciones maldiciendo, exasperándose, injuriando, abriéndose paso como si estuvieran solos en este mundo, en aquella estación estrecha a pesar de ser gigantesca. Contemplaba fascinado aquella extraña danza, habitual para la población de las grandes ciudades, ese perpetuo movimiento en el que cuerpos y objetos se confunden en el espacio, en el que los sonidos se combinan para convertirse en un inmenso *ballet* en el que cada detalle tiene su importancia. Y yo estaba allí, en medio de esa coreografía, el campesino de Morbihan que hasta entonces solo había conocido la brisa marina y el olor de las espigas de trigo de su campo. Aunque éramos del mismo país, teníamos poco que ver ellos y yo.

Por un momento tuve ganas de darme la vuelta, de volver a subirme al tren en sentido inverso y de refugiarme en el jardín de mi granja, al abrigo de los manzanos que habían cobijado la despreocupación de mi infancia, pero eso habría sido renunciar, como un blandengue. Me imaginaba la cara de mi padre recibiéndome delante de la granja con una sonrisa hipócrita. No, esta vez no; había que apretar los dientes y ser un hombre. Me armé de valor y me abrí paso entre la aglomeración, los gritos y el ruido de las maletas que se entrechocaban con violencia. Un poco más adelante, paré a una persona y le pregunté la dirección del cuartel de Torcy.

—Ni idea —me respondió sin intentar comprenderlo, sin ayudarme a buscar en el plano la ubicación exacta del cuartel.

Recogí el petate y salí a la calle, al aire libre. Hacía frío. Las calles eran inmensas y la circulación densa. Los motores de los automóviles rugían mientras expulsaban su gas al aire, haciendo el oxígeno más pesado que en el campo. La gente corría por las aceras con los ojos fijos en el suelo. ¿Por qué todas esas personas tenían tanta prisa? Andaban sin mirar al frente, sin saludarse, poniendo un pie delante del otro, mecánicamente. Tuve la impresión de que no había intimidad alguna entre los habitantes, no como en casa, en los caminos de tierra, donde todo el mundo se saludaba y charlaba un rato. Aquí no pasaba nada de eso, no me hizo falta más de diez minutos para darme cuenta.

El reloj de la estación casi marcaba la una y media. Tenía unas horas para encontrar el cuartel. Decidí andar un poco por la capital y tomé una calle a la izquierda, más bien se trataba de un bulevar, como suelen llamarlos los parisinos. El sol pálido de junio a duras penas atravesaba la espesa capa de nubes, pero la melancolía del tiempo no erosionaba para nada mi humor alegre, sino más bien todo lo contrario. Había imaginado ese momento en muchas ocasiones, en mi cama, por la noche, contemplando la luna por la ventana, en el campo, cuando me aburría como una ostra. Había fantaseado mil veces con mi llegada aquí, a la ciudad de la luz.

Paseaba saludando a la gente que se sorprendía ante semejante atención y me desvié un poco más, hacia otro bulevar. Boulevard des Invalides. Ese nombre me recordó la barba descuidada del señor Duquerre que, como gran pedagogo, me había enseñado la historia de Francia. ¿Dónde estaría ahora mi maestro? Me lo imaginaba en una clase de las afueras de Rennes, inculcando los valores de la República a sus alumnos atentos, absortos por sus palabras. La horrible verdad, como ya he dicho antes, es que mi pobre maestro yacía a dos metros bajo tierra, devorado por los gusanos. Su cadáver ya no debía de tener demasiada consistencia, pero en ese momento yo todavía no lo sabía.

En el cruce de una calle, vi en el cielo una masa grisácea, tirando a un marrón color ocre u óxido, no sabría decir. Al principio, no sabía lo que era, pero al acercarme a aquella inmensa forma oscura, no tardé en reconocerla. La torre Eiffel, el célebre monumento que todo el mundo nos envidiaba, el símbolo nacional que, sin embargo, pocos franceses habían podido contemplar con sus propios ojos. A medida que me iba acercando, la *belle de fer* aparecía y desaparecía, a voluntad de las fachadas que se interponían entre ella y yo. Corrí todo lo que pude por las calles de la capital, con el corazón latiendo con fuerza en mi pecho, como si no hubiera nada más importante en el mundo. Quería verla entera, devorarla con la mirada hasta que sus formas ya no tuvieran secretos para mí. Al llegar al gran parque contiguo a la reina de metal —más tarde supe que se llamaba Champ de Mars—, me detuve de repente, asombrado por la desmesura del monumento, la rigidez de sus formas, el increíble apéndice que retaba al cielo con su gran altura. No podía creer lo que veían mis ojos. Su arquitectura desafiaba las leyes de la naturaleza.

Dejando caer bruscamente mi petate en el suelo, me senté en la hierba y, frente a aquel símbolo de mi país, superado por las emociones, me detuve allí unos minutos. Me quedé absorto unos instantes en mis pensamientos, contemplando cada detalle, con las manos en la hierba y las piernas cruzadas. Me sentía libre, contento de estar allí, con ese petate, el único patrimonio de mi existencia, aparte de yo mismo. Antes de partir, había metido algo de ropa de abrigo, tanto para fuera como para dentro, algunas fotografías de mi madre y de Mathilde y la fotografía de Catherine, la alemana que tenía que encontrar. Mi bolsa no contenía gran cosa y no me costaba llevarla a la espalda. Hay personas que poseen fortunas colosales, negocios, automóviles, casas... ¡Qué sé yo! Pero en mi petate solo tenía lo estrictamente necesario, nada superfluo. En cierta manera, a pesar de lo vetusto de mi ropa de campesino, aquello bastaba para hacerme feliz. La auténtica riqueza de un ser humano está en su corazón. Es intangible, inmaterial, pero con la fuerza de una identidad. Jamás había dejado de creer en esa filosofía. Salvo que alguien me quitara la vida, nadie podría hacerme creer lo contrario.

Sonreí una vez más a la dama de hierro y puse rumbo a la calle más próxima. Fueron mis últimos instantes de libertad en semanas y los saboreé con alegría. Si el encarcelamiento del campo era terrible, el del ejército sería un auténtico calvario, pero allí, en ese cuartel cuya existencia ignoraba en ese momento y a cuya puerta tuvo a bien llevarme en su automóvil un hombre que tenía que pasar por allí, mi destino iba a cambiar radicalmente y mi vida tomaría una nueva dirección.

13

Los primeros meses de internamiento fueron difíciles. Acostumbrado a mi vasta y salvaje campaña, me costó bastante hacerme a mi
nuevo horizonte, que se limitaba a las cuatro paredes del recinto
militar y al bosque que lo rodeaba. La privación de libertad siempre
me había creado un sentimiento de injusticia frente a los que, libres
por su posición jerárquica, sometían a sus semejantes con el pretexto de una causa a la que ellos mismos evitaban servir a cualquier
precio. Fue en esa época de mi vida, encerrado en el cuartel, cuando
empecé a cuestionarme el principio mismo de libertad. Uno tras
otro, había estado sometido al yugo autoritario de un padre que
me odiaba, de un hermano que había sido mi aliado antes de destruirme, a los soldados alemanes y al servicio militar. ¿Cuándo llegaría, de una vez por todas, el momento en el que sería el dueño de mi
destino y podría tomar mis propias decisiones? ¿Por qué demonios
no había sido ni una sola vez en dieciocho años el único capitán a
bordo del barco de mi existencia? ¿Por qué los demás controlaban
mi vida mientras la suya se colaba entre sus dedos como el agua de
un río?

Así que me encontraba en aquel cuartel miserable a cientos de
kilómetros de mi tierra natal, sin que nadie me hubiera preguntado

mi opinión. Con frecuencia, por la noche, incapaz de aguantar más, me refugiaba en el baño y lloraba en silencio, para no revelar mi fragilidad ante los demás. Antes de levantarme de la cama, tomaba todas las precauciones del mundo y me aseguraba de que todos durmieran a pierna suelta.

◌᷎◌

Por la mañana nos levantábamos al amanecer, como a las cinco, y salíamos a correr por el inmenso bosque que rodeaba el cuartel. Nuestro superior jerárquico, un superviviente de las guerras de 1914-1918 y 1939-1945, nos despertaba llamándonos por el nombre de todos los pájaros que conocía. Al hombre le encantaba ejercer semejante autoridad y sus ojos destilaban un cruel deseo de dominación. ¿Qué clase de horrores habría tenido que soportar durante las dos guerras para convertirse en un ser tan abyecto y carente de humanidad? Se congratulaba por su omnipotencia, por su narcisismo sin límites ni fronteras. Se pasaba los días gritando, insultando y gritando todavía más. Lo mirábamos, aterrados, sin osar a pronunciar una sola palabra, como buenos soldaditos amaestrados por el látigo mordaz de la autoridad. Incluso el más fuerte de todos, Henri, un saboyano con el que me llevaba bastante bien, se dejaba insultar, él y toda su familia de montañeses. Al fin y al cabo, ¿qué podíamos hacer? Rebelarnos contra la autoridad del Estado habría sido una locura que habríamos pagado bien cara.

Por la tarde, exhaustos tras la mañana dedicada al deporte, teníamos que aprender a manejar las armas. Apuntábamos durante horas a dianas lejanas, bajo el espantoso calor del verano y los insultos del coronel, nada satisfecho con los resultados. A los peores tiradores, entre los que yo solía estar sistemáticamente, se los mandaba a limpiar. Tuve que sacar brillo a kilómetros de superficies durante esos dos años, tanto cristales, como baños, lavabos y, a veces, incluso platos cuando el cocinero estaba desbordado de trabajo. Me pasaba las tardes enteras agachado, agotado por aquellas tareas tan ingratas. A veces, me imaginaba huyendo de ese infierno, pero de inmediato cambiaba de opinión al pensar en Mathilde. Si me fugaba, sería considerado un desertor y me buscarían las autoridades, por lo que jamás podría casarme con ella. No me quedaba otra que apretar los dientes y soportar los estados de ánimo de aquella jerarquía con tan poca humanidad.

Los fines de semana, cuando teníamos un día de permiso, escribía largas cartas a Mathilde. Siempre me respondía enseguida y me contaba su día a día de una banalidad absoluta, su rutina de joven ama de casa que, huérfana, se encargaba de la totalidad de las tareas del hogar. Al final de cada carta, a pesar de su pudor, Mathilde siempre deslizaba algunas palabras que me reconfortaban como: «Te echo de menos, Paul» o «Tengo muchas ganas de volver a verte». Enamorado, me apresuraba a responderle y esperaba la siguiente carta que no tardaba mucho en llegar. Echaba mucho de menos a Mathilde. A pesar de la fotografía que ella me había dejado, me costaba recordar su cara. Es curioso cómo la distancia puede llegar a borrar los recuerdos más íntimos, los moldea a su manera idealizándolos u omitiendo preciosos detalles.

૭༎൭

Una tarde del mes de octubre, después de haber suspendido una vez más las pruebas de tiro, estaba de limpieza con uno de mis compañeros de infortunio, Henri el saboyano. Él, también acostumbrado a las tareas ingratas, era un tipo simpático cuya única prioridad en la vida era volver a Saboya y vivir en la montaña, protegido del mundo y de los hombres que más odiaba. Hablaba poco, se dormía lo antes posible, intentaba pasar desapercibido a pesar de su gran tamaño —su altura le había granjeado cierta desconfianza por parte de la jerarquía— y era valiente, aunque no temerario. Ambos, con la cabeza gacha, entre las pullas del resto de aprendices de militar, pusimos rumbo a la estancia en la que se guardaban todos los utensilios de limpieza. Formaba parte del ritual abuchear a aquellos que, ese mismo día, se convertían en señoras de la limpieza por unas horas. Con los utensilios en la mano, nos dirigimos a la cocina, que teníamos la orden de limpiar de arriba abajo.

El cocinero, al vernos, refunfuñó señalando una inmensa pila de cubiertos sucios que había que frotar antes de la cena. En una esquina, percibí la presencia de un hombre que no había visto jamás, un joven flacucho de mi edad que nos saludó con una sonrisa que contrastaba con el horrible humor del enorme cocinero. El muchacho, de rasgos finos, parecía amable y gentil. Removía una inmensa cacerola, ausente y aburrido. Me estaba remangando cuando el pequeño coronel entró y nos ordenó que nos pusiéramos firmes. Cumplimos, como de costumbre, y pegamos los brazos al cuerpo. El pequeño coronel, orgulloso de que lo obedeciéramos a pies juntillas, al contrario de lo que hacía su mujer, cruzó las manos en la espalda y empezó a andar a nuestro alrededor con un gesto grave. Su aliento a alcohol invadía toda la estancia y esparcía sus efluvios a pesar del olor a romero. Pronto no nos quedó más remedio que respirar su hedor pestilente. El hombrecillo levantó la cabeza y se detuvo frente a mí.

—¡Vertune! —gritó con voz estridente.

—¡Sí, mi coronel! —respondí sin el más mínimo titubeo.

—¿Cuántas veces ha tenido que limpiar esta semana?

—¡Tres, mi coronel!

—¿En cuántos días, Vertune?

—¡En tres, mi coronel!

—¿Y cree que eso es normal?

—¡No, mi coronel!

—Entonces, ¿por qué sigue aquí? —gritó histérico.

—Porque tengo mala puntería, mi coronel. Lo siento mucho.

—¿Lo siente? —se burló—. Me importa un bledo que lo sienta, lo que quiero es que sea un buen soldado y que...

—Sí, mi coronel —dije precipitadamente pensando que había terminado la frase.

—¿Acaba de interrumpirme, Vertune? —vociferó con los ojos inyectados en sangre.

—¡Perdóneme, mi coronel! —repliqué con el miedo en el cuerpo.

—¿Ahora me da órdenes?

—No, mi coronel. Yo solo quería...

—¡Cállese! ¡Que se calle, le he dicho! —gritó completamente fuera de sí—. No quiero volver a escuchar su voz hasta el final de su servicio, Vertune. ¿Entendido?

—¡Sí, mi coronel! —respondí.

Se acercó a unos centímetros de mí. El olor era cada vez más nauseabundo y comencé a arrugar las fosas nasales por el asco. El pequeño coronel pudo ver la repulsión que sentía por él, la misma que podía ver en los ojos de sus allegados, su mujer y sus hijos. Me dio un puñetazo en el estómago con tal violencia que me quedé clavado en el sitio antes de desplomarme en el suelo con los ojos en blanco y sin aliento. El coronel me observó riéndose cruelmente. El dolor, lacerante, me machacaba las entrañas. Cuando por fin hubo disfrutado lo suficiente de la escena, se dio la vuelta y salió de allí.

Crucé la mirada con el joven y con Henri, ambos atónitos, dudosos entre dejarme en el suelo o ayudarme, por miedo a las represalias. El cocinero, por su parte, seguía trabajando como si no hubiera pasado nada, acostumbrado sin duda a la crueldad del pequeño jefe. Poco a poco intenté recuperar el aire. El joven se acercó y me incorporó con cuidado. El cocinero, que lo observaba por el rabillo del ojo, siguió trabajando sin decir nada. Henri contemplaba la escena, aturdido. Sentado sobre el suelo frío de la cocina, por fin pude respirar y le di las gracias al chico, que volvió a remover su inmensa olla. Me levanté con dificultad, con las manos apoyadas en mi dolorido vientre. A pesar de mis ganas de desertar, me remangué y me acerqué al fregadero, decidido a enfrentarme a aquella pila de platos. Apreté los dientes a la vez que frotaba. Mi estómago, muy dolorido, me obligó a parar varias veces.

Terminamos bien entrada la noche y nos fuimos a dormir sin cenar. Cuando se apagaron las luces, me refugié en el baño donde, acurrucado, rompí a llorar. Estaba harto de tanto desprecio, cansado de que los hombres me trataran con tanta injusticia. La luz del baño se encendió. Temblaba ante la idea de que el pequeño coronel apareciera borracho. Me levanté sin hacer ruido y esperé unos segundos detrás de la puerta.

—Sé que estás ahí, Paul —dijo una voz más bien suave—. ¡Abre!

—¿Quién eres? —dije acongojado.

—Soy el pinche de cocina, acabamos de vernos.

Abrí la puerta y me encontré cara a cara con el joven y me dio la mano.

—No nos hemos presentado. Me llamo Jean. Encantado.

—¿Cómo sabes mi nombre? —pregunté dubitativo.

—Lo he visto en el registro de comidas —respondió—. Me suelen arrestar bastante a cocina. Llegué hace un mes al otro regimiento del cuartel, en el ala B.

—No sabía que había otro regimiento aquí.

—Sí, no hay sitio en el resto de cuarteles, así que nos van enviando aquí poco a poco. Te ha dado bien el jefe en la cocina, ¿eh? —afirmó compasivo.

—Pues sí —reconocí humillado.

—No te preocupes. Sé bien qué es eso. Yo también me he llevado alguna que otra bofetada, pero sigo vivo. Aquí solo hay locos.

—Sí.

—Mira, Paul, sé perfectamente qué es lo que no soportas, porque es lo mismo que yo no aguanto. Así que, si necesitas hablar, aquí estoy.

—Gracias —dije sonriendo.

—Tenemos que apoyarnos en momentos así.

—Sí.

—Bueno, me voy, que a ver si nos pillan. ¡Buenas noches!

—Buenas noches —respondí.

El joven se dirigió a la puerta del baño. Se detuvo y se giró.

—Dime, ¿conoces París? —me preguntó.

—No, la verdad es que no.

—¿Te apetece que un día de permiso nos demos una vuelta? Por ejemplo, ¿el domingo?

—Sí, por qué no —respondí instintivamente.

—Estupendo, pues entonces el domingo nos largamos del cuartel a las ocho. ¿De acuerdo?

—Sí.

Salió cerrando la puerta tras de sí. Me quedé allí unos instantes, delante del inmenso espejo del baño, contemplando mi rostro enjuto. Todavía tenía los ojos rojos de tanto llorar, hinchados de tristeza. La luz de la vida parecía apagarse poco a poco en ellos y el optimismo empezaba a desgastarse, frágil. No era más que la sombra de mí mismo, un fantasma melancólico que erraba por los pasillos del cuartel buscando en el reflejo del cristal las pruebas irrefutables de mi pertenencia al mundo real. Palpaba la piel de mi cara y sentía mis manos heladas. Y me acordé de mi madre cuando, al besar la frente de su marido, dio un paso atrás, estupefacta por el frío de su piel.

Esa noche, por primera vez en mi vida, tuve miedo de hundirme en la desesperación, en la angustia de no ser jamás libre, en la locura. Me habría gustado encontrar refugio en los brazos de Mathilde o de mi madre, esas mujeres que no me juzgaban, que no querían controlarme, ni martirizarme, ni doblegarme, pero era imposible. Tenía que reaccionar a cualquier precio, dejar de verlo todo negro. Pensaba en Jean. Acababa de hacer un amigo o, al menos, tenía un aliado; para mí la definición de la palabra amigo era extremadamente vaga. Ese pensamiento me reconfortó. Volví a la cama entre ronquidos y pesadillas nocturnas. Al fin y al cabo, no todo era negativo: Jean parecía simpático. Ya se vería el domingo.

14

El domingo siguiente, a las ocho, nos encontramos delante del cuartel. Jean sonrió cuando me vio aparecer y me dio la mano. Esperamos a uno de sus amigos, Marc, que se había ofrecido a llevarnos por la ciudad. Casi era noviembre y el cielo gris filtraba la luz del sol. Hacía frío. Largas espirales de vapor salían de nuestras bocas. El joven me parecía simpático, pero aquel individuo desconocido para mí despertaba mis recelos. Su amigo no tardó en llegar en un suntuoso y cómodo automóvil. Nos saludó y nos fuimos presentando uno a uno. El hombre también me pareció agradable. Durante todo el trayecto, me explicó que había hecho el servicio militar en el mismo cuartel hacía un año y que hasta su liberación lo había pasado bastante mal. Cuando le pregunté a qué se dedicaba, me respondió:

—Actor, como Jean.

Este último asintió con la cabeza y me explicó que los dos formaban parte de una compañía de teatro. En cuanto se liberaran de sus obligaciones militares, querían producir espectáculos en el futuro. Jean añadió con una sonrisa que había hecho de todo para que lo declararan inútil, desde fingir enfermedades cardiacas hasta vomitar delante del médico o hacer teatro todo el tiempo, pero sin éxito alguno. Sin embargo, seguía intentando idear algún truco para engañar al cuerpo médico y poder vivir de su pasión.

Marc nos dejó en París y se fue deseándonos un buen día. Volvería a buscarnos más tarde para llevarnos del vuelta al cuartel. Pusimos rumbo a la torre Eiffel, que redescubrí por segunda vez, y después nos desviamos hacia los Inválidos, recorrimos los Campos Elíseos hasta el Arco del Triunfo, volvimos sobre nuestros pasos en dirección a las Tullerías y el Louvre, cruzamos Saint-Germain-des-Prés hasta el Palacio de Luxemburgo, anduvimos hasta el Panteón y la Sorbona y visitamos la catedral de Notre Dame. Los monumentos se encadenaban unos tras otros y, maravillado, fui descubriendo la historia de mi país. Jean, actor aguerrido dotado de una dicción cuidada y de un timbre de voz potente, era un excelente guía. A veces se detenía frente a un monumento y se metía en la piel tanto de un rey en su castillo como de un clérigo en su catedral, en todos los casos con la misma grandeza en su interpretación. Estaba disfrutando mucho enseñándome su ciudad y hacía grandes gestos en la calle al narrar las proezas de tal o cual personaje que después supe, investigando, no eran más que el producto de su imaginación. Algunas personas, intrigadas por la facilidad de palabra del joven, se paraban unos minutos para escuchar sus relatos llenos de pasión. Al poco tiempo ya éramos un pequeño grupo arremolinado en torno a él, con los ojos como platos, pendientes de cada una de sus palabras y aplaudiendo. Respondió a las preguntas de todo el mundo, sin excepción, inventándose historias que la gente engullía, asombrada ante semejante cultura general. El hombre era infatigable.

Cuando ya no pude andar más, nos instalamos en la terraza de un café de la isla de San Luis. Charlamos mientras contemplábamos el Sena, que serpenteaba ante nosotros, vestido con su largo abrigo marrón claro. Jean, cansado de hablar, me hizo unas cuantas preguntas sobre mi trayectoria antes de llegar al cuartel. Le conté mi infancia en Bretaña, el trabajo en el campo, mi sueño de convertirme un día en marinero, mi encuentro con el oficial alemán en el claro del bosque, su muerte, el descubrimiento de la fotografía de su hija, Mathilde y nuestros largos paseos por el golfo. Me escuchó con atención sin interrumpirme ni una sola vez, haciéndome alguna que otra pregunta para que desarrollara algún punto. Descubrí la sensación de ser el centro de atención. Por una vez, alguien en este planeta se interesaba por mí y me escuchaba, algo que, tengo que confesarlo, me sentó realmente bien. Cuando terminé, Jean me miró en silencio asintiendo con la cabeza.

—¿Sabes? —dijo—. En cuanto a tu historia de la fotografía de la alemana, creo que puedo ayudarte.

—¿Cómo? —pregunté curioso.

—Marc habla alemán y conoce a un tipo al otro lado de la frontera. Podría llevarnos un día si quieres.

—Pero no podemos ir a Alemania en estos momentos, es imposible.

—Querer es poder —exclamó guiñándome un ojo.

—¿De verdad que puedes ayudarme?

—Sí, claro.

—¿Cuándo?

—¡Cuando quieras! —respondió sonriendo—. Bueno, cuando todo esto haya acabado... En cuanto salgamos del cuartel.

—¿Y tú?

—¿Yo qué?

—¿Qué quieres que haga por ti?

—Nada... Solo quiero ayudar —dijo sorprendido por mi pregunta.

Me quedé mirando el rostro sonriente de Jean. Parecía iluminado por la esperanza y sus ojos estaban llenos de bondad. Hacía frío en aquella plaza parisina, pero el calor humano que emanaba del personaje me envolvía y me calentaba. Jean quería ayudarme, sin esperar nada a cambio, solo por el placer de ayudar a un hombre que, apenas hacía una semana, no era más que un absoluto desconocido. Me preguntaba qué fuerza podía habitar en aquel hombre tan misterioso que estaba sentado frente a mí.

—Entonces, ¿aceptas? —preguntó por fin.

—Sí, de acuerdo —respondí–. Pero con una condición.

—¿Cuál?

—Que yo también te ayude.

—No es necesario —dijo.

—Sí, lo es para mí —respondí, intransigente—. ¿Qué puedo hacer por ti a cambio?

Me observó unos instantes, dubitativo, y se lo pensó.

—Quizá haya una cosita —exclamó, indeciso.

—¿Cuál?

—Que me ayudes a salir de este cuartel de una vez por todas. Tengo un plan.

—¿Y podría acabar en la cárcel? —pregunté inquieto.

—No —sonrió.

—Entonces soy tu hombre. ¿Cuál es tu plan?

—Hacerme pasar por alguien que ha perdido la cabeza por llevar tanto tiempo encerrado en el cuartel.

—¿Y crees que puede funcionar? —pregunté, con dudas en cuanto a las posibilidades de éxito.

—Quien no arriesga no gana —respondió esbozando una gran sonrisa—. Y, además, entre nosotros, soy bastante buen actor, así que todo es posible.

Jean me explicó su plan y, la verdad, después de todo, era de una simplicidad absoluta. Nos pusimos de acuerdo para que nos mandaran a los dos a limpiar el mismo día y, una vez juntos, se abalanzaría sobre mí sin razón aparente. Después de haber hecho demostración de su locura, dejaría que lo sometieran y lloraría como una magdalena, acurrucado, en el suelo, presa de una desesperación que nadie podría calmar, ni siquiera los psiquiatras del cuartel, que querrían examinarlo y me harían preguntas. Yo respondería que Jean llevaba raro desde hacía algún tiempo, que no soportaba más estar encerrado en el cuartel y que habría que declararlo inútil urgentemente antes de que las cosas se pusieran feas. Si todo salía bien, lo licenciarían por problemas psicológicos y podría volver a sus ocupaciones como actor, según lo planeado. Cuando yo saliera del cuartel, Marc y él vendrían a buscarme y nos iríamos a Fráncfort para poder hablar con la hija del oficial alemán. Un intercambio de favores, en cierta medida. Un plan perfectamente trazado.

Al ver cada uno una oportunidad para sí en ese plan, en un arrebato de entusiasmo, nos dimos un apretón de manos. Decidimos ponerlo en práctica dos semanas después, el tiempo necesario para que Jean entrara en el personaje, como lo exigían las enseñanzas de la compañía de teatro a la que pertenecía. Marc, que acababa de aparcar en doble fila, aprobó el plan y aceptó con gusto llevarme a Fráncfort y ser mi intérprete. Nos subimos al automóvil y volvimos al cuartel discretamente, cada uno por su lado. El soldado a cargo de la vigilancia me pidió el pase. Jean entró en el ala de su regimiento como si no hubiera pasado nada. No había rastro del pequeño coronel. Debía de estar de permiso ese día, bien calentito en su casa de campo. Nadie podía sospechar ni por un minuto lo que estábamos tramando.

❧

Las dos semanas que precedieron a nuestro plan transcurrieron como de costumbre, bajo una rutina implacable, entre el deporte matutino, los arrestos a limpieza de las tardes y las guardias por turnos de las noches. Nada vino a desequilibrar el monótono equilibrio de nuestro día a día como recluta. A veces veía a Jean por los pasillos y notaba en él un comportamiento extraño. Parecía más encerrado y triste, con la mirada vacía y el rostro desencajado. Cuantos más días pasaban, peor aspecto tenía, él, hasta entonces siempre jovial y extrovertido. El pequeño coronel se cebaba con él y lo molía a palos delante de todo el cuartel. Jean, impasible, apretaba los dientes sin decir nada. Se volvía a levantar, bajaba la cabeza y lloraba. Toda su energía vital, que solía ser desbordante en ese eterno optimista, lo había abandonado. Su torso estaba contraído y sus brazos escleróticos por el miedo. Su rostro, lívido, parecía el de un condenado a muerte unos minutos antes de su ejecución. Fueron varias las veces que tuve que reprimir mis ganas de revolverme contra la autoridad del pequeño coronel, pero no lo hice para no revelar nuestra amistad, un descubrimiento que habría comprometido nuestro plan. Esperamos pacientemente. Hasta el miércoles 21 de enero de 1948. Hay fechas que no se nos olvidan nunca y, cuando pensamos en ellas, esbozamos una sonrisa nostálgica.

Como todas las mañanas desde hacía días, apuntaba fuera de la diana para que me mandaran a limpieza con mi amigo. El pequeño coronel, enfadado ante semejante mediocridad, había acabado asumiéndolo. Jamás conseguiría convertirme en un soldado digno de ese nombre. El hombre había tirado la toalla y se contentaba con gritarme para que sacara brillo más rápido a los baños y el suelo. Sus apariciones eran cada vez más escasas. Por eso, aquella mañana, yo estaba solo frotando el suelo del cuartel. Una vez más, decepcionado por no ver a mi amigo. El plan ya llevaba una semana de retraso y no conseguíamos sincronizar lugar y hora. Quizá debiéramos renunciar.

Cuando ya ni lo esperaba, Jean apareció con una escoba en la mano, seguido del pequeño coronel que gritaba como de costumbre. Descubrí con estupor el aspecto abominable de mi amigo y me sorprendió que, al verme, me guiñara un ojo con discreción. Jean no era más que la sombra de sí mismo, poseído íntegramente por ese personaje que había estado creando a medida durante las tres últimas semanas, como hacen los actores. Yo no sabía nada del mundo del espectáculo, pero sin duda alguna aquel hombre tenía un talento excepcional, una capacidad fuera de serie para meterse en la piel de otro olvidándose de sí mismo por completo. Después de su revocación del ejército, seguro que no tardaría en hacerse un hueco en el mundo artístico y en hacerse famoso.

Jean se me acercó, sumergió la bayeta en el cubo de agua hirviendo y se arrodilló en el suelo. El coronel, histérico, gritaba con todas sus fuerzas. Cuando se dio cuenta de que sus griteríos no nos importaban, le propinó a mi amigo una patada monumental en el trasero. Por la violencia del impacto, empezó a retorcerse de dolor y se quedó paralizado en el suelo, inerte. Jean comenzó a dar grandes gritos de desesperación, gritos de bestia salvaje herida de muerte. De su tono de voz se desprendía un sufrimiento infinito. Estaba claro que esta vez no estaba fingiendo. El pequeño coronel, ansioso por silenciar sus gritos, lo golpeó todavía con más fuerza. Se desató con mi compañero, dándole patadas llenas de ira sin dejar un instante de vociferar insultos y cebarse con una violencia inaudita. En los golpes del coronel se sucedían y confundían el niño humillado por sus compañeros y maltratado por sus padres, el adolescente del que se burlaban las chicas, el joven aterrorizado por las balas y los obuses en el campo de batalla, los golpes de los alemanes y el marido engañado. La cara oscura del personaje inundó la habitación con su negrura, mostrando sus sentimientos más ocultos, sus miedos más profundos y sus angustias más gregarias. Una oleada de espuma se acumulaba en torno a sus labios, sus ojos estaban inyectados en sangre y su rostro rojo de ira. Creí que iba a matar a Jean quien, al encajar el fruto de la locura humana, se desmayaba de dolor. Su cuerpo no era más que una masa informe ondulándose al ritmo de las patadas del coronel.

Hay momentos en la vida en los que, como seres humanos que somos, basta una minúscula gota de agua para desbordar el vaso. Un escalofrío de cólera recorrió mi columna vertebral, la cólera negra de la revolución que solo llega a sentir la gente acorralada cuando se violan sus libertades fundamentales. Todo mi cuerpo tembló de ira. Me abalancé sobre el pequeño coronel y aquel hombre, sorprendido, cayó de espaldas y se golpeó la cabeza con el suelo. Antes de cerrar los ojos, masculló algunas palabras incomprensibles. Observé la figura inmóvil del hombre que yacía sobre el embaldosado mientras recuperaba el resuello. Por un momento, tuve ganas de molerlo a palos, de golpear sus extremidades, su tronco y su cara, de hacer brotar la sangre de sus venas, de rematarlo en el suelo. Imaginaba sus estertores ahogados de súplica, sus ojos llenos de desesperación y remordimientos, a medida que la parca se perfilaba en el horizonte. Solo la muerte sabe despertar la sensibilidad de las almas crueles al final de sus vidas. Después de todo, ¿acaso no tengo derecho yo también a ceder a la facilidad de la violencia, a la ignorancia de la crueldad, en vez de ser la presa incansable del tormento de la razón? Me acerqué al hombre, con la sangre hirviéndome en las venas, lo cogí del uniforme por el pecho y elevé mi puño lejos, por detrás de mi cabeza.

Justo cuando iba a golpearlo con todas mis fuerzas, se me apareció el rostro de Mathilde bañado en lágrimas, inconsolable ante la idea de no volver a tenerme entre sus brazos. Mi puño se detuvo en el aire y los rasgos de mi rostro se calmaron de repente. La ira desapareció. Solté al hombre y volvió a caer al suelo. ¿Qué hacer? Me levanté bruscamente y en ese momento comprendí que nuestro plan había fracasado. Allí, ante mis ojos, tenía a dos individuos completamente inconscientes: un coronel desmayado, quizá muerto por la caída, y mi amigo Jean, inmóvil. La situación era grave, muy grave. Si quería volver a ver a Mathilde y casarme con ella un día, tenía que salir como fuera de aquella emboscada en la que estaba metido hasta el cuello. Sí, ¿pero cómo? ¿Arrastro a los dos hombres a una esquina como si no hubiera pasado nada? Cuando se despertara el coronel, alertaría a las autoridades de nuestro amotinamiento. Los dos, Jean y yo, seríamos condenados a prisión sin razón. Imposible, deseaba demasiado volver a ver a Mathilde como para imaginar siquiera semejante escenario. Oí pasos que se acercaban a lo lejos, en el pasillo, sin duda militares alertados por los gritos de Jean. La idea de pagar todos los platos rotos de aquella confusión general me provocaba escalofríos. Ante la desesperación, no se me ocurrió nada mejor que tumbarme yo también en el suelo y fingir así que me había desmayado. Unos minutos después, los enfermeros nos colocaron en una camilla y nos llevaron a la enfermería. Un aire de incomprensión flotaba en los pasillos del cuartel. Un enfermero me levantó los párpados y me escrutó las pupilas. ¿Se daría cuenta de la farsa? Los volvió a cerrar enseguida, demasiado ocupado tratando a Jean en un estado que parecía crítico. En el pasillo que llevaba a la enfermería, imaginaba los millones de escenarios que podrían sacarme de aquel barrizal.

15

Unas horas después, cuando por fin estaba preparado para enfrentarme a mi jerarquía, fingí despertarme y llamé a alguien, sin olvidar sujetarme la cabeza para indicar que me dolía atrozmente. Un enfermero corrió a mi cama, acompañado de un militar uniformado. El hombre era muy fornido. A pesar de su corpulencia, el volumen de su camisa a la altura de la barriga delataba una debilidad que no conseguía corregir ni a pesar de las reprimendas de su médico. Se sentó torpemente y se quedó mirándome unos instantes. No me quitaba los ojos de encima, intentando descubrir en mis hechos y gestos una parte de la verdad de aquel asunto. Lo saludé sujetándome la cabeza y le supliqué al enfermero que atenuara mi dolor, un dolor que era igual de espantoso que imaginario. El militar frunció el ceño, como si dudara de la veracidad de mis palabras. Un leve escalofrío de angustia me recorrió la espalda. El enfermero me vendó la cabeza y salió de allí con discreción. Me había quedado a solas con el soldado, que se giró hacia mí.

—Buenos días, señor Vertune. Espero que haya descansado bien —dijo con tono grave.

—Me duele la cabeza —mentí con todas mis fuerzas.

—Justamente, señor Vertune. ¿Le importa que lo llame Paul?

—Por supuesto —respondí desconcertado.

—Muy bien, Paul. Permítame que me presente. Me llamo Auguste Villaret y soy el jefe adjunto del Estado Mayor del Ejército de Tierra. Me han llamado de urgencia hace unas horas para poner algo de luz en este... tema, llamémoslo así, tema.

—¿Qué tema? —pregunté con ingenuidad.

—¿No se acuerda de nada?

—No, ¿de qué debería acordarme? De hecho, ¿qué hago yo aquí? —declaré como un actor en plena representación frente a su público.

—Lo han encontrado tirado en el suelo, Paul.

—¿Qué ha pasado?

—Justamente eso es lo que estoy intentando averiguar.

—¿Y eso por qué? —interpelé sorprendido.

—No estaba solo.

—¿Ah, no?

—Junto a usted yacía Jean Brisca, con el cóccix fracturado, y el coronel Lartigue, que no se acuerda de nada. ¿Qué diablos ha pasado allí?

Sus ojos reflejaban la incomprensión más absoluta. En un ataque de genialidad, se me ocurrió una segunda idea brillante. Antes de que fuera demasiado tarde, decidí aprovechar la ocasión.

—Espere —dije, fingiendo que había recuperado la memoria—. ¿Ha dicho que estaba rodeado por otro soldado y el coronel?

—Sí. ¿Lo recuerda? —me preguntó con un brillo en los ojos.

—Estábamos en arresto de limpieza, ¿no?

—¡Exactamente!

—Ah, sí, ya me acuerdo —dije apretando la expresión de mi cara—. El coronel Lartigue se puso a gritarnos para que sacáramos brillo más deprisa y le dio una patada al otro soldado en el trasero con todas sus fuerzas. Yo quise interponerme, pero se revolvió contra mí, me golpeó la cabeza y después, nada, no me acuerdo de nada más...

—Ya veo —dijo dubitativo—. Entonces ¿se reveló contra la autoridad de un coronel en el ejercicio de sus funciones?

—No, yo... Yo solo quería ayudar a un amigo —balbuceé al sentir que se me iba de las manos.

—¿Su amigo? ¿El señor Brisca es amigo suyo?

—No... Bueno... Brisca es un compañero del cuartel. Eso es todo —musité—. El coronel le pegaba con tanta fuerza que creí que lo iba a matar. Solo quise impedírselo.

—Ya veo —afirmó el hombre con dudas—. El cuerpo del señor Brisca está cubierto de hematomas y equimosis, así que, en ese sentido, puedo creerle.

—Es la estricta verdad, señor —juré con convicción.

—Solo hay un detalle que se me escapa en esta historia.

—¿Cuál?

—¿Por qué el coronel también estaba tirado en el suelo? —preguntó frunciendo el ceño.

—No lo sé. Quizá se dio cuenta de que se había pasado, tuvo miedo y fingió su desvanecimiento para despistar —dije muy seguro de mí mismo—. No le veo otra explicación, señor.

—Ya veo —dijo el militar con voz temblorosa—. ¿Me está diciendo que el coronel Lartigue ha mentido en su declaración y que se acuerda perfectamente de todo lo que pasó?

—Supongo que sí —dije sintiendo que estaba tomando un camino que tendría que seguir hasta el final, costara lo que costara.

—¿Sabe una cosa, Paul? Ha tenido mucha suerte. No es la primera vez que nuestro coronel tiene problemas de autoridad, llamémoslo así. No sé si su historia es cierta o no, pero dado que no quiero que este asunto se haga público, voy a confiar en usted.

—Gracias, señor —dije, con el miedo en el estómago.

—Una última cosa... —dijo mientras se levantaba.

—¿Sí?

—¿Quiere que lo licenciemos de su servicio militar a cambio de su silencio?

—No, señor —dije al pensar en el campo y en mis hermanos—. Yo no diré nada.

—¿No tiene una familia y una amiga que lo esperan? —preguntó intrigado.

—Sí, pero quiero acabar mi servicio. Para mí es una cuestión de honor —respondí con un nudo en la garganta.

—Haga lo que quiera. Parece ser un buen chico. Tenga cuidado porque por aquí, a los buenos chicos, no se los aprecia demasiado —afirmó antes de irse.

Salió y desapareció. No lo volví a ver jamás. Ni tampoco al coronel, por cierto. Nunca supimos qué pasó con él. Jean fue trasladado al hospital militar y un equipo de especialistas se hizo cargo de él. El cóccix, como me explicó después con su labia legendaria, es un hueso frágil que se repone con dificultad a los traumatismos violentos y necesita una larga reeducación. Como paradoja inquietante o azar del destino, durante su convalecencia conoció a una enfermera que, unos años más tarde, acabó convirtiéndose en su mujer, con la que tuvo dos hijos. A pesar del fracaso de nuestro plan de evasión inicial, se abrieron otras vías, otras perspectivas que jamás habrían visto la luz si el pequeño coronel, presa de la furia ese día, no hubiera perdido el control. La vida de los hombres se compone de casualidades y coincidencias, de elecciones y de nuevas direcciones. En cuanto a mí, me recuperé deprisa de mis heridas imaginarias en la cabeza. Al día siguiente, sin razón alguna, me asignaron a las cocinas hasta el final de mi servicio. El jefe adjunto del Estado Mayor, al haber reconocido en mí, según sus propias palabras, a un «buen chico», me dio un trato de favor en el cuartel. Nadie me volvió a molestar nunca más. Me limitaba a ayudar al cocinero en sus tareas cotidianas, lo acompañaba al mercado temprano por la mañana, donde negociaba el precio de frutas y verduras, y preparaba las comidas siguiendo sus recetas. Me convertí en su ayudante, algo que, sin duda, era bastante menos agotador que las interminables jornadas pasadas corriendo, arrastrándome por el suelo y apuntando a dianas imaginarias.

Un día, mientras trituraba la fruta para hacer una crema, se me cayó una caja de frambuesas. Maldije con gran estruendo y me giré hacia ella. Sobre las baldosas blancas de la cocina, las frambuesas lo cubrían todo a mi alrededor y su color rojizo dibujaba una delicada estela. El pasado, de repente, resurgió. La fruta, allí tirada, me recordó el jardín de mi infancia, perfumado con miles de aromas, las frambuesas y sus ramas recorriendo la alambrada de la granja y los manzanos y sus largas hojas ondulándose al ritmo del viento. En ese paisaje sublimado por mi imaginación, volví a ver a mi madre, cantando entre los árboles, con los brazos levantados hacia el cielo, sonriente, como de costumbre. Deseé poder rodearla con mis brazos y dar vueltas con ella al son de esa música misteriosa que nos recuerda constantemente que el tiempo pasa demasiado deprisa, que desaparece de forma absurda y que, en su carrera frenética, no nos espera. El cocinero apareció en ese momento y empezó a maldecir al ver la fruta tirada por el suelo, pero enseguida volvió a su trabajo como si no hubiera pasado nada. Prefería refugiarse detrás de su delantal a enfrentarse a sus congéneres de carne y hueso. Las frutas y las verduras eran más dóciles que los seres humanos, demasiado complicados para su gusto.

❧

Jean no tardó en enviarme una carta para mantenerme informado y darme las gracias. Lo habían licenciado en cuanto salió del hospital y por fin se había subido a las tablas. El espectáculo que los dos cómplices habían escrito cosechó un gran éxito y fue aclamado por la crítica. Los dos acabarían haciéndose famosos, solo era cuestión de tiempo. También me indicaba que estaban preparando nuestro viaje. El amigo de Marc en Alemania, encargado de un albergue situado cerca de Mayence, se había informado sobre Gerhard Schäfer y había conseguido la dirección de su familia en Fráncfort. Los dos me esperarían el día de mi salida, como lo estipulaba nuestro contrato moral o, mejor dicho, amistoso. Todavía me separaban unos cuantos meses de la fatídica fecha. A pesar de las ganas de conocer a la hija del oficial alemán, tenía que armarme de paciencia.

También recibí una carta de Mathilde en la que me explicaba que su padre estaba enfermo y que estaba preocupada por su salud. Guardaba reposo en la granja mientras ella se ocupaba de él. Aquella noche, me fui a dormir abrazado a su carta. El olor de la granja de los Blanchart todavía impregnaba el sobre y había un trozo de cabello pegado en la franja engomada. Echaba mucho de menos a Mathilde. Por primera vez en mi vida, en aquel cuartel lejos de mi Bretaña natal, supe lo que era una relación a distancia. Aquel año, comprendí muchas cosas sobre las emociones, sobre su intensidad diferente en función de las personas. La frustración de haber sido rechazado por mi padre, aunque dolorosa, era menos intensa que la de no poder besar a Mathilde, más profunda y avasalladora. A menudo soñaba con besarla y todavía podía sentir los labios de Mathilde contra los míos al rodearla por completo con mis brazos. La intensidad de la escena era tal que me despertaba sobresaltado en mitad de la noche, con el corazón desbocado en mi pecho, y la buscaba desesperadamente a oscuras en la habitación. Tras unos segundos, cuando recuperaba el aliento, comprendía que no había sido más que un sueño absurdo, el resurgimiento de mis deseos más íntimos. Después, con la frente cubierta de sudor en mi pequeño catre del cuartel, me volvía a acostar con la angustia de no poder estar cerca de ella. Mathilde era la mujer de mi vida, el único amor que valía la pena vivir.

16

Aquella mañana, pisé con fuerza la acera de la calle y respiré a pleno pulmón el perfume de la libertad. El sol, allí arriba en el cielo, acariciaba mi piel. Buscaba con la mirada el automóvil de Marc, pero no vi a nadie. No había ni rastro de esos dos actores inseparables en la calle colindante al cuartel. Dejé el petate en el suelo y me senté sobre la montaña de enseres. Las transeúntes, cuando veían mi cabeza rapada, me observaban con curiosidad, sobre todo los niños.

Los minutos pasaban y, a punto de dar la hora, empecé a preocuparme. Jean me había asegurado que estarían los dos allí una hora antes. No podía creer que hubiera cambiado de opinión de buenas a primeras, aunque bien es cierto que, viniendo aquel parecer de un ser humano, no había nada que pudiera sorprenderme. Entonces, un enorme automóvil entró a toda velocidad por la calle con gran estruendo, dejando una espesa nube de humo negro tras de sí. Los viandantes, asombrados por semejante barullo, se giraban hacia el vehículo y se quedaban mirando, consternados, antes de acabar envueltos por los gases de escape negros y nauseabundos. Tosían y se tapaban la boca a la par que maldecían con gran escándalo. El automóvil, que no paraba de tocar el claxon, se acercaba a mí. Al volante, la silueta fina de mi amigo Jean con Marc, su fiel acólito, sonriente como de costumbre, a su lado. Los dos empezaron a hacerme señas sacando los brazos por las ventanillas. Los observaba, fascinado por esa puesta en escena tan original. Los frenos del vehículo rechinaban con estruendo. Los transeúntes se tapaban los oídos sin parar de maldecir. Jean salió, se precipitó sobre mí y me dio un abrazo.

—¡Hola, amigo mío! —exclamó con entusiasmo.

—¡Hola, Jean! —respondí conmovido por tanta atención.

—Perdona por haber llegado tan tarde, pero es que hemos estado ensayando toda la noche y se nos ha pasado el tiempo volando.

—No pasa nada. Acabo de salir —mentí.

—Bueno, ya está. ¡Por fin libre!

—Sí —afirmé sonriendo, aunque con cierta nostalgia.

—¡Perfecto! —exclamó escandalosamente—. ¡Nos vamos a Fráncfort!

৩৶৶৩

Llegamos a la frontera alemana hacia el mediodía. A nuestro alrededor, el bosque alsaciano se alzaba, majestuoso, con sus largas hojas acariciadas por una ligera brisa. Pensaba en los soldados franceses y alemanes que habían muerto en combate en aquellos inmensos bosques cuyos árboles no tenían nada que ver con nuestras historias grotescas de hombres locos de atar. Cuando llegamos al puesto fronterizo, un guardia uniformado nos pidió los papeles y la razón de nuestra entrada en el territorio. Respondimos que íbamos a visitar a una tía enferma, el soldado abrió la barrera y nos dejó pasar. Seguimos por las carreteras devastadas de aquella Alemania ocupada y en reconstrucción. Sus habitantes parecían cansados, agotados por tanta desgracia como se había abatido sobre sus vidas. Ahora solo les importaba una única cosa, vivir en paz en un mundo civilizado y no volver a conocer la guerra, esa abominación que se llevaba consigo a mujeres y niños. Deambulaban por las calles con ladrillos y sacos de cemento bajo el brazo para reconstruir las casas afectadas por las bombas. Miraban a los soldados franceses con desconfianza. Seguimos tres horas a través de los bosques y los campos, los pueblos y los controles militares, sin que nadie nos detuviera. Las carreteras estaban devastadas por las bombas que habían caído hacía tres años.

Por fin llegamos a Mayence hacia las tres de la tarde. La ciudad, situada a unos cuarenta kilómetros de Fráncfort, era el último bastión francés. Al otro lado del Rin, que cruzaba la población, la zona estaba ocupada por los americanos. Nos detuvimos delante de un albergue. Marc bajó del vehículo y saludó al encargado, que nos recibió con los brazos abiertos. Chapurreó unas cuantas palabras en alemán y nos hizo señas para que nos acercáramos. Jean y yo bajamos, intrigados por la envergadura atlética del hombre. Lo saludamos con entusiasmo, a pesar de que, he de confesarlo, por aquel entonces todavía me costaba abstraerme de su nacionalidad alemana después de todo lo que había pasado. Al hombre, por su parte, no parecía afectarle la nuestra y nos pidió que lo siguiéramos al interior del albergue. Nos pidió que nos sentáramos y nos sirvió un almuerzo bien copioso. Los alemanes tenían fama de ser buenos anfitriones y pude constatar en persona la esplendorosa veracidad de esta reputación. Nos sirvió salchichas con repollo, un plato típico, y nos ofreció cervezas hasta quedar saciados. Hablaba con un tono grave y ruidoso en esa lengua de consonantes bárbaras que tantísimo me exasperaba. Lo escuchaba por educación, sin comprender nada, porque Marc, en su intento de traducir, tenía problemas para seguir el ritmo del hombre.

Cuando acabamos de comer, nos metió en un automóvil y nos llevó al puesto fronterizo de la armada americana que se encontraba justo sobre el Rin. El encargado del albergue, medio borracho, conducía canturreando y notaba cómo zigzagueaba el vehículo sobre el asfalto. En varias ocasiones, evitamos la acera de milagro, pero conseguimos llegar sanos y salvos al puesto fronterizo. Un americano nos hizo señas para que nos detuviéramos. Se acercó al vehículo, reconoció al encargado del albergue, lo saludó y frunció el ceño al vernos. Sacamos nuestros papeles. El hombre se relajó al ver que éramos franceses, ya que nuestro país era un aliado de su patria. Jean, que había frecuentado en los teatros parisinos a un buen número de actores anglófonos, explicó al americano las razones de nuestra visita. Nos observó detenidamente un rato, reflexionó unos segundos y nos hizo señas para que pasáramos. No obstante, nos exigió que estuviéramos de vuelta al anochecer para no tener que presentar un informe a las autoridades americanas. Asentimos y pusimos rumbo a Fráncfort a toda velocidad.

Una hora más tarde, habíamos llegado a una pequeña calle de edificios altos y gran colorido, típicos sin duda de la ciudad. El alemán detuvo el vehículo bruscamente ante la fachada de un inmueble y nos señaló una casa. Nos bajamos y allí estaba, frente al inmenso edificio en el que el oficial alemán había vivido antaño con su mujer y su hija. Respiré a pleno pulmón para armarme de valor y me acerqué lentamente a la entrada de la casa. Junto a la puerta había un panel con los nombres de todas las personas que vivían dentro. Repasé rápidamente todos los apellidos. Mis ojos se pararon cuando vi escrito negro sobre blanco *Gerhard und Martha Schäfer*.

Llamé varias veces para asegurarme de que alguien me pudiera escuchar allí arriba, pero nadie respondió. Hice varios intentos más sin obtener respuesta. Decepcionado, llegué a la conclusión de que habían salido y tendría que esperar a que volvieran. Marc, que no estaba dispuesto a pasar el día allí, llamó al timbre de la planta baja, al portero. Unos segundos después, una señora respondió y Marc habló con ella en alemán. Aceptó salir a charlar con nosotros. Esperamos unos segundos. Se abrió la puerta y una señora mayor hizo su aparición. Nos escrutó de pies a cabeza porque no confiaba en los franceses. Marc tomó la palabra y le explicó nuestra situación.

Agudizó el oído para intentar entender algo a pesar de su marcado acento. Cuando acabó, saqué la fotografía de la niña alemana. Tomó el papel, siempre desconfiada. Cuando vio la imagen de la joven, su rostro se iluminó. Parecía conmovida y confusa, perdida en sus recuerdos. Levantó la cabeza y, a regañadientes y llena de tristeza, dijo:

—Catherine.

Asentí con la cabeza, sonriendo. La señora mayor, siempre triste, nos explicó que desde que acabó la guerra la familia ya no vivía allí. Se habían ido a las islas Canarias, a Las Palmas, creía, en Gran Canarias. La madre de Catherine tenía amigos allí. Al morir su marido, hizo las maletas con su hija y se exilió para alejarse de la guerra y de su vendaval de tormentos. Observaba a la señora, asombrado ante semejante noticia, y le pregunté si tenía su dirección en Las Palmas. Respondió que no, antes de añadir que no podía hacer nada más por mí. Me deseó buena suerte y desapareció detrás de la puerta del inmueble.

Agaché la cabeza, decepcionado. Hacía ya tres años que Catherine no vivía allí. No tenía ni idea de dónde se encontraba Las Palmas en el mapa. Tenía que aceptar la realidad: encontrarla estaba fuera de mis posibilidades. Volví al vehículo y recorrimos el trayecto a la inversa hasta Mayence, donde, un poco triste, agradecí al alemán su hospitalidad. Él también me sonrió con tristeza al comprender mi frustración y me deseó buena suerte antes de desaparecer.

Llegamos tarde a París, hacia medianoche. Al día siguiente, Jean me acompañó a la estación en la que, hacía dos años, había desembarcado por primera vez en la capital.

—Imagino que nuestros caminos se separan aquí —dije, triste.

—Sí —suspiró con los ojos apuntando al vacío—. Gracias por todo lo que has hecho por mí, Paul. No lo olvidaré jamás.

—Soy yo el que está agradecido, amigo mío —respondí a punto de romper a llorar.

—No he hecho nada —dijo sonriendo.

—Sí. ¿Sabes? Es la primera vez en mi vida que he tenido un amigo. Un amigo de verdad, me refiero, que me escucha y me respeta por lo que soy. Y ya solo por eso, te estaré eternamente agradecido.

—Una última cosa antes de que te vayas.

—¿Sí? —respondí, intrigado.

—Toma —dijo, entregándome un sobre.

—¿Qué es?

—La llave del reino de los sueños —dijo, sonriendo—. Ábrelo en el tren. Buen viaje y dale un abrazo de mi parte a Mathilde.

Estábamos en el andén de la estación Montparnasse, como dos grandes amigos que se dicen adiós para la eternidad. El tiempo parecía haberse detenido y las agujas del reloj parecían haber parado unos instantes su loca carrera. En el aire flotaba un perfume agradable, una sutil mezcla de despreocupación y amistad profunda. El hilo invisible de la humanidad nos unía, ese que une para siempre a quienes se han apoyado mutuamente en la adversidad. Se escuchó la última llamada para el tren de Rennes. Abracé a Jean por última vez y me dirigí a mi tren.

—¡Paul! —exclamó Jean en la lejanía.

—¿Sí? —respondí, intrigado.

—No pierdas jamás esa sonrisa que ilumina tu rostro —dijo saludándome antes de alejarse.

Me quedé unos instantes en el andén.

—Gracias, Jean —murmuré.

Cuando el tren ya estaba lejos de los edificios grises de la capital, abrí su carta y la leí con emoción.

Estimado Paul:

Cuando leas esta carta, probablemente ya estés lejos de la gran ciudad, lejos de toda esta cacofonía que jamás cesa. Te doy las gracias una vez más por todo lo que has hecho por mí. Me habría gustado poder ayudarte a encontrar el rastro de Catherine, pero a veces en la vida hay imprevistos que, en definitiva, son los que conforman la belleza de nuestra existencia. Como no he conseguido ayudarte en esta nueva aventura tuya, he decidido ayudarte en otra. Me dijiste que querías ser marinero, ¿verdad? Aquí tienes la dirección en Burdeos de un empresario que se dedica a la marina mercante y que es amigo de mi familia. Se llama Pierre Gentôme y espera tu visita. Preséntate allí y él te ofrecerá trabajo. Pues bueno, espero que esto sea el principio de esa aventura marina en la que sueñas desde que eras pequeño. Espero volver a verte algún día, amigo mío.

Un abrazo,

Jean

Cerré la carta y guardé el preciado papel en su sobre. La campaña desfilaba antes mis ojos, los campos, los pueblos, los lagos y los ríos. La Francia de las mil caras, unas veces urbana y otras rural, se mostraba con orgullo al paso del tren que, a toda velocidad, no parecía prestar atención. Después de dos largos años, en unas horas volvería a ver a Mathilde. Luego nos iríamos a Burdeos y me enrolaría en la marina mercante. Los caminos de mi destino parecían abrirse ante mí por una vez. No quería desperdiciar la oportunidad de hacer sonreír al niño que, antaño, se había maravillado ante el monstruo de acero que navegaba hacia el horizonte.

17

El verano de 1949 fue uno de los veranos más bonitos que me han tocado vivir. El sol no dejó de brillar en el cielo bretón. Mi hermosa Mathilde, tumbada bajo su roble, estalló de alegría el día que me vio aparecer en su jardín con mi petate bajo el brazo. Como una mujer que recupera a su marido tras una guerra, me besó con ternura y me rodeó fuerte con sus brazos. Pensé en el pobre oficial alemán que jamás tuvo esa oportunidad. El señor Blanchart, ocupado cortando las rosas de su jardín, también corrió a saludarme. Después desapareció para que pudiéramos disfrutar el uno del otro.

De la mano, pusimos rumbo al golfo, recorrimos el puerto de Logéo y nos tumbamos sobre la arena de la pequeña cala que hay debajo, frente a la isla de Moines. Nos besamos durante horas, hasta que el crepúsculo nos envolvió con sus mandíbulas oscuras y vimos desaparecer en el horizonte todo rastro de presencia humana. Ese fue el momento que escogí para arrodillarme frente a ella y pedirle la mano, sin anillo ni diamantes, pero mis ojos y mi voz decían más de mis intenciones que todos los tesoros del mundo juntos. Al principio, incómoda, se sobresaltó y me observó con los ojos como platos, sin osar pronunciar esa palabra que, al salir de su boca, uniría nuestros destinos para toda la vida. Y, después de reflexionar subrepticiamente sobre las consecuencias de semejante respuesta, se iluminó su rostro. Sus labios se redondearon para susurrar un «Sí» salido directamente del corazón, un «Sí» a la vida y al amor, un «Sí» a la pasión y a las lágrimas que pronto cubrieron su rostro. Las gotas, cargadas de diferentes emociones, se acumulaban en las comisuras de sus ojos y rodaban por sus hoyuelos, iluminados por la alegría. La paradoja de la especie humana, que se debate entre dos emociones que, finalmente, no están tan lejos la una de la otra, se dibujó en la cara de Mathilde, toda su belleza y su beatitud, en suma, toda su complejidad. Ya no pude contener más las lágrimas al ver a mi futura esposa sollozar de felicidad ante la idea de unir su vida a la mía. En aquella cala oscura a la orilla del mar, comprendí que a partir de entonces ella y yo estaríamos unidos para siempre. La acompañé de vuelta a su casa y tomé el camino de tierra de zarzas, en dirección a la granja de mis padres.

Allí no había cambiado nada. En cuanto me vio, mi madre me saltó al cuello para besarme. Al rodearla con mis brazos, sentí la intensidad y la profundidad de nuestra relación. Pierre y Guy se levantaron de la mesa para saludarme. Por turnos, me fueron abrazando, como lo hacen los miembros de una hermandad que se quieren. Me sorprendió y me conmovió semejante demostración. Los observaba, con los ojos como platos, como si el cielo se estuviera derrumbando sobre mi cabeza. Jacques, por su parte, comía en la esquina de la mesa y, al verme, levantó la cabeza en mi dirección.

—¿Entonces qué? ¿Ya eres un hombre? —preguntó con ironía mientras me sentaba a la mesa.

—Sí —respondí con orgullo—, ya soy un hombre libre.

—¿Libre? —dijo Jacques—. ¿Libre de qué? ¿De volver al campo?

—No voy a volver al campo —afirmé seguro de mí mismo.

El ruido de los cubiertos sobre los platos se detuvo de repente. Todos me miraron, sorprendidos por semejante afirmación, como si no hubiera otra alternativa en la vida que el miserable trabajo en el campo que tanto repudiaba. Mi madre me miró con tristeza. Ella había comprendido antes que los demás el deseo de emancipación que habitaba mi alma desde que nací. Ella sabía que, tarde o temprano, abandonaría el nido mullido del conformismo para saltar a la arena incierta de la libertad. Esa era mi elección y ella la aceptaría.

—¿Y qué piensas hacer si no vuelves al campo? —preguntó Jacques con desprecio—. ¿Mendigar el pan en las calles?

—No, me marcho a Burdeos para trabajar en la marina mercante. Un amigo me ha pasado el contacto de un empresario de la región. Siempre he querido ser marinero y no pienso perder la oportunidad.

—¿Y qué pasa con tu familia? —preguntó Jacques, inquieto al ver que no tenía la más mínima influencia sobre mí.

—Vendré a veros de vez en cuando —dije—. Siempre he odiado trabajar en el campo. No quiero pasarme toda la vida recogiendo fardos de heno y segando el trigo. Quiero ser libre para vivir como yo quiera, a mi manera.

—Haz lo que quieras —afirmó Jacques, que sentía que las cartas ya estaban echadas.

—Hay otra cosa —dije.

—¿Qué más? —vociferó Jacques.

—Me caso con Mathilde Blanchart.

De nuevo, volvieron a dejar de comer y me miraron fijamente, sorprendidos al saber que el más pequeño iba a casarse cuando ninguno de sus hermanos, naturalmente todos mayores que él, había encontrado todavía su media naranja. Mi madre, a la que sí había confiado la relación íntima que me unía con Mathilde, me felicitó. Ella, mi dulce madre, solo quería mi felicidad, así que si decidía irme a la otra esquina del mundo, lejos de ella, soportaría la distancia con tal de no verme triste, aunque, en lo más profundo de su ser, allí donde la chispa de la vida había abrazado mi corazón, sufriera atrozmente. Pierre y Guy se volvieron a levantar y me felicitaron sin grandes aspavientos. Jacques, con sombras de celos en su rostro, se limitó a quedarse en su esquina y mascullar algunas palabras incomprensibles. Ya no era él el que hablaba, sino mi padre, con toda su ira, la misma ira que le había transmitido a mi hermano que, incapaz de romper las cadenas psicológicas de su progenitor, fingía ser ese tipo malo que, probablemente, en el fondo, no era. Jacques se escondía en lo más profundo de sí mismo, manteniendo el flujo de amargura, pero, definitivamente, ya no era mi problema.

❧

Para mi sorpresa, el señor Blanchart se puso muy contento al saber que Mathilde y yo nos íbamos a casar. Invitó a toda mi familia a su casa, pero Jacques, demasiado henchido de orgullo para asistir a la felicidad de su hermano, no apareció por allí. El señor Blanchart me apreciaba a pesar de pertenecer yo a ese estrato social que suele ser invisible a los ojos de aquellos que, con más dinero, mueven los hilos de la economía. Imagino que había visto en mi mirada la misma llama de pasión y amor por Mathilde que él mismo había sentido por su mujer, fallecida hacía ya unos años. Aunque no lo confesara nunca, prefería que la carne de su carne se casara con un hombre que se le pareciera que con un desconocido frío y austero. Solo sintió un pinchazo en el corazón cuando le confesé mi intención de partir a Burdeos para hacerme marinero. Ver a su hija partir a la otra esquina de Francia debió de partirle el corazón, pero no podía impedirlo.

Nos casamos a finales de julio de 1949. Ese día hacía muchísimo calor y todos los hombres sudaban la gota gorda en los trajes que habían sacado de sus armarios para la ocasión. La iglesia del pueblo había sido decorada con esmero. Mi madre se mantenía firme frente al altar de la iglesia y me sostenía la mano, nerviosa como el día en que ella misma se casara en la intimidad de aquella parroquia que veía crecer a todas las generaciones del pueblo, una tras otra, antes de unirse ante Dios. Mathilde estaba frente a mí. A pesar del velo blanco que le cubría todo el rostro, no detecté en ella rastro alguno de angustia, solo la serenidad profunda de hacer lo correcto, la certeza de partir al galope sobre el caballo adecuado.

—¿Aceptas a este hombre como tu legítimo esposo, en lo bueno y en lo malo, hasta que la muerte os separe?

—Sí, acepto.

—¿Aceptas a esta mujer como tu legítima esposa, en lo bueno y en lo malo, hasta que la muerte os separe?

—Sí, acepto.

Se leyeron algunas plegarias y se entonaron algunos cánticos cuidadosamente seleccionados por mi madre. Desde ese momento, nos convertimos en marido y mujer ante la Iglesia y ante nuestras familias. Después, en el ayuntamiento, fue el turno del padre de Mathilde de unirnos para siempre. Esta vez administrativamente, bajo los arcanos del Estado y la hermosa Marianne, que exhibía alto y fuerte los colores de nuestra nación. A partir de ese momento, estalló la fiesta en el pueblo, una de esas fiestas de la que solo son capaces los bretones y en las que las especialidades locales invaden los platos y la sidra corre a raudales.

La música y las danzas tradicionales también encontraron su sitio; las mujeres giraban al ritmo de la nostalgia de los años pasados. Tomé a Mathilde por la cintura y bailamos ante todos los invitados, girando sobre nosotros mismos como niños en la intimidad de su escondite secreto al fondo del jardín, desafiando al árbol del futuro con sus ramas volubles y crueles. Sonreíamos a esa nueva vida de la que no sabíamos nada, pero que se anunciaba radiante, sin escollos. La juventud tiene virtudes que el tiempo difuminaba pacientemente, sin previo aviso.

Esa noche bailamos con gran estruendo, sin pensar en el mañana, hasta que nuestras piernas no pudieron más y se pararon de repente y, entonces, nos desplomamos en el suelo por el agotamiento, encantados, llenos de amor. Nos besamos largamente bajo los manzanos de mi infancia. Por fin nos desnudamos, como dos amantes nerviosos por descubrirse, por conocer el placer sexual, ese deseo que ardía en el fondo de nuestras almas de niños, impacientes por convertirnos en adultos. Penetré a Mathilde por primera vez, con precaución infinita. En su rostro se veía una confianza absoluta en mis gestos. Se rió ahogadamente de placer bajo mis sacudidas. El cielo estaba despejado, sin nubes. La luna mostraba su creciente sonrisa en el cielo creado por el cosmos. Las estrellas no son soles que explotan, como dicen los hombres de ciencia que necesitan una explicación para todo. Son las reliquias de un amor pasado, extinto, que sigue viviendo ahí arriba. Siguen brillando para recordarnos que, a pesar de nuestra falta de fe, la única cosa que importa en este miserable mundo es el amor, eterno, salvador, resplandeciente.

18

Si la vida fuese un libro, Burdeos sería un nuevo capítulo. Un largo capítulo. A primera vista, la ciudad nos pareció glacial. Un espeso manto negro se extendía sobre las fachadas a todo lo largo de un río que atravesaba la población, como si el hollín lo recubriera todo con su huella nauseabunda, marcando el ambiente por los siglos de los siglos. El Garona, extrañamente parecido a su primo parisino, tenía el mismo tono marrón y el mismo caudal que jamás se estancaba. Todo el río parecía tener prisa por salir de la ciudad para navegar hacia firmamentos más clementes, más verdes y más tornasolados. En el baile de nuestros sentidos en alerta, un detalle atrajo especialmente nuestra atención: el ruido de la ciudad, omnipresente, subversivo, en su forma más lograda, más cacofónica. Para empezar, pesados como las ruedas de una carroza gigantesca, el estruendo de los toneles de vino rodando por el pavimento, los gritos y los cánticos de los estibadores que los manipulaban con destreza, el ruido de los cascos de los caballos golpeando con fuerza el suelo y las sirenas de los barcos que atracaban con orgullo en el puerto. En este caos acústico, Mathilde y yo nos quedamos asombrados por el dinamismo comercial de esta ciudad vitícola.

Jean no me había mentido en cuanto al negocio de su amigo. Su comercio florecía a medida que los barcos iban entrando en el puerto llenos de productos importados y volvían a partir recién cargados del fruto de la vid que abundaba en torno a la urbe. Pierre Gentôme, bordelés de nacimiento y descendiente de unas de las muchas familias burguesas de la ciudad, era uno de los comerciantes de vino más influyentes de toda Aquitania. El negocio familiar, auténtica referencia del sector, no solo se ocupaba de la compra de toneles en las propiedades más prestigiosas, sino también de la logística hasta el puerto de embarque, de la carga y descarga de los navíos, así como de toda la gestión inherente a dicha actividad, papeleo comercial y otras formalidades necesarias para la venta incluidos. Un auténtico imperio comercial dirigido con mano de hierro por el pequeño hombre barbudo con el que me reuní una tarde de septiembre de 1949 y al que no le sorprendió que le entregara el sobre de mi amigo.

Leyó la carta y me preguntó por Jean sin intentar conocer las razones de nuestra amistad. El interés económico primaba por encima de las relaciones afectivas consideradas no rentables por aquel hombre frío, criado él también bajo el yugo de un padre autoritario demasiado ocupado gestionando los negocios familiares. A fin de cuentas, a pesar de proceder de clases sociales distintas, ese hombre y yo no éramos tan diferentes, lo que demuestra que el dinero no sustituye al amor parental ni, en definitiva, a nada en absoluto. Me preguntó si sabía leer y escribir. Se quedó muy sorprendido cuando le respondí que sí, como si no concibiera que una casualidad de la vida me hubiera podido ofrecer la posibilidad de derogar una de las reglas de mi posición social. Se encogió de hombros y me pasó un formulario administrativo que rellené con dedicación. El hombre me observó para constatar la veracidad de mis palabras y eso me incomodó. Cuando la entrevista llegó a su fin, me tendió su mano fofa y me dio la bienvenida a su compañía. Me asignó el puesto de operario de almacén, de estibador para ser más poético, me enseño los locales de su empresa e interrumpió el trabajo de algunos empleados para presentarme. Me saludaron afectuosamente, con la empatía de la clase obrera que recibe a un nuevo miembro. El señor Gentôme me explicó después que, como todos los estibadores principiantes, pasaría a formar parte al día siguiente de un equipo de noche constituido por veinte hombres y un capataz que me formaría en la profesión. Luego se fue en dirección a los almacenes, sin concederme más de ese tiempo del que tanto él carecía.

ᖗᕲ

Poco tiempo después, Mathilde y yo nos instalamos en un barrio popular de Burdeos, al norte del Garona, en una casa de una sola planta con un pequeño jardín en el que plantamos algunas frutas y verduras. Al principio, me preocupaba que Mathilde no aceptara vivir en una casita tan modesta, ella que estaba acostumbrada a vivir desde niña en una granja inmensa sola con su padre. Por mi parte, yo ya estaba habituado a evolucionar en un entorno estrecho, compartido con mis hermanos. Aquello no me suponía ningún problema, sobre todo teniendo en cuenta que la situación era provisional. Pero Mathilde estaba muy contenta de mudarse conmigo a un edificio modesto, acabando así con las inquietudes que germinaban en mi mente. Llegamos a la conclusión de que la casa era más que suficiente para contener las pocas pertenencias materiales que teníamos entre los dos. De todas formas, con nuestros medios económicos, no nos podíamos permitir nada más espacioso. En cuanto a la comodidad, pues ya veríamos más adelante, llegamos a bromear. El vecindario, formado por obreros que, como yo, trabajaban de sol a sol sin descanso para construir piedra a piedra la famosa ciudad, nos pareció muy agradable. No nos costó trabar amistad con varias familias del barrio.

Al cabo de unos meses, conocíamos perfectamente todo nuestro nuevo entorno, con sus pequeños comercios, sus tiendas, sus costumbres y sus personajes. De esa forma conocimos otra esquina de Francia en la que la vida era tranquila y simple, alegre y solidaria, parecida a nuestra Bretaña, aunque más asfixiante. Mathilde se hizo amiga de Joséphine, nuestra vecina de enfrente, que también era la panadera del barrio y que le presentó a una conocida de su familia, una burguesa que no hacía nada en la vida y que se sentía sola en su casa, demasiado grande para ella. Contrató oficialmente a Mathilde a jornada completa como costurera, mujer de la limpieza, niñera de sus hijos y persona para todo de aquella familia de aristócratas que había hecho fortuna en la alta costura. Extraoficialmente, Mathilde hacía compañía a la señora de Saint-Maixent todo el día, le servía el té y le leía el periódico, le enseñaba costura con paciencia y se ocupaba de sus hijos con tal indulgencia que al poco tiempo se había vuelto indispensable para el frágil equilibrio de aquella familia. Mi mujer, concienzuda como lo había sido su madre antes que ella, trabajaba mucho y volvía tarde por la noche, agotada por sus interminables jornadas, pero satisfecha por traer el fruto de su labor a casa. La señora de Saint-Maixent la retribuía parcamente por sus buenos y leales servicios.

Los dos primeros años de nuestra vida bordelesa pasaron a toda velocidad. Mathilde volvía tarde, a la hora que yo me iba a descargar barcos toda la noche, y yo regresaba temprano por la mañana, a la hora a la que Mathilde se iba a trabajar. Al final coincidíamos muy poco, los fines de semana, cuando disfrutábamos de esos momentos privilegiados en los que la vida nos concedía cortos respiros.

Mi trabajo de estibador era agotador. Al principio, no me parecía duro, más bien todo lo contrario. Trabajar por la noche ofrecía ventajas considerables a las que me sentía muy unido, como poder disfrutar del amanecer y el anochecer a horas en que toda la ciudad dormía, recibir un mejor salario, gozar de fines de semana más largos y, lo más importante para mí, contemplar en el cielo a mi dulce luna, que reavivaba los recuerdos de mi infancia en los prados bretones, que me consolaba cuando los barcos se encadenaban con frenesí en un puerto en ebullición. Aquellos primeros años, a pesar del poco tiempo que podía pasar junto a mi esposa, me sentí plenamente satisfecho con aquella situación, incluso feliz, pero, después, el trabajo se volvió tedioso, embrutecedor. Mi cuerpo no tardó en quedar atrapado en la tormenta de aquel infierno nocturno en el que las sirenas de los barcos anunciaban el principio del trabajo y los cantos de desesperación de los estibadores marcaban el ritmo de las noches frías. Rodábamos incansablemente los toneles de vino por el suelo, manipulando con precaución el precioso néctar que contenían y dejándonos devorar por las entrañas de los monstruos de acero que atracaban en el puerto y que volvían a salir de madrugada, cargados hasta arriba, hacia un destino lejano cuya existencia solo conocía a través del planisferio de mi maestro. Cuando salía de trabajar, temprano por la mañana, contemplaba los navíos alejándose del puerto, zigzagueando entre los bancos de arena del Garona para evitar encallar sus cascos metálicos, con el corazón encogido al ver desaparecer en el horizonte a miles de marinos ávidos de tierras lejanas.

Mi sueño de la infancia seguía intacto. En secreto, deseaba que no tardara en concretarse al fin. No perdía la esperanza de formar parte algún día de aquella tripulación de aromas exóticos. Para consolarme, volvía a casa a descansar en las sábanas todavía calientes por el cuerpo de Mathilde. Allí me dormía al abrigo del alboroto, soñando con espacios y paisajes paradisiacos.

19

Pasaron tres años más al ritmo de los barcos y los caprichos de la señora de Saint-Maixent. Mathilde y yo nos vimos poco, ocupados en construir una vida a medida de nuestro amor. Sin embargo, un día, sin que pudiera explicarlo, el destino llamó de nuevo a nuestra puerta. ¿Existen ingredientes para la receta de la coincidencia? ¿Lugares, momentos, hombres, posiciones concretas de los planetas, qué sé yo? Quizá sea un cóctel mágico de todos los ingredientes que, de repente, se combinan y hacen que todo cambie. Una mañana de 1952, cuando me preparaba para bajar del puente de un barco que acabábamos de cargar, oí un ruido detrás de mí que me sobresaltó.

—¡Chis, por aquí! —susurró una voz.

Me giré en dirección al ruido y no vi a nadie, solo un montón de bidones oxidados apilados los unos sobre los otros. Seguí mi camino hacia la barandilla de seguridad y distinguí debajo a una señora que esperaba en el muelle de carga con los brazos cruzados. Parecía atormentada y su rostro dejaba entrever arrugas marcadas. Bajo sus ojos, tenía unas inmensas bolsas negras en las que se acumulaban los vestigios de una desesperación que a duras penas conseguía ocultar. Sus cabellos, peinados deprisa y corriendo, estaban recogidos hacia atrás y sujetos en una cola de caballo descuidada, reduciéndola a sus desazones psicológicas.

—Joven —volví a oír.

Sobre la montaña de bidones oxidados, apenas se veía una cabeza. Una espesa barba negra recubría la casi totalidad del rostro del hombre, él también parecía perturbado. Pensé con ironía que decididamente todo el mundo debía de haberse puesto de acuerdo.

—Ven aquí —susurró con una voz apenas audible.

—¿Yo? —pregunté sorprendido.

—¡Sí, tú! ¡Date prisa! ¡Ven! —respondió el individuo visiblemente molesto.

Me acerqué al hombre con desconfianza, no por ese físico sorprendente de viejo lobo de mar, sino por miedo a encontrarme frente a un individuo completamente loco. Cuando ya estaba a unos metros de él, me hizo señas para que rodeara la pila de bidones y llegara hasta donde estaba él. Lo hice sin demasiada prisa y me vi frente a un hombre con unas espaldas desmesuradas. Iba vestido con un uniforme azul marino recubierto de medallas y galones. Mostraba con orgullo sobre su pecho los colores de sus recompensas. El hombre debía tener un alto rango en la marina. ¿Por qué estaba allí, detrás de un montón de chatarra, oculto como un prisionero huido, él, que se enfrentaba a los tornados y a los vacíos gigantescos de un océano encolerizado, él, que no parecía tener miedo de nada?

—Necesito que me ayudes, joven —suplicó con insistencia.

—¿Ayudarlo? ¿A qué?

—A esconderme—respondió molesto.

—¿Esconderlo de qué? —pregunté incrédulo.

—De la mujer que hay debajo de la pasarela. ¿La has visto?

—Sí, eso creo. ¿Esa que espera con los brazos cruzados?

—¡Exactamente! ¡Eres muy observador, joven, y esa es una buena cualidad! Escúchame con atención, no debe subir al barco, ¿de acuerdo?

—¿Por qué? —pregunté intrigado.

—¡Por el momento, limítate a hacer lo que te pido y ya te lo explicaré después! —respondió con autoridad.

—Muy bien —afirmé sorprendido por su reacción—. ¿Qué tengo que hacer?

—Bloquearle el paso cuando intente subir al barco.

—¿Y si no sube?

—Si no sube, entonces no tienes que hacer nada —respondió el hombre intrigado por mi pregunta.

—De acuerdo —respondí sin comprender nada de su historia—. ¿Y qué debo decirle exactamente?

—Dile que está prohibido el paso debido a una enfermedad contagiosa, un virus traído de las islas Canarias.

—¿De las islas Canarias? —pregunté pensando en la hija del oficial alemán, Catherine.

—Sí, de las islas Canarias. ¿Qué quieres? ¿Que te lo dicte?

—No, no...

—Venga, ponte delante de la entrada y bloquéale el paso hasta que se vaya —dijo el hombre medio desencajado.

—¿Y qué gano yo con todo esto?

La frase salió instintivamente de mi boca. Mi pregunta parecía haberle desconcertado, como si de repente la relación jerárquica se hubiera invertido sin que estuviera acostumbrado a ello. Después de todo, era él quien necesitaba mi ayuda, no al contrario. Se incorporó y me miró directo a los ojos unos segundos. Después de reflexionar su respuesta, se acercó a mí. Su aliento a alcohol invadió mis fosas nasales.

—Si me sacas de este lío, jovencito, podrás pedirme lo que quieras —dijo con seguridad.

—Muy bien —respondí satisfecho con su respuesta.

Me dirigí a la pasarela y bajé con cuidado los pequeños montículos de madera que servían de escaleras o, más bien, de antideslizantes para no resbalar. La mujer seguía apostada delante de la entrada de la pasarela, con los brazos cruzados, y me observaba con los ojos negros de cólera. A medida que me iba acercando a ella, bueno, a medida que iba bajando hacia ella, empecé a imaginarme la situación plausible entre los dos personajes de aquel vodevil en el que estábamos inmersos los tres. Supuse que podía ser la esposa, engañada y herida en su orgullo o, por el contrario, la amante decepcionada decidida a gritar su decepción a los cuatro vientos para aprovechar el escándalo a fin de desacreditar a su amante marino. En cualquiera de los casos, el enfrentamiento parecía inevitable. Cuando ya estaba a unos metros de ella, descruzó los brazos y se metamorfoseó en una víbora ansiosa por insuflarme su veneno cruel y tóxico con la lengua.

—¡Oiga! —dijo con frialdad.

—¿Sí, señora? —respondí tranquilamente.

—¿Usted quién es?

—Me llamo Paul Vertune y...

—Me importa un bledo quién es usted.

—Pues entonces para qué me ha...

—¡Vaya a buscar al capitán del barco! —me ordenó.

—¿Me podría indicar el motivo, señora?

—Pues porque soy su mujer y quiero ver a mi marido —vociferó con voz temblorosa por la cólera.

—Imposible, señora. Lo siento mucho.

—¿Cómo que es imposible?

—El barco está en cuarentena y toda la tripulación está encerrada en el interior —mentí sin convicción.

—¿En cuarentena? ¡No le creo!

—Tengo orden de no dejar pasar a nadie. Este barco está infectado por un virus traído de las islas Canarias, un virus muy contagioso transmitido por las ratas —improvisé para intensificar el miedo a una posible contaminación.

— ¿Ah, sí? ¿Qué virus? —preguntó la mujer que no se dejaba engañar.

—No lo sabemos todavía. Mientras tanto, nadie puede subir.

—Es otra excusa estúpida inventada por mi marido, ¿verdad?

—No sé de qué me está hablando, señora. Lo siento mucho.

—Ah, muy bien, sois todos iguales, mentirosos como piojos.

—No, señora, yo...

—¡Le dice de mi parte que lo sé todo! ¡Si vuelvo a verlo, lo mato! —gritó histérica.

—Cálmese, señora, por favor.

—¡Lo mato, me oye, lo mato! —siguió gritando antes de caerse de golpe al suelo.

Rompió a llorar a lágrima viva con el rostro desencajado por la cólera y la decepción. Se sujetaba la cabeza con las manos y balbuceaba algunas palabras, sin duda insultos dirigidos al hombre que le había hecho tanto daño. El llanto se intensificó hasta convertirse en sollozos salidos directamente de las profundidades de su alma, cargados de significado. La inmensa desesperación de aquel ser traicionado me fue invadiendo poco a poco. Ante semejante drama, mi corazón se dilataba hasta convertirse en poco más que una esponja enorme, permeable a todos los sufrimientos. ¿En qué me había convertido? ¿En abogado del diablo? ¿Qué clase de persona sería aquel hombre? ¿Un cobarde? ¿Cómo alguien que capitaneaba un navío que atravesaba todos los mares del planeta podía tener miedo de su mujer? Para mi sorpresa, descubrí otra paradoja de nuestra querida humanidad. Me agaché junto a la mujer, rota en lágrimas, e intenté ayudarla para que se levantara.

—¡Déjeme en paz! ¡Usted es tan mentiroso como él!

—No, señora, yo...

—Creía que era un buen hombre. Míreme ahora, esperando en este muelle sucio mientras él está con su amante. Estoy desesperada —dijo entre dos sollozos.

—No, señora, levántese, por favor —dije sin saber por dónde empezar.

—No, déjeme o, mejor, tíreme al mar, que quiero morir —suplicó mientras se arrastraba por el suelo.

—¡Pare! —grité sujetándola con todas mis fuerzas.

—¡Déjeme morir!

Todas las miradas del puerto ya estaban centradas en nosotros. La sujeté pidiendo que alguien viniese a ayudarme porque la mujer, totalmente histérica, empezaba a soltarse. Por un instante, imaginé qué pensarían los estibadores y los marineros que contemplaban aquella escena sin conocer la situación. Temí que me tomaran por un loco que estaba violando a la pobre mujer que se debatía en el suelo. Pensaba en Mathilde, mi amor, a la que posiblemente le habría contrariado verme en una postura tan extravagante. Al cabo de unos instantes, me puse a gritar para que me ayudaran a razonar con aquella mujer desesperada dispuesta a terminar con aquel sufrimiento que le consumía las entrañas. Los espectadores asombrados salieron súbitamente de su letargo y corrieron a echarme un cable. Uno de ellos sujetó a la mujer y por fin pude soltarla y liberar las manos. Cuando se vio perfectamente inmovilizada por aquella armada de músculos, comprendió que no podría llevar a buen puerto su proyecto y se dejó caer en el suelo. La silueta ansiosa de su marido contemplaba la escena desde el navío, impactado por la brutalidad con la que tratábamos a su mujer, pero, sin duda carcomido por el sentimiento de culpa, no hizo nada, espectador de la decadencia afectiva de su matrimonio, de todos sus años de vida en común barridos por el deseo de novedad, de «carne fresca», como dicen los marineros. La mujer, manchada por el aceite usado que recubría el suelo con su impronta negra, dejó de llorar.

La multitud de músculos se fue dispersando poco a poco al grito de palabras sarcásticas, ironizando sobre la herida abierta de la pobre mujer, pero ella ya no oía nada. Su mente, destruida por el dolor, había entrado en hibernación. Me senté junto a ella, con cuidado, y contemplé el caudal marrón del Garona. Las olas, en su larga carrera hacia el océano, arrastraban todo tipo de detritos que, de vez en cuando, emergían a la superficie. Pude reconocer un zapato y el cuadro de una bicicleta que, seguramente, alguien había tirado río arriba. A veces incluso era posible distinguir flotando en la superficie cadáveres enteros de animales que, por accidente, se habían caído al caudal, barridos como vulgares marionetas por las corrientes fluviales. Y allí estábamos los dos, la mujer engañada y el hombre de campo, con los ojos inmersos en el vacío de nuestras vidas.

El silencio empezó a hacerse pesado y sentí que la mujer quería desahogarse. Me contó la historia del capitán y de su matrimonio, roto al descubrir las cartas apasionadas de la amante de su marido, ese mismo marido que nos observaba desde la barandilla, camuflado entre las sombras. El capitán del barco, cuando atracaba, aprovechaba su camarote para ver a su amante. En la estrechez de aquel habitáculo de aromas marinos, se entregaban a todo tipo de juegos eróticos a los que su mujer, por pudor, prefirió no hacer alusión. Por un instante, me imaginé al viejo capitán en el camarote, con su barba frondosa, en cueros, corriendo detrás de su amante con un látigo en la mano. Quise quitarme ese pensamiento abominable de la cabeza. Unos minutos después, cuando por fin se hubo liberado por completo de su pesada carga, me dio las gracias educadamente, se levantó y se alejó, tambaleándose, llena de tristeza y desilusión. La contemplé con gran pesar al constatar que mi mentira había encubierto las ignominias sexuales del capitán, yo, un hombre que era fiel al amor como un perro a su amo. Subí las escaleras con tristeza, arrastrando los pies, destrozado por la culpa de haber encubierto a un monstruo o, la verdad, a un hombre. En cuanto puse un pie en la pasarela del barco, vi a aquel hombre abatido, apoyado en la barandilla. Sí, definitivamente era un cobarde. Me acerqué y me senté junto a él. Durante unos segundos eternos no nos dijimos nada.

—Gracias —dijo suavemente con la cabeza gacha.

—De nada —respondí mecánicamente.

—Mi mujer tiene tendencia a exagerar ciertas situaciones —afirmó para redimirse una vez más de sus actos pueriles.

—Quizá, no lo sé.

El capitán se acarició la barba.

—La vida es complicada, joven, ya sabes. A tu edad, creemos que todo es fácil y que siempre será así, pero te equivocas. Todo se vuelve complicado y triste. El tiempo pasa sin darnos cuenta y entonces, un día, nos despertamos. Nos miramos en el espejo y vemos que tenemos el rostro cubierto de arrugas, que hemos cambiado, que hemos envejecido. Ese mismo rostro que contemplábamos hace treinta años, un rostro joven y lleno de esperanza, ha desaparecido. Al igual que nuestros sueños, evaporados, diluidos. Y, cuando nos damos cuenta, solo podemos pensar en una cosa: volver a ser lo que fuimos.

—¿Y entonces engañamos a nuestras mujeres? —pregunté con los ojos perdidos en el vacío.

—Ha sido más fuerte que yo. Cuando vi a Patricia, descubrí en el reflejo de sus ojos el rostro de ese hombre joven de hace treinta años, sin arrugas ni cicatrices. No me pude resistir a la llamada de la juventud.

—¿Y qué veía en los ojos de su mujer?

La pregunta lo perturbó.

—Me veía avejentado y feo, decrépito, carcomido por el tiempo.

—¿Y en qué le hace pensar esa imagen?

—En la muerte.

—¿Teme a la muerte, capitán?

Agachó la cabeza.

—Sí —respondió.

Una fina lágrima apareció en la comisura del ojo del hombre, lágrima que decía mucho sobre su capacidad para contener sus emociones, para enterrarlas en lo más profundo de sí mismo. ¿Por qué diablos todo era tan complicado? El misterio de la vida flotaba sobre nuestras cabezas, sobre el barco, la región, el país y el mundo entero. A pesar de los años transcurridos, allí estábamos, sin experiencia, simples ignorantes cuya única esperanza era descifrar algún día el secreto que nos envolvía con su aura.

—Te he dicho que podías pedirme lo que quisieras si me sacabas de este aprieto —prosiguió el capitán.

—Sí —respondí perdido en mis pensamientos.

—Te escucho...

En ese momento volví a ver la silueta del marinero en el puerto, hace veinte años, su sonrisa tras ponerme la gorra en la cabeza, ese sueño de niño que me había transmitido. Y, después, la imagen de Catherine Schäfer, de su padre muerto, el viaje a Alemania con Jean, el anfitrión teutón que nos acogiera en su albergue, la sonrisa de la portera al ver la fotografía de la niña. Todo volvió a mi cabeza. El capitán había hecho alusión a las islas Canarias hacía unos minutos, las mismas islas a las que la madre de Catherine se había exiliado con su hija tras conocer la muerte de su marido. Todas las piezas del puzle de mi existencia se pusieron a girar, a volar sobre una mesa imaginaria, a encajar las unas en las otras, primero las esquinas, después los bordes y el centro, hasta que todo quedó perfectamente coherente, alineado y con sentido. Me giré hacia al capitán y dije con voz solemne, llena de seguridad.

—Yo también quiero ser marinero.

❧

Al principio, el capitán no podía creer lo que estaba oyendo. Me miró estupefacto, como si estuviera ante un loco que no había aprendido nada del drama que acababa de vivir. Bajó la cabeza y se volvió a apoyar en la barandilla del barco, con el cuerpo cansado por todos esos años pasados navegando, abriéndose paso entre los icebergs, combatiendo los tifones, los rompientes asesinos, los elementos desatados de una naturaleza que, definitivamente, no se dejaría dominar jamás. Después me interrogó sobre la fiabilidad de mi elección y sobre mi conocimiento del oficio que, según me dijo, era el más penoso y difícil del mundo. Quiso conocer mis motivaciones, descubrir en ese anhelo el posible capricho de un joven deseoso de aventuras. Cuando le conté brevemente mi recuerdo de la infancia describiéndole aquellos extraños, vestidos con ropas raras, que me habían insuflado ese sueño loco, sonrió deponiendo las armas. Estaba claro que no tenía nada que hacer. Un sueño de la infancia es una máquina perfectamente engrasada que nada ni nadie puede detener, sobre todo en aquellos que mantienen su fe intacta, esperando a que llegue su turno, sin prisas y sin agotarse en nada inútilmente.

El capitán reflexionó unos segundos, acariciándose la barba frenéticamente, como si fuera la parte de su rugoso organismo con la que tomaba las decisiones. Se levantó y me ayudó a incorporarme. Aceptaba enrolarme en su barco, el *Volcán de Timanfaya*. Me explicó que la compañía que fletaba su navío estaba especializada en el comercio con destino a África Occidental y Asia. Sus travesías hacían escala en varios grandes puertos, como Burdeos, Lisboa, Tenerife y Las Palmas, Abiyán, Durban en Sudáfrica, Bombay, Singapur y Saigón. Los aprendices de marinero empezaban, en principio, en las rutas más cortas para poder poner a prueba su capacidad para soportar la distancia con sus familias y el mareo. Años después, cuando ya tenían suficiente rodaje, cambiaban de destino y eran asignados a los grandes cargueros, esos inmensos barcos de mayor capacidad para transportar mercancías que surcaban los mares. Su salario aumentaba considerablemente, pero los días en el mar se alargaban, pues a veces pasaban en alta mar más de seis meses, un tiempo y una distancia que solían despertar el ánimo veleidoso de algunos y, por ello, hacer que la unidad familiar se resintiera. El capitán me dijo que el oficio de marinero era una extraña paradoja, una combinación de frustración y libertad en la que no existía el punto medio, una mezcla de emociones oscilantes que hacía que los marinos se sintieran vivos, añadió con aire de filósofo griego. Aquella era una profesión dura, me dijo para concluir, porque uno se sentía frustrado constantemente al no poder ver crecer a sus hijos, al no poder abrazar a la familia cuando se quiere, pero también era un oficio gratificante: nos abría las puertas del mundo, nos permitía observar durante horas la flora y la fauna marinas, los suntuosos paisajes que surgían a unos cables de las rutas marítimas. No cambiaría por nada del mundo esa sensación de libertad. Me dio las gracias y cruzó una puerta del puente, desapareciendo así en el gigante de acero que pronto se convertiría en mi hogar ambulante.

Bajé rápidamente la rampa de acceso al barco con el corazón acelerado. Durante el camino de vuelta, pensé en mi madre y la recordé cantando por la mañana mientras recogía las frutas del huerto familiar. Empecé a canturrear una de sus canciones. Reviví la imagen del marinero que, hacía veinte años, había puesto su gorra sobre mi cabeza. Sus palabras me habían marcado profundamente, aquel marinero había plantando con ellas la semilla de un sueño loco que había ido creciendo con el paso del tiempo y que acababa de germinar gracias a un cúmulo de circunstancias. Pensé que mi padre habría estado orgulloso de mí, aunque de eso no estaba del todo convencido. Avanzaba a grandes pasos hacia casa. Tenía muchas ganas de anunciar la noticia a Mathilde y esperaba que ella aceptara mi elección.

20

Tres semanas después, ya estaba a punto de embarcar en el *Volcán de Timanfaya* rumbo a las islas Canarias.

Cuando presenté mi dimisión, a Pierre Gentôme no pareció sorprenderle. Se encogió de hombros y me deseó buena suerte. Sin embargo, antes de que me fuera, añadió que si cambiaba de opinión, las puertas siempre estarían abiertas para mí. En cuanto a Mathilde, al principio recibió la noticia con gran alegría. Mi mujer, que me conocía mejor que nadie, estaba muy contenta y orgullosa de que un capitán tan bien considerado en la marina quisiera contratarme en su barco. Después, cuando cayó en la cuenta de que debería pasar varios meses al año en el mar, tuvo una reacción más tibia, como si hasta entonces no hubiera pensado en esa particularidad del oficio de marino. Dado que un sueño solo es un sueño, no tenemos en cuenta sus exigencias.

No obstante, mi nueva condición me ofrecía algunas ventajas nada desdeñables. Por un mes en el mar, la compañía me ofrecía dos semanas libres durante las que podría ocuparme a tiempo completo de mi mujer. En el nivel más bajo, el salario también duplicaba al de estibador del puerto. Aprovechamos para comprar una casa cerca de la que vivíamos para no tener que cambiar demasiado nuestras costumbres de expatriados regionales. La vida del barrio nos gustaba y no queríamos modificar nuestros rituales. Antes de que me embarcara, organizamos una fiesta para celebrar mi enrolamiento. Todos los vecinos me felicitaron por ese puesto que muchos hombres codiciaban sin osar a dar el paso. Sin lugar a dudas, en el fondo de esta indecisión, subyacía la voluntad feroz de sus mujeres de mantener a sus maridos cerca.

Y entonces llegó el gran día de mi partida, de la gran inmersión en aquel universo masculino zarandeado por las corrientes marinas, el gran viaje. Aquella mañana de marzo, nos levantamos ansiosos, carcomidos por el miedo a no dormir juntos durante un mes, a no estar presentes el uno para el otro cuando nos necesitáramos. Si le pasara algo a Mathilde durante mi ausencia, jamás me lo perdonaría. Durante unos minutos eternos, tuve la tentación de renunciar, de acurrucarme junto a mi mujer, de hacerle el amor y dormirme a su lado, bien calentito bajo el edredón, donde estaríamos protegidos como dos niños en la cabaña del fondo del jardín. Después de todo, Mathilde era mi sueño más loco. Me había casado con ella por amor, con aquella niña que había hecho que latiera mi corazón con fuerza desde el primer instante en el que cruzamos nuestras miradas. Me senté al borde de la cama y apoyé la cabeza entre mis manos. ¿Qué debía hacer? ¿Renunciar? Podía distinguir la imagen del barco alejándose del puerto. Una larga columna de humo se elevaba al cielo cubierto de gaviotas que gritaban mi nombre: *¡Paul, Paul, Paul!* Yo me quedaba en el puerto, con la cabeza gacha y los ojos anegados en llanto. No era más que un blandengue, como decía mi padre; sí, él tenía razón. Detrás de la barandilla del barco, la silueta del capitán se elevaba en la bruma, riéndose a carcajadas por mi indecisión. Junto a él, mi padre lo sujetaba del brazo y lo arrastraba a una danza mística al ritmo del canto de las gaviotas: *¡Blandengue, blandengue, blandengue!* Al instante, se le unieron una cohorte de marineros con exuberantes tatuajes bailando juntos sobre el puente cogidos por el brazo, en una especie de cancán francés diabólico. Yo, harto de no poder asumir mis elecciones y de dudar, me derrumbaba en el muelle. El barco desaparecía en la bruma y ya no se escuchaba nada más.

Intentaba determinar hasta qué punto los sueños de la infancia son difíciles de conseguir y lo duro que es mantenerse centrado en un objetivo. La vida nos propone sin cesar nuevas vías más fáciles, menos restrictivas, en las que entramos con una facilidad desconcertante, como un rebaño de vacas camino del matadero. Yo, deseoso de llegar hasta el final, de satisfacer a aquel niño del puerto tan contento con su gorra, de arrancar del rostro de mi padre aquella sonrisa burlona y cínica, también quería que las dos mujeres de mi vida, Mathilde y mi madre, estuvieran orgullosas de mí.

Me levanté de la cama y me vestí, poseído por una fuerza invisible, mitad angustia, mitad exaltación. Mathilde se despertó, inquieta. Me planté frente a ella y le repetí que la amaba, que era la mujer de mi vida desde siempre. El niño que había dentro de mí no podía esperar y también reclamaba su parte del pastel. Quería vivir, amar, evadirse, partir, experimentar, abrir los brazos al destino, viajar, descubrir, imaginar, conocer, maravillarse, jugar, extasiarse, sentir, saborear, tocar, oír, amar, abrazar la vida a manos llenas... Sí, tenía que irme. Mathilde me observaba, atónita, con los ojos bien abiertos, como si ante ella tuviera el velo blanco de un fantasma que había vuelto para atormentarla. La abracé para tranquilizarla. La emoción extrema me hacía perder un poco la cabeza. Sentí que nacía en mí esa dulce locura que se apodera de los hombres cuando son felices, esa euforia pasajera que hace que nuestro corazón palpite y que mueve montañas.

Con gran pesar, Mathilde me acompañó al barco, apagada al ver a su hombre dejar el hogar y poner rumbo a sus sueños de la infancia. Le prometí que le escribiría cartas que enviaría en cuanto el barco tocara puerto. Me sonrió tímidamente secándose una lágrima con la manga. Mi amada. Mi Mathilde. Mi mitad.

En el puerto, una multitud de hombres y mujeres se arremolinaban cerca de la pasarela de acceso al barco que dominaba todo el paisaje. Sus motores rugían en la rada. En su popa, se formaban gigantescas burbujas que emergían como un géiser procedente de las entrañas de la tierra. En el muelle, los hombres, acostumbrados a ese ritual redundante, consolaban a sus mujeres llorosas, cansadas de que las abandonaran una vez más. Habían sido relegadas al segundo plano de una existencia en la que el océano dictaba las reglas. Allí, en la intimidad de aquel puerto coqueto, las parejas se hacían y deshacían al ritmo del comercio marítimo y de los enormes beneficios acumulados por los dirigentes que, bien calentitos en sus casas burguesas, jamás tenían que sufrir semejante frustración. Las desigualdades no solo son materiales, sino también emocionales. Unos acaparaban la alegría y la felicidad en detrimento de los otros que, de baja cuna, se contentaban con la tristeza y la frustración.

Envolví a mi mujer con mis brazos, tiernamente, mientras la besaba en la frente y las mejillas. Le reiteré mi amor. Nada ni nadie acabaría con él. Ni el océano ni la distancia pondrían fin a esa fe que tenía en nuestro matrimonio. La besé en la boca, recordando mi petición de matrimonio en aquella pequeña cala bretona del puerto de Logéo. El silbato del capitán resonó de repente y así se interrumpieron mis pensamientos tiernos y voluptuosos. Dejé a Mathilde envuelta en lágrimas, recogí mi petate y me dirigí a la pasarela. Un río de lágrimas se vertía en el muelle. Las mujeres agitaban sus pañuelos empapados por encima de sus cabezas saludando a sus maridos, embarcados en aquel navío como niños pequeños que iban al colegio. Aquella era la gran partida, esa que contemplara hacía veinte años con ojos maravillados, sin darme cuenta de que, por las venas de los marineros, fluía un río de tristeza. Saludé a Mathilde mientras gritaba «Te quiero» llevado por la pasión. Ella agitaba los brazos frenéticamente, como si jamás hubiera sido tímida ni un solo instante, tirando por la borda todas aquellas buenas maneras que le habían transmitido sus padres, los usos y costumbres exigentes en los que ella se encerraba, esos usos y costumbres en los que, de hecho, nos encerramos todos. Por un momento, volvió a ser la niñita que había dejado de ser el día en que la desgracia se cebó con su familia y se llevó a su madre para siempre. Unos instantes después solo quedaba de ella un pequeño punto negro en el horizonte que se fue difuminando poco a poco hasta desaparecer. Ya no veía nada.

La cuenta atrás empezaba. Un mes sin ella. La sirena del barco sonó ruidosa sobre el puente. El capitán había tenido la deferencia de esperar pacientemente sin intervenir a que saludáramos a nuestras esposas llorosas, él, el hombre que engañaba a su mujer sin hacerse preguntas, pero en aquel momento volvía a ser el patrón a bordo de su navío, el viejo lobo de mar experimentado con la misión de unir dos ciudades situadas a miles de kilómetros de distancia. Ahora había que activarse para no pensar más; organizar el barco para estar preparados cuando el oleaje oceánico empezara a golpear el casco de nuestro navío decidido a volcarlo como fuera. Se puso a gritar órdenes de izquierda a derecha, recordando a los marineros sus obligaciones.

—¡Dhenu y Bonnarme, a la cocina!

—¡Sí, mi capitán!

—¡Bouquet, a los motores!

—¡De acuerdo, mi capitán!

—¡Ducos, la pasarela!

—¡Sí, mi capitán!

Después, me miró, pensó un instante y me ordenó que lo siguiera. Nos metimos en un pasillo estrecho, giramos a la derecha y después a la izquierda y después otra vez a la izquierda y a la derecha. Tuve la impresión de encontrarme en el corazón de la mitología griega, en un laberinto infinito de recodos, trampas y pasillos.

Como Teseo persiguiendo el Minotauro, yo seguía al amo del lugar a través de los caminos estrechos del gigante de acero. El capitán se detuvo frente a una puerta, la abrió y me hizo señas para que dejara allí mi petate. Mi camarote. Dos camas superpuestas a cada lado de la habitación junto a cuatro minúsculos armarios. En cuanto solté el petate deprisa y corriendo, el capitán volvió a cerrar la puerta y me dio una llave.

Volvimos al laberinto, girando unas veces a la izquierda y otras a la derecha. Pronto me sentí atrapado por esos pasillos que hacían gala del mismo color verde oscuro. El capitán se paró delante de una puerta y sacó una fregona española y un cubo. Me encargó que fregara el puente. Me vino a la memoria el vago recuerdo del cuartel de Torcy, las incontables horas que había pasado frotando el suelo, limpiando los repugnantes baños, los cristales, los cubiertos y los platos.

—Todos empezamos así —dijo el capitán al comprender el escaso interés que me despertaban las tareas del hogar. Sonrió con ironía y desapareció en el laberinto de pasillos sin esperarme.

Recogí mis trastos de señora de la limpieza y me dirigí al puente, intentando hacer el mismo recorrido pero a la inversa. Me equivoqué de pasillo varias veces, por lo que tuve que volver sobre mis pasos, tanteando las paredes cuando la luz se apagaba sin que pudiera encontrar el interruptor. Estaba completamente perdido. Pregunté a algunos marineros que pasaban a toda velocidad, con prisas por las exigencias del trabajo, en ese estado de alerta permanente que hay que adoptar constantemente en el mar para sobrevivir. Se reían a carcajadas y me tranquilizaban. Aquello debía de ser una especie de rito iniciático del capitán. Él siempre decía, entre dos anécdotas incendiarias sobre sus aventuras tanto marinas como eróticas, que hay que perderse para encontrarse. Según él, aquella prueba era tan válida tanto para el barco como para la vida. Y, después de esa explicación, rompía a reír, orgulloso de dar lecciones de filosofía a los marineros que comandaba. Y no se equivocaba. La vida es un inmenso transatlántico en el que todos estamos encerrados. Abrimos y cerramos puertas en función de nuestro humor. Algunos tocan fondo antes de ver la luz. Otros, cansados de contemplarla e insatisfechos por no poder ver nada más, se tiran por la borda porque, aun a riesgo de ahogarse, prefieren explorar el fondo marino. Otros, por último, yerran toda su vida por las entrañas del barco, esforzándose en vano por encontrar la salida, tropezando por los pasillos en función de las ondulaciones de las olas que hacían zozobrar el navío. No hay verdad en el recorrido. Y allí estaba yo, también perdido. Tras varios intentos infructuosos, por fin conseguí ver la luz del día a la que mis ojos ya no estaban acostumbrados. Cuando los marineros me vieron, todos aplaudieron al unísono. El capitán vino a estrecharme la mano con entusiasmo. Me explicó que todo aquello no había sido más que un ritual de bienvenida, una forma de estrechar lazos entre aquellos hombres que, privados de mujeres durante largos meses, habían dejado de serlo.

☙

La semana pasó muy deprisa. Fregué incansablemente la pasarela del barco, frotando fuerte para quitar la sal marina que las ráfagas de viento depositaban en el suelo. En efecto, como pude constatar día tras día, aquello no era una tarea nada fácil, pero me aferraba a mi sueño como una leona se aferra a sus crías. Por la noche, cuando todo el mundo dormía y el mar me concedía la posibilidad de salir al aire libre, me tumbaba sobre el puente y contemplaba el cielo y su manto de estrellas infinito. Allí, tendido en el suelo como lo había hecho tantos años en el jardín de mi infancia, era feliz. La luna se mostraba en el cielo, iluminando el océano con su reflejo dorado, cambiando de aspecto en función de su posición, pasando de una sonrisa creciente, a un cuarto tranquilo o llena y melancólica, pero siempre con la misma intensidad en la mirada, la misma fogosidad, la misma exuberancia sempiterna. En esta locura celeste de la que era testigo privilegiado, en los cráteres de los meteoritos tallados en la roca hace millones de años solo para mí, rezaba en secreto para que nada se marchitara, ni mi amor por Mathilde, ni por mi madre, ni por toda mi familia. Rezaba para que la vida no fuera más que un océano de ternura, un lago tranquilo por el que mi barca navegara libremente. Cuando la distensión del alma llegaba a su paroxismo, la luna, sobre el puente a modo de planetario, se mostraba, espléndida. La veía. Sí, la veía. La sonrisa del claro de luna...

CUARTO DE LUNA

21

Una semana después, por fin llegamos a nuestro destino: Las Palmas de Gran Canaria. Primero distinguimos en el horizonte una inmensa forma negruzca que surgía del agua como por arte de magia, un promontorio excepcional posado en mitad del océano Atlántico. Las gaviotas, omnipresentes, invadían el cielo, graznando sin parar sus órdenes incomprensibles, aterrizando sobre el barco con sus alas desplegadas. El contraste entre el azul oscuro del océano, la negrura de la piedra y el azul del cielo me parecía pasmoso. Y después estaba el sol. Ese gran sol que brillaba allí arriba, en el cielo, bañando con su luz dorada todo el paisaje, dominando el espacio con su abrazo abrasador. El panorama que se abría ante mí parecía irreal, sacado directamente de la imaginación de un pintor cuyas pinceladas ya no tenían fronteras ni límites. El fantasma de un pintor exaltado, eso era lo que contemplaba desde la pasarela del barco.

—Es bonito, ¿verdad? —me susurró al oído el capitán.

—Sí, capitán —respondí con los ojos perdidos en el horizonte.

—Hace treinta años que navego por estas aguas y no deja de sorprenderme la belleza de las islas Canarias —añadió emocionado.

Nos quedamos unos segundos sin movernos, hipnotizados por semejante decorado sublime, atemporal. Hay pocas cosas que conmuevan a un hombre hasta ese punto, pocos momentos, pocos lugares. Estábamos en perfecta simbiosis con la naturaleza, el capitán y yo, en armonía, con esa serenidad del alma que ni todas las preocupaciones del mundo pueden alterar. De hecho, las preocupaciones habían desaparecido y no había más que belleza y esperanza.

Sin embargo, antes de llegar allí, la travesía no había sido para nada serena. La tempestad que nos había seguido bajando por las costas portuguesas me había obligado a guardar cama todo un día y, presa de unas náuseas cuyos estragos esperaba no volver a sufrir jamás, había estado vomitando cubos enteros de bilis. La sensación de dar vueltas al ritmo del oleaje no tardó en hacerse insoportable. En varias ocasiones sentí la necesidad de saltar por el ojo de buey de mi camarote para que acabara todo aquello a fin de recuperar un poco de estabilidad en este mundo en perpetuo movimiento que es estar en altamar. El mareo es un calvario, un largo momento de soledad durante el cual maldecimos a los elementos naturales, reunidos todos para recordarnos que, a pesar de nuestra arrogancia, solo somos unos invitados en el banquete de la Madre Tierra.

Compartía camarote con otros tres marineros, dos franceses y uno español, en ese espacio diminuto, sin comodidad alguna.

—Uno no se enrola en la marina por la intimidad —se había burlado uno de los franceses con el que había intentado charlar sin éxito.

El otro francés tampoco hablaba mucho. El español, que respondía al nombre de Martín, era mucho más locuaz, tanto como su misma patria, cargada de colores y llena de vida. A su lado, los marineros franceses parecían tristes, aburridos y carentes de interés. Martín dominaba a la perfección la lengua de Molière y se expresaba con ese acento marcado que tienen los españoles que pronuncian todas las letras de su idioma materno. Hablaba alto, muy alto, agitando los brazos para ilustrar sus afirmaciones, lanzando invectivas sin parar, algo que no era del gusto de todos. Siempre nos recordaba que era de Andalucía como forma de demostrar su orgullo por pertenecer a esa patria en la que el fascismo había quitado la vida a millares de personas. A veces, cuando había bebido demasiado, se ponía a bailar sobre la mesa chasqueando los dedos por encima de la cabeza y golpeando secamente la madera con los talones. Todo el mundo se reía con fuerza y aplaudía. Hay que reconocer que Martín era una de las pocas distracciones que había allí. Cuando no estaba él, nos aburríamos mucho a bordo del barco.

Una tarde, aquel hombre me había contado su historia sobre el puente desértico. Tenía una forma extraordinaria de narrar su vida, alternando las fases trágicas en las que se me erizaba todo el vello del cuerpo y las fases cómicas en las que nos moríamos de risa sin poder parar. Al imitar a la perfección al general Franco y su odio por los comunistas, auténticos chivos expiatorios del régimen, hacía que los episodios espantosos de la Guerra Civil Española resultaran divertidos. Hitler, por lo que había leído, se parecía extrañamente al Caudillo, que es como lo llamaban en España. Los dos energúmenos dominaban el arte de la oratoria como nadie. Esa era la clave de su éxito, sin lugar a dudas. Martín no se cansaba de hablar y yo lo escuchaba como un niño pequeño escucha a su abuelo. En sus frases se podía entrever una fe inquebrantable en la naturaleza humana y un amor incondicional por los demás, todo acompañado por un intenso deseo de vivir. Humanizaba al más feroz de los dictadores, algo para nada sencillo, creedme. Cuando terminó su historia, le conté la mía sin que me interrumpiera, señal de una gran empatía, al contrario que otros que, más egocéntricos, cortan las frases sin parar. De hecho, yo siempre había tenido problemas para estrechar lazos con este tipo de personas. Entonces le conté la historia del soldado alemán, su muerte trágica a manos de mis conciudadanos, mi expedición a Alemania para buscar a su hija, su huida a las islas Canarias, así como mi enrolamiento en la marina. Sus ojos se iluminaron de repente cuando estableció un paralelismo entre mi historia y nuestra travesía. Toqué el punto sensible de ese hombre apasionado, su lado novelesco. Por supuesto, me propuso ayudarme a encontrar a Catherine Schäfer al día siguiente. Teníamos algunos días libres antes de volver al mar para hacer el trayecto contrario, lo que nos dejaba tiempo de sobra para investigar sobre el terreno. Eso es justo lo que hicimos al día siguiente en cuanto salimos del barco, con las primeras luces del alba.

—¿Por dónde empezamos? —pregunté, curioso por descubrir adónde nos llevarían nuestras investigaciones.

—Por el ayuntamiento —respondió Martín con un tono que indicaba que, para él, era tan evidente que casi le molestaba la pregunta.

—¿Por dónde?

—Por el ayuntamiento, lo que los franceses llamáis *la mairie*. Vamos. Es por ahí.

Empezamos a andar por un puerto repleto de gaviotas que echaban a volar en cuanto nos acercábamos, entre los estibadores que se afanaban por descargar los barcos. Ellos también cantaban alto para animarse. Esta técnica debía ser universal. En el horizonte, se vislumbraban los primeros edificios singulares de la ciudad, con colores diferentes de un vecino a otro. En las fachadas cohabitaban una multitud de tonos, a veces malva, otras amarillo, otras rojo y otras azul, como si el color del inmueble representara una especie de estatus social que los habitantes mostraban ostensiblemente en el exterior. Me pareció una costumbre curiosa, sin saber que se trataba de verdad de una cuestión de riqueza. Al límite de la ciudad, dos inmensas montañas dominaban el paisaje, exhibiendo con fanfarronería la supremacía de la naturaleza sobre el hombre.

—Las montañas que ves allí a lo lejos es el barrio de La Isleta —dijo Martín al percibir mi estupefacción—. Hay varios barrios en Las Palmas. Vegueta, Mesa y López, Las Canteras y Guanarteme son los más conocidos. Cada barrio tiene su propia historia y sus costumbres. En Vegueta, por ejemplo, Cristóbal Colón se construyó una casa al hacer escala en las Canarias cuando descubrió América. Las Canteras es el barrio de la playa.

—¿Y La Isleta? —pregunté, intrigado.

—Es un barrio peligroso... Será mejor que no nos retrasemos demasiado.

Martín se calló de pronto y siguió andando, con la mirada pensativa. Me ocultaba algo, pero, por respeto a mi amigo, no quise saber más. Nos adentramos en las calles de la ciudad, llenas de vida, y pasamos junto a un mercado que desprendía un agradable olor a pescado. Por fin nos detuvimos frente a un edificio antiguo, con una arquitectura inspirada en los monumentos europeos.

—Ya hemos llegado —dijo Martín que, de repente, había recuperado su alegría.

Aquel hombre hacía malabarismos con los estados de ánimo, como un artista con sus bolos. Pasaba de la sonrisa a la cólera en una fracción de segundo, de la decepción al entusiasmo, de la risa a las lágrimas, todo con una facilidad desconcertante que me dejaba atónito. Era un misterio que yo intentaba descifrar pacientemente. Mezcla de esa alegría de vivir que apenas podía contener y de melancolía repentina, Martín parecía profundamente marcado por su historia caótica, con una herida abierta en lo más profundo de su ser.

Entramos en el edificio y nos dirigimos al mostrador de la recepción, donde nos encontramos una señora mayor que parecía aburrirse. Cuando nos vio, una enorme sonrisa iluminó su rostro. Me pareció una calurosa bienvenida. Martín la saludó amablemente y empezó una conversación de la que pude comprender algunas palabras por ser parecidas a las de mi lengua materna. Sin tener nada en contra de los alemanes, debía admitir que la lengua de Cervantes tenía una melodía mucho más armoniosa que la de Goethe. Aunque no entendiera nada, me gustaba oírla. La señora, intrigada por nuestra historia, desapareció detrás del mostrador y volvió unos minutos después acompañada de un hombre que nos hizo señas para que nos sentáramos en su despacho. Martín repitió la conversación que yo solo entendía a medias. El hombre, sentado frente a nosotros, la escuchaba con atención sin interrumpirlo y, de vez en cuando, me lanzaba miradas llenas de compasión, como si hubiera comprendido el interés profundamente humano de mi gestión. Cuando Martín terminó de hablar, el hombre, visiblemente conmovido, se rascó la barbilla unos segundos y nos pidió que lo esperáramos mientras verificaba el registro civil del ayuntamiento, así como el registro de residentes extranjeros asentados en la isla. La emoción de llegar por fin a buen puerto, después de tantos años de espera, iba en aumento en mi interior como la crecida de un río que se desborda en las orillas. La mirada de mi amigo también se animaba con un rayo de esperanza. La espera se hizo interminable. No paré de moverme por aquella estancia, rebotando como una pelota imaginaria de una pared a otra. El hombre reapareció, con el rostro firme y aspecto de estar apenado. Comprendí que venía con las manos vacías. Se disculpó y nos deseó buena suerte en nuestra búsqueda. Salimos del inmueble con cara de derrota, tristes.

—¿Y qué hacemos ahora? —le pregunté a Martín.

—Vamos a comer —sonrió—. Después iremos a preguntar a la gente por la calle si, por casualidad, se han cruzado con la niñita de la fotografía.

—No tenemos ninguna posibilidad —afirmé nostálgico.

Me miró con aire sombrío y sus ojos me hicieron lamentar de inmediato mis palabras, pronunciadas a la ligera, sin pensar.

—Si crees que no tenemos ninguna posibilidad, volvemos al barco y punto y final. Serás tú el que le explique al adolescente que hay en el fondo de ti que no has conseguido ver a la hija del soldado. A mí me da igual, no es mi problema.

Cruzó la calle sin esperarme.

—¡Martín, espera! —grité desesperado.

Me miró y luego me dio la espalda desde el otro lado de la calle.

—¿Qué pasa?

—Perdóname. Me parece bien enseñar la fotografía por la calle, es una buena idea.

Volvió a cruzar la calle y se plantó frente a mí.

—Hemos perdido una batalla, pero no hemos perdido la guerra —afirmó solemnemente con una certeza en la mirada que me heló la sangre—. Si me hubiera dado por vencido el día en que los franquistas fusilaron a mi padre ante mis ojos, en estos momentos estaría muerto, ¿me oyes?

—Sí —respondí tímidamente.

—Así que deja de llorar y vamos a buscar a tu alemana.

El misterio de Martín comenzaba a desvelarse poco a poco. La herida que escondía aquel hombre parecía abisal, pero, en ese abismo psicológico sin fondo, no cabía la renuncia. Consiguió multiplicar mis fuerzas y que redoblara mis esfuerzos para no perder la esperanza.

Esa tarde, anduvimos durante horas por las calles de la ciudad enseñando la fotografía de la niña a los viandantes con que nos encontrábamos por casualidad en el camino. Algunos se detenían a escuchar nuestra historia. Otros, muy ocupados con sus quehaceres cotidianos, no se dignaban siquiera parar su carrera loca. Todos nos respondían de una manera u otra con la negativa. Nadie había visto a Catherine Schäfer.

༺ঔৡ༻

Tras unos días de búsqueda y a pesar de no perder nunca la esperanza, nos tumbamos sobre la arena de la playa de Alcaravaneras, exhaustos de tanto andar y con los pies llenos de ampollas. Alcaravaneras era un barrio popular, socialmente mestizo y vanguardista bastante cercano al puerto, en la parte este de la ciudad. Allí se reunía todo tipo de gente, desde marineros a vendedores ambulantes, de burgueses a prostitutas que confluían día y noche en el paseo marítimo. Nos concedimos unos minutos de descanso en aquella playa. El sol bañaba la arena con sus rayos cálidos. Caímos en un sueño ligero, sumidos en la confusión de ese estado en el que las imágenes y los sonidos se mezclan anárquicamente.

Podía distinguir un campo de trigo en el que Jean el actor gritaba órdenes al pequeño coronel que rezumaba sudor. Junto a ellos, estaba tumbado en la hierba mi padre, con el rostro apagado y una espiga de trigo en la boca. Mi madre, junto a mí, lloraba a lágrima viva. Jacques también estaba allí, de pie frente a mí. Me observaba con los ojos llenos de ira y gritaba: *¡Todo es culpa tuya, todo esto es culpa tuya!* Las espigas se agitaban, llevadas por las rachas de viento de una tormenta que retumbaba en el cielo. Y entonces apareció ella. Mathilde. Con la mirada lánguida y vacía, me miraba con insistencia mientras avanzaba hacia mi hermano. Le dio la mano y lo besó. Yo giré la cabeza hacia el bosque y vi al capitán rascándose la barba mientras gritaba cínicamente: *¡Te lo dije, joven!* Una bola de angustia invadió mi pecho, oprimiéndolo con todas sus fuerzas. No podía respirar. Y entonces estalló la tormenta, atronadora. Un rayo cayó en el campo, extendiendo sus ramificaciones cargadas de electricidad por encima de nuestras cabezas. Todo el mundo desapareció excepto Mathilde, que me suplicaba que volviera de una forma que me partía el corazón. La lluvia empezó a caer con fuerza. Mathilde, melancólica, se alejó cruzando el campo, con sus largas piernas cubiertas de espigas. Yo gritaba «¡Mathilde, Mathilde!», con la esperanza de que volviera, pero no pasaba nada, ya todo era oscuridad. Estaba perdido en el limbo de mi inconsciente.

Una vocecilla me susurró en la oscuridad «Hola, hola», primero con dulzura y luego cada vez con más fuerza, hasta que abrí los ojos, asustado como un animal cazado. Frente a mí se encontraba una mujer de unos treinta años, con los ojos de un azul cielo, rubia como las espigas de trigo de mi sueño y con el cabello largo levantado por los alisios que recorren las islas Canarias durante los meses más cálidos.

—Pesadilla, pesadilla —dijo con aparente asombro.

Junto a mí, Martín se despertó bruscamente, entrecerrando los ojos para poder filtrar la luz del sol. Se frotó la cara y me tradujo las palabras de la mujer, aún de pie frente a nosotros. Pesadilla, en francés, es *cauchemar*. Martín se volvió hacia la mujer y entabló una conversación que se apresuró a traducirme a medida que se iba produciendo.

—¿Qué quiere? —preguntó Martín.

—Su amigo ha tenido una pesadilla —respondió con una sonrisa.

—Sí, bueno, a veces sucede, ¿no? —dijo Martín molesto.

—Sí, cuando estamos preocupados.

—¿Pero qué quiere exactamente?

La mujer, sintiéndose agredida por el tono desagradable de Martín, frunció el ceño. La sonrisa que antes exhibía había desaparecido de repente.

—Nada —respondió alejándose por la playa.

—¡Drogatas de mierda! —dijo Martín volviéndose a tumbar sobre la arena.

Cuando lo pienso, es extraño ver que, si no hubiera cultivado con los años esa intuición que constituía, desde mi punto de vista, mi principal cualidad, no habría pasado nada de lo que aconteció después. La mujer habría seguido su camino despreciándonos. Me habría vuelto a tumbar sobre la arena como mi amigo. Fin de la historia. O el principio de otra. Convencido de que pasaba algo extraño, grité «Señora», una de las pocas palabras que había aprendido en español, en dirección a la mujer, que ya se había alejado. Se giró inmediatamente, se paró y nos observó con la indiferencia de alguien que, herido en su orgullo, no está ya por la labor de hacer el más mínimo esfuerzo. Desperté a Martín, mi amigo masculló algo para sus adentros y caminamos hacia la mujer, inmóvil sobre la arena.

—Espere, señora —dije en un francés que Martín tradujo—, perdón por haberle ofendido. Estamos cansados de tanto andar bajo el sol desde hace días. Perdónenos.

Parecía más calmada; la palabra «rencor» no formaba parte de su vocabulario.

—Excusas aceptadas —anunció.

—¿Qué quería decirnos, señora? —pregunté impaciente por saber más.

—¿Son los que están buscando a la alemana?

Al oír esas palabras, Martín y yo nos miramos, estupefactos al contemplar el rostro de alguien que podía ayudarnos. Aunque no lo habíamos confesado, habíamos perdido un poco la esperanza de encontrar a Catherine desde hacía horas.

—¡Sí, somos nosotros! —respondí sintiendo como la llama interior se avivaba—. ¿Cómo lo sabe?

—Acaban de preguntarle a una de mis... colegas si había visto a una niñita alemana, allí, en el paseo —dijo señalando con el dedo a una prostituta ligerita de ropa que hacía la calle.

—Sí, es verdad —afirmé con el corazón a punto de salirme del pecho—. ¿La conoce?

—¿A la prostituta? Sí, es una colega.

—No, me refería a...

—Me llamo María —me interrumpió tendiéndome la mano—. Yo también hago la calle. ¿Les supone algún problema?

—No —respondimos al unísono.

—Mucho mejor... Lo hago para alimentar a mi hijo, que vive en Málaga, al sur de la Península.

—¿La qué? —pregunté con ingenuidad.

—La Península. Así es como los canarios llaman a España. Yo, en realidad, soy de Málaga.

María sonrió con tristeza. Tuve la sensación de que toda la melancolía del mundo se había dado cita en sus ojos, mientras las comisuras de sus labios tiraban desesperadamente hacia abajo. Parecía herida, dañada por la calle. La mujer quería desahogarse antes de poner algo de luz en la historia de la alemana. Decidí mostrar algo de respeto e interesarme por aquella pobre desdichada, presa de la desesperación de la existencia, del drama del azar.

—¿Por qué está aquí? —pregunté intrigado.

—Seguí a un hombre hace tres años —respondió con gran pesar—. Me hizo muchas promesas; me dijo que nos casaríamos, que nos traeríamos a mi hijo y que nos compraríamos una casa, pero en vez de eso, me pegó y me tiró a la calle en cuanto llegamos. Y me vigila. He aprovechado que no está para venir a hablar con ustedes, porque si no, no podría.

No supimos qué responder y nos limitamos a asentir con la cabeza.

—Hace ya tres años que no veo a mi hijo. Se llama Manuel —prosiguió mientras nos mostraba la fotografía de un niño triste.

—Es muy guapo —dije conmovido.

—¿Y sobre la alemana? —preguntó Martín, que ya no podía esperar más.

—Enséñeme la fotografía.

Le di la fotografía de Catherine a María, que la miró y me la devolvió en cuanto le echó un vistazo.

—Sí, es ella, la reconozco.

—¿Dónde podemos encontrarla? —preguntó Martín temblando de impaciencia.

—Su madre estuvo con nosotras hace ya algún tiempo... en la calle, quiero decir —afirmó con tristeza.

—¿En la calle? —pregunté estupefacto.

—Sí. No hablaba demasiado bien español, pero era una mujer valiente. Nos contó que había huido de la guerra en Alemania. Vino a vivir a Gran Canaria para olvidar la muerte de su marido. Tenía amigos aquí, pero no la ayudaron. Se vio sin dinero, así que, para alimentar a su hija, comenzó a prostituirse.

—¿Ha visto a Catherine? —pregunté.

—Sí, una vez o dos. Cuando su madre no trabajaba, llevaba a su hija a la playa. Es allí donde la he visto. Una niña estupenda, como mi Manuel...

Una lágrima rodó por sus mejillas bronceadas por el sol. Se sorbió los mocos y se limpió la nariz con un pañuelo.

—¿Dónde podemos encontrarla, por favor?

—No lo sé —respondió María—. Desaparecieron hace unos meses y desde entonces no sabemos nada. Creo que vive en un pequeño edificio de La Isleta, allí arriba en las montañas, pero no sé dónde exactamente.

—¿Y no tiene ni idea de dónde están?

—No. Su madre quería irse, pero no sé adónde...

—¿Y nadie de La Isleta podría informarnos? —pregunté.

—Era una mujer muy discreta que solo se ocupaba de su hija, no creo que tenga muchos amigos allí.

María bajó la cabeza, contrariada al no poder ayudarnos más. Nos quedamos en silencio unos segundos, imaginando la huida de Catherine y su madre, el destino trágico al que las dos tenían que enfrentarse. La mala suerte se había abatido sobre esa familia. El padre de Catherine, que se fue a la guerra para vengar a su propio padre, había sucumbido a las heridas infligidas por mis vecinos, lo que había precipitado a su mujer y a su hija a la vorágine de la vida. Yo mismo había asistido a su muerte, impotente. La culpabilidad empezaba a resonar en mi cabeza. Después de todo, ¿no era yo también en parte culpable de aquel drama? ¿Dónde empezaban y dónde terminaban las fronteras de la responsabilidad?

La madre de Catherine no había dejado ningún rastro tras de sí, ninguna señal, ningún indicio que pudiera orientarnos, nada. ¿Dónde estaban ahora? ¿Seguían con vida? No había ninguna certeza, ninguna rama a la que pudiéramos agarrarnos. Por un instante, consideré la posibilidad de poner fin a aquella historia grotesca, a esa increíble locura que me había llevado a dos países extranjeros. Por otra parte, ¿qué misteriosa necesidad tenía que satisfacer con esa búsqueda de la verdad? Mathilde estaba lejos, sola en nuestra casa vacía. Ni siquiera sabía si mi carta, que había enviado en cuanto atracamos en Las Palmas, había llegado a su destino. En realidad, estaba harto de tantos sobresaltos interiores, de cuestionamientos existenciales desde mi más tierna infancia, de esa acumulación de nostalgia y angustia enredadas en las raíces de mi ser. ¿Acaso no era más que un loco de atar cuya existencia entera se basaba en esa búsqueda de conocimiento? ¿Quizá tenía un deber de sufrimiento mayor que el de mis compañeros? María se ganaba la vida, o la perdía, vendiendo su cuerpo, ¿qué podía haber más dramático que eso? Martín había contemplado el rostro de su padre antes de ver brotar su sangre, fusilado por los soldados fascistas. Al fin y al cabo, la vida no me había tratado mal, así que no le podía guardar rencor. El *Volcán de Timanfaya* levaba anclas esa misma noche. Solo nos quedaban unas horas para saborear aquellos últimos instantes de quietud, de calor humano, de sol y de salpicaduras saladas. Después, volveríamos al mar y a su oleaje caprichoso.

—¡Muchas gracias, María! —exclamé dándole las gracias en castellano.

—Muchas de nadas —respondió bromeando.

—¿Levantamos el campamento, Martín?

—Sí, vamos.

22

Nos pusimos de pie y nos despedimos de María que, con gran pesar, nos deseó buen viaje. Luego se dirigió a la acera y se colocó junto a su compañera, con aire confuso y triste, con la imagen de su hijo en la cabeza. Me imaginé al pequeño Manuel, privado de su mamá, sentado en su balcón, con los pies colgando y el rostro desencajado. ¿Acaso hay dolor mayor que el de perder una madre, aparte del de perder un hijo, aunque ambos estén íntimamente relacionados? Recordé a mi madre bailando en un torbellino de burbujas, salpicando a sus hermanas con agua jabonosa, besando la vida en los labios, en la intimidad de su viejo lavadero. ¿Por qué el pequeño Manuel había sido privado de poder contemplar la imagen de su madre ebria de vida?

Me detuve por el camino. Martín siguió andando sin darse cuenta de que ya no lo seguía.

—¡Martín! —exclamé.

Se paró de inmediato y se giró confuso.

—¿Qué pasa? —preguntó con aire inquieto.

—No podemos dejarlo así...

—¿Dejar qué?

—Lo sabes perfectamente... María...

—¿Qué pasa con María?

—No podemos dejarla así o se morirá aquí —afirmé pensando en el hijo que la esperaba.

Martín parecía contrariado, como si empezara a entrever a través del ojo de una cerradura los fundamentos de mi plan improvisado sobre la marcha. Se acercó a mí con aire amenazante.

—¡No podemos hacer nada por ella, Paul, nada! ¿Me escuchas?

—¿Y su hijo en Málaga? ¿Acaso no piensas en él?

—¡No, y prefiero no hacerlo! No es tu problema, amigo mío, no puedes resolver los problemas de todo el mundo. ¡La vida es así, dura, y lo es para mí, para ti, para María y para todo el mundo! ¡Así que lo mejor que puedes hacer ahora mismo es andar hasta el maldito barco y pensar en tu mujer, que te espera en Burdeos!

—No puedo —afirmé.

—¡Sí, sí que puedes, Paul! —gritó Martín irritado—. Se acabó. Has hecho todo lo posible por encontrar a la alemana. ¡Has hecho todo lo que has podido y tienes que estar orgulloso! Pero ya está, hasta aquí, fin de la historia...

—Hace unos días afirmabas justo lo contrario... Decías que no hay que dar nada por perdido jamás...

—Dije eso para animarte, Paul, solo para eso. Por favor, confía en mí, tendremos un problema si volvemos allí.

—No puedo dejarlo así —afirmé más decidido que nunca.

Martín me miró fijamente con aire severo. Sus ojos, fijos en los míos, parecían decir: no lo hagas, te lo suplico, piensa en ti, en tu mujer, en tu familia, en quien sea, me da igual, pero no lo hagas. Nos quedamos quietos unos segundos el uno frente al otro, inmóviles. Al presagiar una posible refriega a la que no querían verse confrontados, los viandantes nos miraban furtivamente antes de centrarse en las puntas de sus pies. Al cabo de unos segundos, cuando Martín comprendió que no cambiaría de opinión, su gesto se suavizó. Había ganado la pelea de gallos entre la razón y el corazón. Se frotó la cabeza y respiró con fuerza.

—De acuerdo, ¿cuál es tu plan? —preguntó resignado.

—Llevarnos a María con nosotros a Francia —dije sonriendo.

—¿Cómo?

—En el barco.

Martín no podía creer lo que estaba escuchando. Se quedó boquiabierto, sin saber qué decir para hacerme entrar en razón. Una infinidad de argumentos eran plausibles, pero ninguno habría sido lo suficientemente fuerte como para hacerme capitular.

—Estás completamente loco —dijo desesperado.

—Lo sé.

—El capitán no te dejará jamás que subas a bordo a una prostituta.

—No estamos obligados a decírselo —respondí impasible.

— ¿Ah, no? ¿Y qué le vas a decir exactamente, don Sabelotodo?

—No lo sé. Improvisaré.

—¿De verdad que vas a hacerlo?

—Sí —respondí—. No puedo dejarla aquí. Me ha ayudado sin estar obligada a hacerlo. Sin ella, seguiríamos todavía buscando a Catherine. Se lo debo.

—No le debes nada en absoluto —vociferó Martín.

—Sí, ahora me toca a mí ayudarla a encontrar a su hijo.

—Has perdido completamente la cabeza.

—Sí —respondí sonriendo.

Di media vuelta y volví a las calles de la ciudad. Martín me suplicaba que fuera razonable, que renunciara a esa idea loca. Volaba sobre el asfalto, exaltado por la idea de ayudar a un alma en peligro, con el corazón acelerado en el pecho. Mi cuerpo parecía poseído por una fuerza misteriosa. No sabía hasta qué punto el sentimiento de ayudar a los demás me hacía sentir vivo. A pesar de sus esfuerzos, Martín comprendió que no conseguiría que diera la vuelta. Lo escuché mascullar «Oh y, bueno, mierda» y luego vi cómo me pisaba los talones, ya tan decidido como yo. Mi amigo había asumido el reto de aquella búsqueda y se había sumergido en el baño de espuma de la entrega. Al verlo cambiar de opinión, pensé que era extraño hasta qué punto eran manipulables los hombres, como si la certeza y la perseverancia de un individuo pudieran contagiar el escepticismo de otros, recubriéndolos con su energía y acabando con las dudas. No tardamos en llegar a la playa y, a lo lejos, vimos a María charlando con un hombre, con aire desesperado. Rodeamos la playa con cuidado de que no nos viera el hombre, que parecía agitado, nervioso, por si nos encontrábamos con el cuerpo desnudo de la andaluza, esa madre que intentaba desesperadamente no pensar en su hijo mientras la penetraban. Vimos cómo la pareja cruzaba la calle y entraban en un edificio sombrío. El hombre se frotaba las manos. María maldecía con todas sus fuerzas al hombre que, en breve, penetraría su intimidad sin vergüenza.

—¿Qué hacemos? —exclamó Martín.

—Improvisamos —respondí ávido de ayudar a María.

Corrimos en dirección al inmueble, con el corazón lleno de angustia y las venas heladas de miedo. Esperaba que el hombre no opusiera resistencia ante la humanidad de nuestras intenciones. Pensaba en lo que sería mi vida si las cosas salieran mal. Mathilde. Mi madre. No volvería a verlas jamás. Entramos en el vestíbulo de la vivienda. María y el hombre estaban allí, discutiendo con la propietaria, una señora mayor con aspecto de burguesa que se enriquecía a costa de la desgracia de otras mujeres. Se giraron hacia nosotros, sorprendidos.

—¡Policía! ¡Que nadie se mueva! —gritó Martín en español en un alarde de ingenio.

La cara del hombre se descompuso ante la vergüenza de ser desenmascarado. De repente, sus vicios quedarían expuestos ante la autoridad, que no era solo una. Levantó las manos y se tiró al suelo, como un niño pequeño que se confiesa ante sus padres, harto de mentir.

—Perdón, yo no quería —suplicó el hombre.

—Apártese —gritó Martín poseído por su personaje.

—¡Enséñeme su placa! —gritó la mujer mayor que, acostumbrada a las batidas policiales, se plantó frente a nosotros.

—Un momento —balbuceó Martín mientras fingía buscar algo en la ropa—. ¡Paul, trinca a la prostituta!

—¡Sí, señor!

Me acerqué a María y la sujeté violentamente por el brazo. La propietaria comprendió que las órdenes de Martín se habían dado en francés, algo que le pareció extraño para policías españoles.

—¡Sígame! —dije con autoridad.

María acató sin oponer resistencia. La saqué del brazo fuera del inmueble. Martín siguió rebuscando en sus bolsillos y sacó un papel que entregó a la señora dubitativa.

—¡Aquí tiene mi identificación, señora! Con los saludos de la policía de Las Palmas —gritó antes de desaparecer.

Corrimos a toda velocidad por las calles de la ciudad, cruzando sin mirar, preocupados por llegar al barco lo antes posible. Huimos del peligro, enardecidos por el miedo a ser atrapados. Un viento de libertad soplaba en nuestros oídos. ¡Qué sensación tan agradable! ¡Qué sabor único! Sin aliento por la falta de ejercicio, por fin llegamos al puerto. Nos refugiamos detrás de una montaña de redes de pesca, tendidos en el suelo. Martín se puso en cuclillas para intentar recuperar el aliento. María y yo nos agachamos, apoyando las manos en las rodillas. Necesitamos algunos minutos para volver a respirar, llenando el pecho con inmensas inhalaciones y exhalaciones. Al igual que nosotros mismos, María parecía estupefacta por nuestra osadía, sin saber nada de lo que le esperaba.

—¿Y qué hacemos ahora? —preguntó Martín en cuanto hubo recuperado el ritmo cardiaco normal.

—La llevamos al barco. Vuelve con nosotros —dije en un francés que Martín tradujo de inmediato.

María me observaba, con los ojos desorbitados, con una mezcla de miedo y nerviosismo cuyas fronteras resultaban difusas. Se echó a llorar en mis brazos. Su cuerpo caliente, mancillado por tantos hombres, se abandonó al hueco de mis hombros y su respiración ronca me acariciaba el cuello. Murmuró un «Muchas gracias» que me reconfortó. La gratitud es una sensación deliciosa de la que se nutría mi alma para vendar las heridas abiertas de la infancia.

Ahora había que encontrar la forma de meterla en el barco, porque, si no lo conseguíamos, nuestros esfuerzos no habrían servido para nada. María volvería a un futuro incierto y eso no debía ocurrir bajo ningún concepto. Empezaba la segunda fase de nuestro plan improvisado. Llegamos a las proximidades del *Volcán de Timanfaya*. La tripulación subía en silencio, un hombre tras otro, con ganas de volver al mar y reencontrarse con sus familias. Divisé la silueta del capitán en lo alto de la pasarela, con una pipa en la boca, contando sus tropas como un militar, también con prisa por volver a altamar. No había forma de entrar sin pasar por delante de él. Mi débil y utópico plan tenía que enfrentarse a la difícil realidad de la vida y sus limitaciones. Nos quedamos unos minutos fuera del campo de visión del capitán, a la sombra del barco. Le daba vueltas a la cabeza intentando buscar una solución. El capitán esperaba pacientemente a que toda su tripulación sin excepción entrara en el barco para poder levar anclas.

—Estamos jodidos —dijo Martín—. No hay solución, tendremos que dejarla aquí.

—Iré a hablar con el capitán —afirmé, seguro de mí mismo.

—Vas a perder tu trabajo, Paul. Tu sueño era ser marinero, ¿no?

—Si no nos la llevamos, me quedaré con ella aquí —respondí haciendo oídos sordos.

—¿Y Mathilde? —preguntó Martín con los ojos desorbitados.

—Lo comprenderá. Me las arreglaré. Esperadme aquí.

—Date prisa. ¡El barco va a levar anclas en breve!

Me dirigí a la pasarela y me paré abajo. El capitán me observaba mientras seguía fumando su pipa, soltando grandes humaradas que se diluían en el aire. Le hice señales para que bajara. No me entendió, así que reiteré mi gesto. Se quedó quieto, intrigado, y luego bajó rápidamente las escaleras de madera de la pasarela.

—¿Qué pasa, Vertune? —preguntó sacándose la pipa de la boca.

—Capitán, me va a matar...

De pronto frunció el ceño.

—¿Por qué?

—¿Se acuerda de lo que me dijo en el barco, capitán? ¿Que la vida no siempre es fácil y que no siempre hacemos lo que queremos?

—Sí.

—Pues ahora lo entiendo.

—¿Qué quiere decir? —preguntó dubitativo.

—La persona que ve allí abajo, con Martín, es una mujer que me ha ayudado a encontrar el rastro de la familia de un soldado alemán que me perdonó la vida durante la guerra. Cuando murió, encontré una fotografía de su hija junto a él y me juré que la encontraría.

—¿Y la ha visto? —preguntó el capitán interesado por mi historia.

—No —respondí agachando la cabeza—. He vuelto a perder el rastro.

—¿Y qué relación tiene con ella? —preguntó señalando a María.

—Coincidió con la mujer del soldado haciendo la calle en Las Palmas.

—¿Quiere decir que es una prostituta?

—Sí, mi capitán. La han estado obligando a prostituirse. Hace tres años que no ve a su hijo, que se ha quedado en España.

—¿Y qué quiere que hagamos?

174

—Quiero que nos la llevemos, capitán.

—¡Pero ha perdido la cabeza, Vertune! ¡No nos llevaremos a nadie en el barco! Déjela en el muelle y suba deprisa, levamos anclas en diez minutos —sentenció con frialdad subiendo por la pasarela.

—Capitán, se lo suplico. Si ella no sube, yo me quedo aquí.

El hombre se detuvo en seco. Se quedó quieto unos segundos, chupó la pipa y dio media vuelta.

—¿Me está amenazando, Vertune? —preguntó con frialdad.

—No, capitán. Se lo estoy suplicando. Por favor, ayúdela.

Volvió a chupar la pipa y exhaló una columna de humo que los alisios se llevaron de inmediato. Después se giró hacia Martín y María y los observó unos segundos antes de mirarme directamente a los ojos.

—Tiene fe en el ser humano, ¿verdad, Vertune?

—Sí, mi capitán.

—Es joven e idealista —se rió sarcásticamente.

Volvió a fumar y se quedó mirando el fuego humeante de su pipa.

—A su edad, yo era igual que usted, con el corazón lleno de esperanza, repleto de ilusiones en cuanto a la naturaleza humana —volvió a reírse.

De pronto frunció el ceño.

—Y, luego, un día, bajé la guardia. Aparecieron tres tipos que me molieron a palos hasta que no pude levantarme más. Estuve a punto de morir en un puerto. Y todo eso por un simple puñado de billetes.

Acarició la madera de su pipa, volvió a fumar y clavó sus ojos negros en los míos.

—El hombre es cruel, Vertune, y la vida es una perra que se come a sus cachorros cuando tiene hambre. Nunca nos hace concesiones, no es generosa. Cuanto antes lo entienda, mejor para no terminar como yo. No me gusta la vida, Vertune, y a la vida tampoco le gusto yo.

—¡Precisamente por eso, capitán, le ofrezco la oportunidad de reconciliarse con ella! —exclamé.

Se sacó la pipa de la boca y frunció el ceño, dubitativo.

—¿Reconciliarme con ella?

—Sí, capitán, haciendo renacer al joven que hay en su interior.

El hombre se quedó completamente quieto, como si hubiera visto el rostro de Medusa, esa criatura griega de una fealdad espantosa que paralizaba a todo aquel que penetraba en su guarida para desafiarla con la mirada. Los rasgos de su rostro se ensombrecieron. Por un instante, sentí haber pronunciado esas palabras tan a la ligera. Clavó la mirada en un punto imaginario en mi pecho, perdida en el vacío, inmersa en un recuerdo lejano de la infancia en el que los olores, los sonidos y las imágenes se entremezclan. De su pipa ya no salía humo y un ligero olor a tabaco mojado flotaba en el aire. Volvió a encender las brasas del tabaco apagado.

—¿Ha dicho volver a ser joven?

—Sí, mi capitán. Porque un niño cree en la humanidad. Todavía no ha tenido que soportar las pruebas trágicas, los duros golpes del destino, la crueldad del hombre. El hijo pequeño de esta prostituta está en alguna parte de Andalucía, solo, y llora a su madre todos los días. Si ayuda a María a salir de aquí, capitán, prestará servicio a toda la humanidad y, créame, esa sensación vale más que todas las amantes del mundo juntas.

Me miró fijamente, atónito por la sinceridad de mis palabras y por la fuerza de carácter de mi alma. Tras unos segundos, volvió a fumar intensamente de su pipa.

—Está completamente loco, Vertune, pero me gusta eso. Tengo la impresión de verme hace treinta años. Dígale que suba y métala en el camarote 308, ese está vacío. No quiero que salga para nada de allí durante toda la travesía. ¿Lo ha entendido?

—Sí, mi capitán.

—Muy bien, entonces levamos anclas.

—¿Capitán?

—¿Y ahora qué, Vertune?

—Gracias...

23

Atracamos en el puerto de Burdeos dos semanas después. Una ligera bruma recubría la ciudad, todavía dormida. Finas gotas de agua caían sobre los charcos, formando pequeños círculos regulares que se agrandaban antes de desaparecer. El contraste con las islas Canarias era sobrecogedor. No había nada de sol aquí, tampoco cielo azul, parecíamos haber llegado de un paraíso lejano que ahora debíamos olvidar. En tan solo unas horas, habíamos unido dos mundos paralelos, dos lugares geográficos tan cercanos y, a la vez, tan diferentes. Esa era la magia del mar y, por tanto, también la magia del oficio de marinero.

La travesía transcurrió sin dificultades; el oleaje oceánico nos había concedido un respiro. María permaneció encerrada en su camarote, intranquila, con prisas por pisar tierra firme y volver con su pequeño Manuel. Bajé a su camarote una vez al día para llevarle comida, que devoraba de inmediato, y aprovechaba mi presencia para intercambiar algunas palabras que no acabé de comprender. La llama de la gratitud brillaba en sus ojos. Cada vez que abría la puerta de su camarote después de comprobar que no me había visto nadie, me repetía incansablemente: «Muchas gracias, Paul, es usted un santo». Se ve que María, que por primera vez en mucho tiempo no temía que un hombre violara su intimidad, me había canonizado para la ocasión. En las estrecheces de su prisión mecida por las olas, María había recuperado el gusto por la vida.

El día de nuestra partida, algunos marineros habían visto a María subir al navío. Los rumores de que había una mujer a bordo habían alimentado las conversaciones y los fantasmas de aquellos hombres privados de presencia femenina, pero se habían acallado el día que el capitán tuvo que elevar la voz y explicar que María solo era una señora de la limpieza que había subido tan solo para limpiar su camarote. Una mentira más tampoco lo mataría. Las infidelidades conyugales, tan banales en un oficio itinerante como este, no le interesaban a nadie. Y, para alivio mío, la tripulación había vuelto a sus ocupaciones laborales. En cuanto a Martín, me pedía noticias de nuestra amiga común de vez en cuando, orgulloso de haber participado en su liberación a pesar de sus reticencias iniciales. Su alarde de ingenio en la casa de citas nos había permitido ganar tiempo sin tener que recurrir a la violencia. Lo felicité. Con una falsa modestia que me hizo sonreír, se encogió de hombros como si hubiera sido algo evidente. En realidad, le encantaba que lo elogiaran de esa forma.

Y así llegamos al puerto de Burdeos. Un gran grupo de mujeres, deseosas de ver a sus maridos, se había congregado en el muelle, agitando los brazos para saludarnos, a nosotros, los héroes del mar. Intenté en vano distinguir entre la muchedumbre la silueta de mi mujer. A Mathilde debían de haberla retenido en casa de la señora de Saint-Maixent. Los marineros descendieron uno tras otro, con prisa por encontrarse con sus familias. Martín y yo esperamos a que no quedara nadie en el barco para ir corriendo por los pasillos hasta el camarote de María. Abrí la puerta y nos la encontramos acurrucada en una esquina con la cara cubierta de lágrimas rodándole por las mejillas. Martín se sentó junto a ella y le sonrió con tristeza. Después, hablaron los dos en su idioma.

—María, ha llegado el momento de partir —dijo con compasión.

—No sé adónde ir, tengo miedo —respondió llena de tristeza.

—Te vienes conmigo. Mañana compraremos un billete de tren para Málaga para que puedas volver con Manuel.

—¿Y si no me reconoce? ¿Si no sabe quién soy? —preguntó ansiosa—. Quiero volver a Las Palmas. Dejadme en el barco. No quiero salir.

Martín se levantó sin decir nada y se frotó la barba incipiente, cuyos pelos eran a duras penas más duros que la pelusa de un adolescente. No sabía qué responder. María parecía conmocionada, presa de las ignominias de su imaginación, que había hecho que germinara en ella la semilla de la duda en cuanto a aquella aventura. Estaba de rodillas y se balanceaba suavemente, mecida por el movimiento de su cuerpo que frotaba el frío suelo. La pobre María, obligada a prostituirse, jamás había perdido la esperanza de volver a ver un día a su hijo. Lo deseaba con todo su ser, con toda su alma, y estaba dispuesta a morir con tal de volver a abrazarlo, pero, ahora que estaba a punto de hacerse realidad, no podía, no podía más. ¿Qué extraño mecanismo había llevado a esta mujer al miedo repentino de no estar a la altura de su hijo?

—María, levántese —murmuré—. No se preocupe por su pequeño, la reconocerá. El olor de una madre no se olvida jamás, créame.

María dejó de balancearse y dirigió su mirada hacia mí.

—¿Está seguro? —susurró.

—Muy seguro —respondí.

—Le creo, Paul. Usted es un buen hombre, ¿lo sabía?

—Gracias, María. Ahora levántese, tenemos que irnos.

Le tendí la mano y la ayudé a incorporarse. Salimos del camarote y nos adentramos en el laberinto infinito de pasillos de los que ahora conocía hasta el más recóndito rincón. Al salir al exterior, María tomó una gran bocanada de oxígeno cerrando los ojos.

—¡Qué bueno! —murmuró.

Los tres bajamos por las escaleras de la pasarela y nos detuvimos una vez en tierra firme, al abrigo de miradas indiscretas. Ni rastro de Mathilde por ninguna parte. Quizá hubiera olvidado la hora exacta de nuestra llegada. Todavía no estaba preocupado. Estaba deseando verla y besarla. Pero, antes, tenía que despedirme de María.

—Aquí se separan nuestros caminos —afirmé mientras observaba el rostro de la mujer que había sacado de la calle.

—Gracias, Paul. Jamás olvidaré lo que ha hecho por mí. Un día le devolveré el favor.

Me besó en la mejilla. Sus labios suaves y cálidos me estremecieron.

—Cuídese, María, y dele un beso de mi parte a su hijo. Esta es mi dirección, mándeme alguna fotografía suya.

—Por supuesto, puede contar con ello. Que Dios le bendiga, Paul Vertune...

Le di un sobre en el que había metido un trozo de papel con mi dirección postal. Se lo metió en el bolsillo. La gratitud de una mujer devastada por la calle, destruida por la violencia masculina, se veía en su rostro. Se giró hacia Martín, testigo de la escena, en silencio, conmovido. Los dos partieron en dirección a casa de mi amigo, situada bastante cerca del puerto. María me hizo señas con las manos y articuló un «Gracias» con la boca antes de desaparecer tras la esquina de una calle.

El inmenso peso de la responsabilidad cayó sobre el adoquinado del muelle, fluyendo por sus intersticios agrandados por los toneles de vino. Me sentía aliviado, en paz conmigo mismo. Qué sensación más deliciosa. Habían desaparecido la angustia y los miedos, solo quedaba el sentimiento del deber cumplido, la satisfacción de haberme sacrificado por María. Y, después, quedaba otra cosa.

La víspera, por la noche, mientras preparaba el sobre en mi camarote, quise acabar con esa historia de Catherine Schäfer.

Obnubilado por la alemana desde hacía años, había asumido riesgos innecesarios poniendo en peligro mi propia vida, en Alemania, en España, sin pensar en las consecuencias de mis actos, riesgos que había corrido cegado por esa búsqueda mística. Las palabras del capitán todavía resonaban en mi cabeza: la vida es una perra que se come a sus cachorros cuando tiene hambre. Aunque no entendía del todo su significado, empezaba a percibir el origen de semejante afirmación. Quería poner fin a toda esa historia y concentrarme en Mathilde. Todavía nos quedaban muchas cosas por vivir juntos. Echaba mucho de menos a mi mujer. Por esa razón, metí en el sobre la fotografía de Catherine Schäfer. Como un recuerdo de nuestro encuentro. Cuando la imagen de la niña despareció en el interior del sobre, tuve que contener las lágrimas. Se acababa un capítulo de mi historia. Había llegado la hora de volver a casa. Ese era el final de mi primer viaje y esperaba que los demás fueran menos movidos.

Miré hacia el navío y entonces la vi, bajo la lluvia, con el pelo mojado, pegado a la piel de su cara. Su ropa estaba empapada por el chaparrón que sucede a la llovizna. Mi Mathilde, incluso así, estaba preciosa. Su vestido largo se ajustaba perfectamente a la silueta de su cuerpo longilíneo. Era guapa, una mezcla de sol y de luna, de nubes y estrellas. Me acerqué a ella y la rodeé con mis brazos.

—Te quiero, Mathilde —dije sintiendo su cuerpo congelado.

—Yo también, Paul.

—Estás helada. Volvamos a casa deprisa.

—Espera. Tengo que decirte algo.

—¿Sí?

—Estoy embarazada.

El día y la noche se fusionaron, la tierra y el mar se enredaron en un silencio absoluto, los clamores de los marineros prendados del mar abierto resonaban en mi cabeza. Y, entonces, todo se mezcló. La noticia de mi futura paternidad me pilló tan de improviso como a una margarita que cortan en verano para hacer una corona de flores.

Instintivamente, pensé en mi padre y en su tradicional espiga de trigo en la boca. Ahora me tocaba a mí conocer el gran escalofrío del nacimiento, la educación y el amor filial. La vida es una obra de teatro que cada generación se apropia interpretando personajes diferentes, dándole una nueva profundidad, con el objetivo de mejorar el ritmo de la representación. A veces, el público se pone en pie y aplaude, seducido por los cambios aportados. Otras veces, permanece sentado, aburrido por las modificaciones por preferir el original a la copia. Ya me imaginaba una obra de teatro espléndida en la que el personaje que iba a nacer interpretaría un papel importante. ¿Y yo estaba preparado para la paternidad? Abracé con fuerza a mi esposa, imaginando en su vientre el fruto de nuestro amor. Ahora éramos tres.

24

—¡Empuje! —exclamó la enfermera estresada.

—¡Me duele! —gritó Mathilde.

—¡Ya queda poco, señora, empuje, venga, más fuerte!

—¡Aaaaah!

El día que vi salir la cabeza de mi hija entre las piernas de su madre, creí que me iba a desmayar. En una mezcla de admiración y asco ante la naturaleza en plena acción, entendí en cierta forma por qué mi padre puso como pretexto una tarea urgente el día en que nací. El flujo de sangre que escapaba de la vagina de mi esposa cubría el rostro del bebé del que todavía desconocía su sexo. La enfermera tomó al recién nacido, cortó el cordón umbilical y lo envolvió en una toalla blanca que se manchó de inmediato de rojo.

—¡Es una niña! —afirmó con una sonrisa en los labios—. ¡Enhorabuena!

—Gracias —respondí desconcertado por el anuncio.

—¿Qué nombre le van a poner?

—Yo... Yo... —balbuceé atemorizado por la sangre y el llanto del bebé.

—¡Jeanne! —gritó Mathilde—. Se llama Jeanne.

Estaba confuso. Incluso podría decirse que intensamente confuso. El embarazo de Mathilde había pasado sin problemas ni complicaciones. Su vientre había ido creciendo al ritmo de mis salidas al mar y mis regresos a tierra firme. Me sentía culpable por no haber estado presente durante una prueba tan dura para una mujer como es el embarazo, esa travesía al país de las hormonas, pero no tenía opción: había que vivir. Mathilde dejó de trabajar los dos últimos meses, lo que desorganizó la rutina de la señora de Saint-Maixent, quien, indignada por haber sido abandonada de esa manera, dejó de pagarle el salario. La indulgencia de la burguesía tenía unos límites a los que mi mujer había tenido que enfrentarse: su egocentrismo patológico y su incapacidad para concebir la alegría en otro hogar que no fuera el suyo. Cuando somos desgraciados, nos volvemos celosos.

La enfermera frotó el frágil cuerpecito de Jeanne para quitarle las manchas de sangre que le corrían por extremidades y rostro. Después, colocó al bebé en llanto sobre una báscula para pesarlo, lo auscultó con ayuda de un estetoscopio y le hizo la batería de pruebas habituales para asegurarse de que gozaba de buena salud. Una vez hubo terminado su bárbaro pero necesario ritual, envolvió a Jeanne en una toalla limpia y se la dio a su madre. Mathilde la tomó en sus brazos, emocionada, y la meció para que se calmara. La enfermera la ayudó para que pudiera sacarse un pecho con el objetivo de que la recién nacida pudiera pegar en él sus labios. Se hizo el silencio en la habitación. Me acerqué a Mathilde y contemplé el rostro de mi hija. Todo era tan refinado en ella: las manos, los pies, la piel, la nariz, la boca pegada al pezón de Mathilde. No había rastro de esa vida que corrompe todo, que deforma la expresión de nuestro rostro y mutila nuestra alma a medida que se va acumulando el sufrimiento. Aquello era el principio de todo. El principio de la carrera hacia la muerte, de la cuenta atrás inexorable hacia ese misterio del que nadie escapa pero que todo el mundo intenta olvidar a su manera.

Mi hija tampoco escaparía. Hasta ese momento, ni siquiera se me había pasado por la cabeza que ella pudiera sufrir en este mundo.

—Es guapa —le susurré a Mathilde mientras le acariciaba la mejilla.

—Sí.

—Es clavadita a ti, tiene tus ojos...

Mathilde sonrió tímidamente. Volvimos a casa al día siguiente, acompañados de nuestra hija y la instalamos en la cuna que nos había dado un vecino generoso. No tenía la opulencia de la residencia burguesa de la señora de Saint-Maixent, pero las condiciones de vida habían mejorado respecto a nuestra propia infancia. Mi hija tenía un privilegio de nacimiento: la intimidad de una habitación individual. Sin embargo, nada de celos, más bien al contrario, que a cada uno le toca la época que le toca con sus problemas correspondientes. Esperaba con toda mi alma que para Jeanne fueran los menos posibles.

Apenas nos separaba una década de la guerra. El mundo entero contenía la respiración para que el horror no volviera a repetirse. Estados Unidos, fiel a la ideología liberal, intentaba insuflar al planeta entero su dogma basado en las asperezas individuales, la asunción de riesgos y el beneficio a cualquier precio. La Unión Soviética hacía frente a esta absurdidad ideológica proclamando alto y fuerte los valores contrarios basados en el colectivismo, el reparto y la solidaridad. Francia, por su parte, optó por una tercera vía, a medio camino entre las dos corrientes de pensamiento.

⁂

Jeanne, al contrario que sus padres rurales, crecía en el dinamismo de una ciudad en pleno apogeo, una población en la que confluían civilizaciones lejanas, arrullada por el sonido de las sirenas de los barcos. Mathilde retomó su trabajo de mujer para todo en casa de la señora de Saint-Maixent, que la volvió a contratar en cuanto nuestra hija tuvo edad suficiente como para ir a la guardería. En cuanto a mí, me ascendieron y me destinaron a un barco que hacía la ruta entre Asia y Europa, por lo que tenía que pasar largas temporadas en el mar, a veces más de cuatro meses seguidos. Las dos mujeres de mi vida me saludaban desde el muelle del puerto. Lloraban a lágrima viva, inconsolables, algo que me rompía el corazón. Aquel era el precio que había que pagar para que mi sueño siguiera vivo. Cuando el barco atracaba en el puerto cuatro meses después, las volvía a ver, triste al comprobar que Jeanne crecía sin esperarme.

La compañía me daba dos meses de vacaciones para que pudiera disfrutar al máximo de mi familia y recuperar el tiempo perdido antes de volver a la ruta oceánica y a sus tempestades. Todos los veranos, durante las vacaciones estivales, volvíamos a Bretaña a ver a nuestras familias. Estaba encantado de que Jeanne conociera el entorno en el que habíamos crecido su madre y yo. Pasaba días felices en las playas de nuestra infancia. Se reía a carcajadas recogiendo moluscos cubiertos de arena y abría los ojos como platos cuando veía un cangrejo por la playa. A veces, oculto tras un árbol del jardín de mi granja natal, observaba cómo mi hija se maravillaba con los placeres simples de la vida. Recogía una manzana caída en el suelo, se la acercaba a los ojos e intentaba descifrar el misterio de la fruta con aquella imaginación suya de niña sin corromper. Detrás de mi manzano, volvía a ser un niño, conmovido al reconocer en ella algunas características de mi personalidad.

La paternidad nos ofrece la oportunidad de redescubrir nuestro pasado, de conjurar la suerte de una infancia desgraciada o de prolongar la voluptuosidad de una infancia dorada. No es un medicamento que compramos en la farmacia para vendar nuestras heridas, sino justo lo contrario. Nos ofrece la ocasión de rejuvenecer, siempre y cuando no abusemos. Aproveché para volver a ser un niño y jugar con Jeanne durante horas, imitando los animales de la jungla, los bancos de hielo y el desierto. Jeanne se reía a carcajadas cuando interpretaba el papel de un gorila golpeándose el pecho, de una foca avanzando sobre el suelo helado de un islote azul o de un rinoceronte arremetiendo contra los manzanos de mi infancia. Al final, cansados de jugar al sol, nos tumbábamos en la hierba mirando al cielo, con su pequeño cuerpo pegado al mío.

—¿Por qué el cielo es azul, papá? —me preguntó curiosa como su padre.

—Porque quería hacerse amigo del mar —respondí espontáneamente.

—¿Y por qué quería hacerse amigo del mar?

—Porque el mar es amable.

—¿Es amable contigo, papá?

—Sí, excepto cuando hay tempestad.

—¿Qué es una tempestad?

—Viento. Mucho viento que sopla, Jeanne.

Cuando se quedaba conforme con mis respuestas, se ponía a soñar y a veces se dormía a la sombra de los árboles del jardín. La tomaba en mis brazos y la llevaba a su cama, donde acababa su siesta apaciblemente.

Aprovechábamos las vacaciones más largas para visitar a mis hermanos, que también se habían casado con jóvenes lugareñas, como lo exigía implícitamente la tradición local. Pierre y Guy vivían con sus esposas cerca de la granja de nuestros padres. Todavía ayudaban a mi hermano mayor en la explotación del campo de trigo. Los avances técnicos y la aparición de las cosechadoras les habían facilitado considerablemente el trabajo y también la existencia. Fieles a ellos mismos hasta la muerte, no se hablaban demasiado y se limitaban a asentir sin jamás resistirse, huyendo de los conflictos como de la peste. En cuanto a Jacques, igual de tenaz en el trabajo que siempre, se había suavizado con los años. Ahora padre de un niñito adorable, conjuraba la suerte de la autoridad paterna queriendo a su hijo, atento al más mínimo de sus caprichos, deseoso de hablarle y de escucharlo, a diferencia de lo que habíamos vivido nosotros. Nuestras relaciones mejoraron con el tiempo, aunque jamás llegaran a la altura de mis expectativas, aquella fraternidad solidaria que habíamos tenido al alcance de la mano en el camión de los alemanes el día que conociera a Mathilde.

Siendo niño, las relaciones fraternales me parecían refugios a los que acudíamos a reponer fuerzas, como el agua de un pozo que sacamos minuciosamente, con cuidado de no secarlo. Las peleas entre hermanos, los conflictos, parecían algo imposible. Pensaba que mis hermanos siempre estarían a mi lado, que me respaldarían en las vilezas de la vida, las penas del amor, las traiciones, pero, con la cabeza llena de ideales, pronto me desengañé al constatar su actitud frente a mi padre, más contenida, que contrastaba con la de nuestras carreras locas por los caminos y los bosques. Me desanimé a fuerza de sufrir la violencia. Me fui. Dejé el nido familiar para volar con mis propias alas. Aunque todos se alegraban de tener un hermano marinero, nada sería nunca como antes. Nos contentábamos con pasar los días enteros pescando almejas, disfrutando de pícnis en la playa, enseñando a los niños a hacer rebotar las piedras planas en el agua.

El padre de Mathilde también estaba allí, observando a su hija y su nieta con los ojos llenos de amor. ¿Qué no habría dado por que su mujer estuviera todavía allí?

Pero el agradable paréntesis se acabó y el mes de agosto llegó a su fin. Hicimos la maleta y volvimos los tres a Burdeos. Jeanne saludaba tímidamente a sus abuelos por la ventanilla del tren. Mi madre lloraba cuando se alejaba la locomotora, huérfana de un hijo que habría preferido mantener cerca de ella.

—¡La abuela se ha ido! —decía Jeanne sin entenderlo demasiado.

—¡Sí, se ha ido! —repetía a mi hija—. La volveremos a ver el año que viene, ¿de acuerdo?

—La abuela se va todo el tiempo. ¡Como tú, papá!

Por mucho que los niños no sean más que niños, no por ello tienen menos sentido común. Y sentido común, Jeanne tenía para dar y vender. Ya empezaba a entender que su padre la abandonaba, que estaba obligado a irse en su barco porque ese era su trabajo. ¿Pero qué significa la palabra trabajo para un niño? No gran cosa, me parecía a mí. Me acercaba a los límites de mi sueño de la infancia. Aunque amaba mi profesión apasionadamente, me sentía cada vez más culpable por no estar más presente para mi hija. El capitán de mi primer barco, que se acababa de jubilar, me había avisado en su momento: «El oficio de marinero es ingrato, no vemos crecer a nuestros hijos». El viejo lobo de mar tenía razón. Ya podía imaginarme los reproches de mi hija por mi alejamiento cíclico. Mi padre me había impuesto su falta de comunicación y ahora yo imponía a mi hija un alejamiento que ponía en peligro nuestra relación futura. La reproducción no solo es algo social o cultural, sino que además puede adoptar varias formas. En mi egoísmo, no quería tener que escoger y deseaba prolongar aquella sensación de libertad el mayor tiempo posible.

Por eso, a principios de septiembre, volví al mar y regresé en enero del año siguiente, con el corazón partido al constatar que Jeanne había vuelto a crecer, pero con el sentimiento de ser libre como un pez en el agua. Y luego estaban todas aquellas personas que había conocido durante mis viajes. Me parecía que toda la humanidad, a pesar de sus diferencias físicas, era una e indivisible. Solo cambiaba el idioma. De África Occidental a Asia, de Oriente Medio a Oceanía, se veían las mismas sonrisas. La acogida calurosa de los nativos nos daba ánimos después de los largos meses que pasábamos en el mar. Los días de permiso, Martín y yo íbamos a visitar las regiones recónditas de los territorios, a hablar con las gentes y descubrir sus usos y costumbres. De alguna manera, así completaba sobre el terreno las enseñanzas geográficas de mi maestro, uniendo teoría y práctica. El señor Duquerre habría estado orgulloso de mí.

ᏨᎲ

Recibí noticias de María en varias ocasiones. Todos los años me enviaba una tarjeta postal en la que me escribía algunas frases en español que Martín traducía. En el sobre, también metía una fotografía de su hijo, un chico al que veía crecer con los años. En sus cartas, preocupada por mantener intacto el misterio que rodeaba a la alemana, jamás dijo nada de la fotografía de Catherine Schäfer.

Sin embargo, tras diez años de carteo, la correspondencia cesó. Lo que al principio pensé que sería un simple olvido, acabó provocándome una auténtica inquietud. Finalmente decidí enviarle una carta para asegurarme de que todo iba bien. Unas semanas más tarde, el sobre volvió con una nota en español: «Destinatario desconocido». Volví a hacerlo varias veces más, creyendo que se trataba de un error del servicio postal. Después de todo, las cartas no siempre llegan. Pero todas las veces obtuve el mismo resultado: el sobre volvía intacto, con la misma anotación. Martín llamó por teléfono al ayuntamiento de Málaga, pero no supieron decirnos nada. La secretaria que respondió a nuestra llamada nos aseguró que investigaría un poco, pero no nos llamó nunca. María se había volatilizado sin dejar el más mínimo rastro. Inquieto por esa desaparición repentina, intenté llamar varias veces a la comisaría. Incluso conseguimos el número de teléfono de un vecino, pero siempre obtuvimos las mismas palabras, la misma cantinela. Nadie sabía dónde estaba María.

¿Qué extraño misterio escondía aquella fuga repentina? ¿Por qué María no daba señales de vida? En este asunto subsistía un enigma que no conseguía descifrar. Estaba frustrado por no poder investigar porque, en los escasos momentos en los que la compañía me daba vacaciones, recuperaba el tiempo perdido con Jeanne. Mathilde percibía mi creciente inquietud y me tranquilizaba como podía, pero sus esfuerzos eran vanos. A pesar de mi escepticismo, rezaba en secreto para que no le hubiera pasado nada a María. Durante mucho tiempo, cada vez que llamaban al timbre, salía al pasillo con la esperanza de abrir la puerta y encontrarme con el rostro de María y con su hijo Manuel acurrucado en sus brazos. Inspiraba profundamente antes de girar el picaporte. Y, cada vez, la misma decepción. Los años pasaron y acabé resignándome. El hombre olvida deprisa. Estaba claro que María no me debía nada. La había ayudado por bondad, por humanidad, no para que me lo agradeciera toda la vida. No era el héroe de nadie. Solo era un hombre. ¿De qué sirve revolucionar el mundo si luego no somos capaces de revolucionarnos nosotros mismos?

Así que no tenía noticias de María. Con ella desaparecieron un buen número de mis ilusiones. Todos maduramos un día u otro. A nuestro ritmo. Yo también había madurado, gracias a ella, el día en que comprendí que el mundo no estaba hecho a mi imagen y semejanza, sino que mi imagen debía adaptarse al mundo.

25

17 de julio de 1965. Una sucesión de cifras y letras. Una fecha cualquiera. Para el común de los mortales, un día como otro cualquiera, anodino, sin más. Nada que señalar en la agenda de los poderosos, excepto, quizá, el descanso estival. Los días que pasan son como estrellas fugaces en el cielo. Por un instante, fascinados por la singularidad de su origen, nos detenemos a contemplarlas. Después, cuando se desvanecen y el espectáculo ya no es suficientemente entretenido, volvemos a nuestras ocupaciones, cansados de admirar sus estelas encantadas. Sin embargo, el 17 de julio de 1965 es una fecha importante para mí. Una de esas que alteran el curso de la historia, que nos sumergen en un tumulto interior del que apenas somos capaces de discernir la sombra naciente.

Tres semanas antes de esa fecha, habíamos atravesado el cabo de Buena Esperanza. Una espesa niebla disimulaba las costas sudafricanas bajo su velo blanquecino, ocultando esa tierra que solíamos observar cautivados. A lo lejos me pareció ver las puertas del océano Índico, inmensas, sublimes, majestuosamente erigidas ante el navío, encastradas en un muro imaginario con goznes invisibles a simple vista. A unos metros de ellas, un chirrido estridente vociferó su risa burlona de abuela maliciosa y yo hice una mueca de grima, como cuando el profesor arañaba la pizarra con la tiza. Las puertas se abrieron a nuestro paso, esgrimiendo con orgullo su escudo de armas, en el que Poseidón con su barba impetuosa, parecida a la de mi maestro y a la de mi capitán anterior, agitaba su tridente hacia el cielo, mostrando al mundo entero su supremacía. En la espesa bruma, el dios del mar esbozó una sonrisa traviesa para desearnos buena suerte o para advertirnos de un posible peligro. Cuando ya estábamos lejos, las puertas se volvieron a cerrar con el mismo estruendo y desaparecieron en la neblina.

Ahora navegábamos hacia nuestro destino final: la bella Saigón. A pesar de la lluvia que no dejaba de caer a nuestro alrededor, calando nuestros cuerpos hasta los huesos, la meteorología parecía clemente. Sobre el puente, los marineros resbalaban en el suelo húmedo y maldecían en voz alta mientras sujetaban sus extremidades doloridas por la caída.

La entrada a las aguas del océano Índico suponía un problema serio, lo que nos obligaba a adoptar un reguero de normas de seguridad y comportamientos en caso de urgencia. En este punto del globo, la sombra de los Cuarenta Rugientes planeaba sobre los navíos. Muchas historias alimentaban el mito de aquella zona, barrida por los vientos más potentes del planeta, los rompientes más destructivos, los naufragios de inmensos navíos volteados por la fuerza del oleaje. En estas aguas, los descuidos se pagaban caros. Todos los marineros conocían los riesgos. Aquí no había sitio para la dejadez, para lo aproximado. La reglamentación marítima se aplicaba al pie de la letra y el capitán lo comprobaba a ultranza.

A medida que las costas africanas iban desapareciendo en el horizonte, sentía cómo aumentaba la tensión entre nosotros, palpable, como la que sienten los padres de un niño que quita las ruedecillas de su bicicleta. En ese momento, se imponía una solidaridad fraternal entre los marineros. Cada vez que el capitán anunciaba que se acercaba una tempestad, todo el mundo empezaba a correr de un lado a otro comprobando la sobrequilla del barco, los motores, el cargamento, sin parar de revisar frenéticamente cada una de las reglas de seguridad. Aquel que el día anterior era presa de la dejadez, de repente se convertía en un maniaco.

Los directivos de la compañía, sentados cómodamente en sus sillones de cuero en la otra punta del planeta, llamaban sin descanso al capitán, bombardeándolo a preguntas sobre el estado de la carga, hostigándolo con instrucciones para que el barco llegara más deprisa. En todo ese flujo de palabras despectivas, ni una sola mención a la salud de la tripulación, como subrayaba el capitán con ironía. Los plazos comerciales eran más importantes que los seres humanos, hombres que evidentemente no les importaban demasiado. Para ellos solo éramos peones sobre el tablero del globo y, en su carrera frenética hacia el beneficio, debían organizarnos lo mejor posible a nosotros, simples medios para acceder a sus neurosis materialistas.

A pesar de todo, lo esencial estaba allí, esa coordinación de brazos musculados que trabajaban en la sombra como hormigas. A pesar de los riesgos corridos, amaba ese océano, esa extensión marina llena de misterios y peligros que obligaba a los individuos a apoyarse mutuamente, a ser solidarios como no lo habían sido jamás en otras circunstancias.

Por fin, cuando las costas asiáticas aparecían en la lejanía, la tensión se iba relajando poco a poco. Volvíamos a ser hombres y las asperezas individuales volvían a prevalecer sobre los arrebatos solidarios.

❦

Pero el 17 de julio de 1965, el capitán hizo sonar en su nave las sirenas que anunciaban una asamblea general en el puente. Navegábamos desde hacía tres semanas sobre las aguas agitadas del océano Índico y, aislados del mundo terrestre, estábamos deseando ver por fin las costas asiáticas. Algunos, frustrados por la travesía y su día a día privados de mujeres, planeaban abiertamente hacer una visita a unas prostitutas vietnamitas. De sus palabras se desprendía una vanidad cuyo origen yo desconocía, como si las pobres mujeres no fueran más que trofeos de caza que había que colgar en la pared. La sirena del barco me sacó bruscamente de una profunda ensoñación. Martín, con el que compartía camarote desde hacía diez años, dejó el libro que estaba leyendo, se levantó y observó el mar a través del ojo de buey.

—El mar está en calma —dijo con aire ausente.

—¿Y las nubes? —pregunté con la experiencia de un joven lobo de mar.

—No hay. Falta poco para que anochezca.

—Entonces todo va bien. Imagino que será una reunión de control...

—No sé yo —respondió Martín escéptico.

—¿Y eso? —pregunté intrigado.

—Tengo un presentimiento extraño.

—¿Ahora eres médium? —bromeé.

—Siento que se está cociendo algo. Vístete y subamos.

No respondí. Martín hablaba en un tono neutro, demasiado monocorde para él. El español, que por lo general no podía evitar gesticular en todas las direcciones cuando hablaba, permanecía serio junto al ojo de buey. Parecía preocupado. No quise profundizar más. Los dos nos vestimos y salimos a los pasillos del navío.

Reinaba el caos. Todo el mundo corría de izquierda a derecha. Se formaban atascos en las escaleras de acceso al piso superior. Interrogué al azar a algunos marineros pero no supieron decirme nada a ciencia cierta. Nadie sabía nada. Me pareció algo extraño. Subimos la escalera y nos apelotonamos todos en la siguiente. Repetimos tres veces la misma coreografía antes de emerger a la superficie. Fuera, el calor era espantoso. La impresión de haber entrado de repente en un horno me dejó sin respiración. A mi lado, Martín seguía pareciendo preocupado. ¿En qué estaría pensando? A nuestro alrededor, los marineros, que no comprendían nada, estaban agitados. De repente, oímos un grito procedente del otro lado del barco. Uno de los marineros corrió por el pasillo que llevaba al puente, rodeó la pasarela y volvió unos instantes después, blanco como la pared.

—¡Venid! —gritó.

Todos recorrimos el pasillo a la vez, preocupados por lo que podríamos descubrir al otro lado del barco. A unos metros, al rodear la pasarela, noté la presencia de un grupo de personas en la parte más amplia del puente, la que ofrecía una vista casi panorámica del navío. Toda la tripulación se había reunido allí, señalando con el dedo hacia el horizonte. Levanté la mirada al cielo. Lo que descubrí ese 17 de julio de 1965 dibujó en mi memoria el contorno de un lienzo que jamás se borrará.

En la débil luz del crepúsculo, pude distinguir un espectáculo de una naturaleza pasmosa, sin complejos. Arriba, en el cielo, brillaba un cuarto pálido de mi luna. Su luz blanquecina se reflejaba en el agua, decorando el mar con millares de pequeñas arrugas titilantes. Os aseguro que era grandiosa. Pero el centro de todas las atenciones no era la luna. Justo lo contrario. En el horizonte, se acumulaban inmensas nubes en el cielo, formando espirales de muerte que trepaban hacia las estrellas. Las gigantescas trompas parecían aspirar el océano entero, hurtando al mar su principal recurso, bombeando el agua que salía volando hacia el cielo. Lo que me pareció extraño fue esa sorprendente separación entre tinieblas y claridad, esa línea que se extendía por encima del horizonte, como si la naturaleza, en su infinita bondad, nos impusiera un límite que nosotros, los pequeños hombres que transgredían sin parar sus reglas, no debíamos cruzar. La advertencia parecía clara. Si cruzábamos el límite, seríamos aspirados por el caos y nos tendríamos que enfrentar a los elementos desatados, a nuestra cuenta y riesgo.

Largos relámpagos cargados de electricidad cruzaban el cielo y acariciaban el mar. El estruendo correspondiente nos llegaba unos segundos después, como el sonido de un tambor de piel, anunciando una muerte inminente. Qué extravagancia, qué belleza en el caos, qué decorado surrealista. En secreto había imaginado el navío en la tempestad, barrido por los vientos enfurecidos y la lluvia torrencial. ¿Acaso no me había hecho marinero para huir de las banalidades de lo cotidiano, para vivir experiencias intensas? No teníamos otra opción. Era demasiado tarde para dar la vuelta. El barco iba directo hacia la catástrofe o la gloria. Me estremecía de tan solo pensarlo. Pronto oímos más gritos.

—¡Vamos a morir! —exclamó un marinero.

—No, hombre, solo es una tormenta —afirmó otro.

—¡Dios mío, ten piedad de nosotros!

—¡Dejad de llorar, panda de gallinas!

—¡Vamos a atravesarla y esto va a moverse!

La humanidad en todo su esplendor se mostraba ante mí. Cuando aparece el peligro, los hombres se destapan, sin miedo al qué dirán.

El capitán se abrió camino entre la muchedumbre, superando a sus marineros, uno tras otro, injuriando a sus hombres sin parar. Cuando llegó a la primera fila, se detuvo unos segundos, también impresionado a pesar de su experiencia.

—Es un huracán —dijo sereno pero aterrorizado.

—¿Un huracán, capitán? —repitió una voz sorprendida por el anuncio.

—Sí. En la radio lo habían anunciado lejos de aquí hace ya unos días. Se han equivocado. Estos idiotas de la compañía. Los odio.

—¿Y qué hacemos, capitán? —pregunté.

—Rezar —respondió con la mirada fija en el mar.

Se giró hacia el grupo de marineros que observaban el horizonte.

—Caballeros, ha llegado ese momento que todos esperabais desde vuestra llegada a la marina —gritó señalando el cielo con el dedo—. Aquí tenéis un huracán. No es habitual tener que enfrentarse a uno porque, normalmente, las radios anticipan este tipo de cosas, pero como nuestra compañía está llena de imbéciles, ¡vamos a tener que atravesarlo! Sepan, señores, que es un honor que la naturaleza nos concede, así que ¡agradezcámoslo como es debido!

Se oyeron algunos gritos de alegría, rápidamente ahogados por el escepticismo de los marineros.

—Zafarrancho de combate —gritó aún más fuerte el capitán—. Quiero a todo el mundo en su puesto. ¡No quiero a nadie en el puente, bajo ningún concepto! En unas horas esto será la guerra, bloqueen todas las puertas de acceso al puente. ¡No comáis nada porque vais a echar la papilla y sería un desperdicio! ¡No os vayáis a la cama porque no vais a poder dormir! ¡No orinéis porque ya os lo haréis encima de forma natural! ¡Pensad en una sola cosa: llegar a Saigón! ¡La compañía correrá con todos los gastos en putas de la tripulación! Y una cosa más... Ha sido un honor navegar con ustedes, mis queridos marineros.

Las palabras del capitán no auguraban nada bueno. El sonido ronco de la tormenta inminente resonó bruscamente, haciendo saltar a la tripulación, que redobló sus esfuerzos para colocarse deprisa en sus puestos. Mi media luna seguía sonriendo en el cielo. Le guiñé un ojo antes de desaparecer en lo que sería, quizá, mi tumba, rezando para que me escuchara y nos salvara. Pensaba en Jeanne, esa niñita que tanto había descuidado desde su nacimiento, en Mathilde, esa esposa abandonada por mi sueño de la infancia, en María, de la que no tenía noticias, en Catherine Schäfer, esa niña que ya había dejado de serlo, en Jean, que se abría camino en el teatro de París, en mi madre, en mis hermanos. Esperaba volver a verlos. Con todo mi corazón.

26

Los fenómenos naturales son caprichosos. A veces, cuando el rencor que nos tienen se vuelve paroxístico, se alían para hacernos comprender que no somos más que inquilinos, aves de paso. En realidad, ellos son los auténticos propietarios. El hombre, entregado a la vanidad, a veces desatiende el contrato de arrendamiento y olvida pagar el alquiler. Esa noche, en aquel barco, pagamos todos los alquileres retrasados de la humanidad. Nos vimos sometidos a una naturaleza rencorosa, asesina, sin escrúpulos.

Unos minutos después de haber entrado en el pasillo, sentimos cómo las primeras ondulaciones del oleaje golpeaban el metal del navío. La lluvia empezó a caer, al principio con suavidad para luego, unos minutos después, hacerlo con más y más violencia. El ruido del viento se colaba silbando por las brechas del gigante de los mares, como los días de tormenta en los que se levantan las tejas. Los truenos resonaban a lo lejos y se acercaban inexorablemente. La tripulación del navío corría en todas direcciones. Algunos marineros gritaban de alegría ante la perspectiva de atravesar la tempestad, mientras que otros, más temerosos, parecían inquietos y guardaban silencio.

El oleaje se volvió más brusco. El ruido del viento se intensificó en los pasillos. Bajamos a la bodega para comprobar la mercancía, bamboleada por los movimientos del agua. Todo parecía estar en orden. Volvimos a subir hacia la pasarela agarrándonos de las manijas de las puertas para poder avanzar. ¿Dónde estaba Martín? No lo veía por ninguna parte, ni en la bodega, ni en los pasillos, ni en ningún sitio. Ya hacía unas horas que me preocupaba el español, mi amigo parecía alterado por una idea que se le había metido en la cabeza. ¿Qué presentimiento podía atormentar así sus pensamientos? Después de todo, aquello no era más que una tempestad, sí, una enorme tempestad, pero solo eso.

Esa vez el barco se tambaleó con mayor violencia. Acabábamos de entrar a toda velocidad en la zona de turbulencias y las sacudidas se hicieron más intensas. Inquieto por la ausencia de mi amigo, volví a bajar los pasillos en dirección al camarote para asegurarme de que Martín no estaba allí. A duras penas si podía avanzar, bloqueado por las sacudidas del navío, estancado en el vacío intentando mantener el equilibrio. Detestaba ese movimiento del oleaje que perturbaba nuestra estabilidad por los pasillos. Entré en el camarote. Martín estaba sentado en su cama, con los ojos fijos en el suelo, perdido en sus pensamientos. Se quedó quieto en esa posición y ni siquiera giró la cabeza cuando percibió mi presencia. El español me preocupaba sobremanera desde hacía un buen rato. Me senté junto a mi mejor amigo.

—¿Todo bien? —pregunté inquieto.

—Voy a morir, Paul —respondió con calma.

—Deja de decir tonterías. Solo es una tempestad, nada más...

—No, no lo entiendes. Es el juicio final.

—¿El juicio final? —pregunté, tan intrigado por su misticismo como asustado por la seguridad con que había hablado.

—Sí.

—Pero explícate, mierda. ¿Qué pasa?

—Este barco huele a muerte, Paul —respondió con una serenidad que me heló la sangre—, la misma muerte que sentí en los ojos de mi padre cuando se desplomó ante mí con el pecho acribillado a balazos. Puedo olerla, está ahí, a nuestro alrededor, y nos acecha.

Sentí un sobresalto en el pecho. Mi ritmo cardiaco se ralentizó, paralizado por el terror que ganaba terreno en mis extremidades, en mi cuello, en mi tronco, por todas partes. Era incapaz de articular palabra alguna para interrogarlo sobre el origen de ese pensamiento funesto.

—¿Sabes, Paul? —prosiguió con el mismo tono monocorde—. Eres mi mejor amigo. El día que te conocí, sentí de inmediato que eras diferente a los demás. Eso es lo que me gusta de ti. Y, luego, pasó lo de María. La salvaste.

—La salvamos los dos...

—No. Yo no estaba de acuerdo al principio. Sin ti, todavía seguiría allí, haciendo la calle.

—Tú me animaste a seguir con mis investigaciones —respondí—. Sin ti habría vuelto con las manos vacías. La vida es un trabajo en equipo, Martín.

—Quizá —replicó, sonriendo—. Sea como sea, ella ahora es libre.

—¿Adónde quieres llegar?

Inmensos relámpagos de luz entraban por el ojo de buey, inundando el camarote con su claridad efímera, inmediatamente seguidos por el estruendo ensordecedor del trueno. El caos se apoderaba del exterior poco a poco.

—A ninguna parte —respondió Martín forzando la voz—. Aquí se acaba todo, amigo mío.

—¿Pero cómo puedes estar tan seguro?

—Carmen me lo dijo...

—¿Quién es Carmen? —pregunté sin entender nada.

—Una chica que conocí hace unos años...

—¿Dónde?

—En España.

—No entiendo nada, Martín. ¡Me das miedo! ¡Sube conmigo al puente! ¡Ahora!

—Cuando mi padre murió —prosiguió sin escucharme—, mi vida era un caos. Bebía, salía, me acostaba con cualquiera, estaba destrozado. Mi vida no tenía sentido. El alcohol era mi única distracción, mi único momento de placer. Olvidaba todo. Y entonces, un día, entré en un bar y allí estaba Carmen.

Al pronunciar ese nombre, la expresión de su cara se relajaba. Veía cómo mi amigo se iba exaltando poco a poco ante el recuerdo de aquella mujer.

—Todavía puedo oler su perfume de jazmín —siguió, olfateando el aire que lo rodeaba—. Nos acostamos durante tres meses enteros. Gastaba todo mi dinero en estar con ella, tendido sobre el colchón, nuestros cuerpos pegados el uno contra el otro. Sentir su presencia me hacía recuperar la sonrisa, las ganas de vivir. ¡Era tan guapa mi Carmen! Le pedí que se casara conmigo varias veces. Ella siempre me respondía que pertenecía a otro, pero nunca quiso decirme a quién.

—No entiendo nada, Martín.

La sonrisa de su rostro se borró de pronto y todo su cuerpo se tensó, como si cambiara de repente de piel, carácter y pensamientos.

—Aquel día había reservado una habitación de hotel para toda la noche. Hicimos el amor varias veces y ella acabó durmiéndose, con el olor a jazmín en su piel. La acaricié suavemente en la penumbra. Era tan guapa mi Carmen que habría dado cualquier cosa por que se convirtiera en mi esposa. Y, luego, su rostro se oscureció de repente. Todo su cuerpo se tensó, como un trozo de madera rígida. Abrió los ojos, unos ojos blancos como la nieve. Sus manos agarraron mi garganta. Apretaba fuerte, con una violencia inaudita. Y, entonces, una voz masculina muy grave gritó varias veces: «Tu alma arderá en el caos del océano». No era Carmen la que hablaba, Paul, era el diablo. Conseguí zafarme y salí corriendo. Temblaba de miedo.

Estaba estupefacto por su historia. Por un momento tuve la tentación de convencerlo de que todo aquello no era más que un sueño, que los fantasmas no existían, que debía de haber una explicación racional, pero cambié de opinión al instante. Después de todo, ¿quién era yo para dudar de sus palabras y para cuestionarlas? Martín era una persona muy sensible, un superviviente.

—Unos días después, volví al bar al que solía ir —prosiguió— y pedí verla. Me dijeron que jamás había habido ninguna Carmen...

—¡Vuelve en ti, Martín! ¡Te lo suplico! —lo interrumpí—. ¡Soy yo!

—Nunca entendí sus palabras —siguió sin escucharme—. Por eso decidí enrolarme en la marina, para entenderlo. Ahora las entiendo...

—¿De qué hablas?

—La vida no es más que una ilusión —continuó triste—. Una ilusión en la que los amores se marchitan y los sueños de la infancia se desdibujan. Los hombres son crueles, Paul, infinitamente crueles. Solo las mujeres son capaces de invertir nuestra espiral de muerte, nuestro caos interior. Carmen lo era todo para mí. La echo mucho de menos. Solo ella podía...

Una sacudida violenta interrumpió su discurso y nos tiró violentamente al suelo. Oí en la lejanía el chirrido del acero retorciéndose bajo el oleaje desatado. El sonido estridente de la sirena de alerta resonó en todo el barco. Fuera, los truenos estallaban. Se sucedieron intensos *flashes* de luz, uno tras otro, destrozándonos las córneas, las retinas y las pupilas. Una nueva sacudida golpeó el casco metálico. Bajamos a toda velocidad y luego subimos una pendiente infinita sobre la que el navío parecía arrastrarse. El nivel del suelo cambió a los cuarenta y cinco grados de proa a popa, de popa a proa, tirándonos con violencia contra las camas y los armarios del camarote.

—¡Ha llegado el día del Juicio Final, Paul! —gritó Martín en trance—. Siente su fuerza, su poder, su...

Una nueva sacudida hizo que todo ese decorado inclinado se tambaleara, con más violencia esta vez. El navío, golpeado por un rompiente, se quedó quieto en el agua. Me dio la impresión de que retrocedíamos. Tuvimos el tiempo justo de agarrarnos a los tiradores de los armarios, intentando estabilizarnos sobre el suelo, antes de que una nueva sacudida agitara la estructura de acero. El ruido de la sobrequilla que se retorcía por la presión del oleaje y el viento anunciaba el apocalipsis, el naufragio inminente. Escuchamos gritos de terror en el pasillo, estertores de súplica para que acabara aquella pesadilla. Me vino a la cabeza la imagen de mi madre rezando en su pequeña parroquia. Me sentaba junto a ella y rezaba en silencio para que la vida nos concediera unos cuantos años más, para que pudiera volver a abrazar a mi mujer y a mi hija, para que me tumbara una última vez en el huerto de mi infancia, al abrigo de aquella furia que causaba estragos fuera.

Nueva sacudida, nuevo sonido ensordecedor, parecido al de las bombas que martilleaban el jardín de mi granja. ¿Cuánto tiempo podríamos soportar aquello? ¿Una hora, un día, una semana? La noción del tiempo no importa cuando la existencia falla. Solo cuenta el presente, ese momento del que solemos huir y preferimos sumergirnos en la dulce nostalgia del pasado o en la estimulante angustia del futuro.

Otra sacudida.

—Dejadme volver a ver a mi hija, os lo suplico.

Otro chirrido. ¿Qué pasaba?

—Dios, no hemos hablado demasiado tú y yo, pero te juro que pasaré más tiempo con mi familia, he aprendido la lección.

Un hilillo de agua empezó a entrar por debajo de la puerta del camarote. Martín, tirado en el suelo, ya no sentía nada. Parecía inerte, ausente. Pensé en el *Titanic*, ese inmenso transatlántico engullido por el mar, en todas esas personas sumergidas en las aguas heladas del Atlántico. Al menos nosotros teníamos la posibilidad de remar en un mar más cálido. El agua no tardó en llegarnos hasta las rodillas. La temperatura era agradable.

Otra sacudida. La sirena de alerta se detuvo. Para qué seguir sonando cuando navegábamos hacia una muerte segura, no se puede luchar contra el apocalipsis.

Resonó un relámpago. La lluvia, el trueno, las olas, el viento, ya no lo tenía claro. Me parecía que el ojo de buey estaba bajo el agua, que el barco se hundía en el océano. Dios mío, era nuestro fin. Había que salir de allí como fuera, a toda prisa. Tomé a Martín por el brazo y le di una bofetada en plena cara. Se despertó bruscamente y me sonrió.

—No hay nada que hacer, Paul. El diablo me lo dijo —declaró en trance.

Lo sacudí con rabia.

—¡Cállate ya, por favor, cierra el pico, Martín! —grité.

Lo agarré y lo arrastré a la fuerza al pasillo. Había agua por todas partes. A unos metros de nosotros había dos cuerpos flotando. Pasamos por encima, horrorizados. La sangre que brotaba de sus cabezas teñía el agua y se diluía entre los átomos del líquido.

Otra sacudida. Reculamos bruscamente, nos sujetamos a la manija de una puerta y caímos al suelo mojado.

—¡Por aquí! —gritó una voz desde el fondo del pasillo.

Distinguí una silueta musculada.

—¡Ayuda! —grité.

El hombre desapareció. La solidaridad no es más que una ilusión. Cada uno intentaba salvarse como podía. Avanzamos hacia el fondo del pasillo y nos agarramos a la escalera inundada por la que caía el agua formando una cascada. Martín resbaló, yo lo sujeté.

Otra sacudida. Imaginaba a Mathilde leyendo el periódico en casa de la señora de Saint-Maixent, a Jeanne camino del colegio, a mi madre frotando la ropa en el lavadero, rodeada de sus hermanas. ¿Se imaginarían ellas por un segundo la situación en la que me encontraba?

Mal que bien, golpeados por las numerosas sacudidas y el agua que transpiraban los poros metálicos del navío, seguimos avanzando.

—¡Ayuda! —grité sin convicción.

No había nadie por los pasillos, solo los cadáveres flotantes de los desdichados que se habían golpeado violentamente contra los muros. ¿Dónde se habían ido todos?

La naturaleza nos concedió unos instantes de tregua. Durante unos segundos que me parecieron horas, se detuvieron las sacudidas. Aprovechamos para subir por las escaleras y avanzar por el pasillo superior. Reconocí la silueta musculosa del hombre delante de nosotros. Él también intentaba huir. Pero, ¿huir adónde? Como si, una vez a cielo abierto, la partida estuviera ganada... De hecho, lo peor estaba por llegar.

—¡Ayuda! —volví a gritar en dirección a la silueta.

—¡Por aquí! —gritó girándose—. ¡Seguidme!

—¿Adónde?

—Yo... Yo... no lo sé —farfulló el hombre desconcertado por mi pregunta.

Otra sacudida. Esta vez el navío basculó sobre un costado. La inestabilidad aumentó bruscamente, una mezcla de desorden vertical y horizontal. Martín resbaló y acabó al fondo del pasillo mientras yo intentaba agarrarme a una puerta que se abrió ante la presión de mis dedos. Tiré con todas mis fuerzas y me metí en el camarote. Otra sacudida y otro *flash* de luz a través del ojo de buey. Esta parte del barco todavía no estaba sumergida. En el camarote había un hombre tendido sobre su cama, acurrucado, con las manos entre las piernas. Se sorprendió al verme entrar.

—¡De pie! —grité—. ¡Hay que salir de aquí!

El hombre me miró con ojos inquisidores.

—¿Para ir dónde? —preguntó sin que yo tuviera la respuesta.

Volví a salir al pasillo, dejando al individuo solo en su pequeño camarote. En el pasillo, el hombre de complexión atlética había desaparecido. Buscaba desesperadamente con la mirada a Martín, pero ya no estaba allí. Junto a mí, una lámpara chisporroteó y luego otra y después otra. La enfermedad eléctrica se propagaba como la peste en la Edad Media. Los fusibles del navío resistieron unos segundos, luchando contra los elementos desatados. Las luces crepitaban. La luz se volvió intermitente, estroboscópica. Se acabó. El jefe de los fusibles se daba por vencido. La oscuridad absoluta. Y, para poner la guinda, otra sacudida.

Pensé. Solo quedaba una escalera que subir y un pasillo que cruzar. Me sabía el barco de memoria. ¿Y Martín? ¿Dónde estaba? Grité su nombre varias veces. Solo respondió el sonido del acero retorciéndose por el impacto del oleaje. ¿Martín o la salida? Sin la más mínima duda, escogí a mi amigo. Volví sobre mis pasos tanteando las paredes, agarrándome a las manijas de las puertas, subiendo la pendiente y resistiéndome en la bajada. El agua fluía de adelante hacia atrás entre mis piernas, al ritmo del oleaje. Volví a gritar su nombre. No hubo respuesta. Insistí agitando las manos a mi alrededor, como un ciego sin su bastón. Por fin llegué a la escalera y llamé a mi amigo. Nada.

Justo cuando me disponía a bajar, cuando menos lo esperaba, la reina de las sacudidas vino a tambalear el navío, proyectándome con violencia contra el muro y haciendo así brotar la sangre de una ceja. Me quedé de pie, aturdido por la fuerza del impacto. Mis manos sujetaban mi frente ensangrentada. Seguí desgañitándome en la oscuridad:

—¡Martín, Martín, Martín!

Sin respuesta. No veía nada a mi alrededor, solo la oscuridad invadiendo el espacio con su nada. Jeanne. Mathilde. Ayudadme, amores míos, os lo suplico.

—¡Responde, Martín, por favor, responde! —grité aterrorizado—. ¡Responde, joder!

Mi corazón palpitaba desbordado por las emociones. Las lágrimas de mi rostro pronto se unirían a sus primas oceánicas. El agua empezaba a entrar peligrosamente en el piso inferior. Bajar habría sido peligroso, sobre todo teniendo en cuenta que las sacudidas del navío me balanceaban contra la pared sin la más mínima clemencia. No podía hacer nada por mi amigo. El agua llegaba hasta la escalera y entraba en mi planta. Íbamos a naufragar. El casco del barco no había podido resistir las sacudidas del mar. Jamás volvería a ver a Mathilde ni a Jeanne, ni a mi madre, ni a mis amigos, ni a mi familia. Aproveché una inclinación favorable para atravesar el pasillo a toda velocidad, protegiéndome los ojos por si hubiera objetos contundentes flotando en el agua.

Otra sacudida, esta vez menos violenta. Me agarré a la escalera y subí con prisas al pasillo superior. Ya solo me quedaba un pasillo que atravesar. Sentí el viento silbar en mis oídos. Una puerta se abría y cerraba a lo lejos, filtrando la luz de forma intermitente. Distinguía formas y sombras.

—¡Ayuda! —grité.

—¿Hay alguien ahí? —respondió una voz apenas audible en la oscuridad.

—¡Sí! ¡Estoy aquí! ¿Dónde está?

Un rayo iluminó el pasillo y pude ver, por un instante, un hombre sentado en el suelo a unos metros de mí.

—¡Estoy aquí! —gritó—. Ayúdeme. Estoy herido.

Inclinado hacia delante, me acerqué a él. El desnivel vertical del barco ralentizaba mi progresión. Sentí sus piernas en la penumbra y abrí una puerta al azar para poder resguardarnos.

—Por aquí —grité levantando al hombre.

—¡Gracias! —replicó mientras se sentaba.

—¿Dónde está la tripulación? —pregunté.

—¡No lo sé! Cuando la pasarela cedió y el agua entró en el navío, todos corrieron a los botes salvavidas. ¡Ya deben de estar todos muertos!

—¿Y el capitán?

—Ni idea...

—¿Qué hacemos?

—Nada. ¿Qué quiere hacer?

—¡Salir de aquí! —respondí—. ¡El barco se hunde!

No respondió. Oímos en la lejanía retumbar un trueno. Una ráfaga de viento cerró la puerta de salida de un portazo. Pensé unos segundos. El hombre esperaba, impasible frente a mí, escrutando mi rostro como si intentara leer mis pensamientos.

—Quédese aquí. Ahora vuelvo —dije precipitándome al pasillo.

—¿Adónde va? ¡No me deje solo! —imploró como un niño al que van a abandonar.

Cerca de la salida, me estremeció el ruido metálico de la puerta que se abría y cerraba violentamente en función de la corriente de aire. Me acerqué a ella lentamente con miedo al horror que me esperaba fuera. Agarré la manija y contemplé el paisaje devastado por la tempestad. Una espesa espuma blanquecina se extendía hasta donde alcanzaba la vista sobre el océano agitado. Los chorros de espuma, barridos por las rachas de viento, se elevaban por encima de la borda formando remolinos. A unos cables del barco, un rayo cruzó el cielo, extendiendo sus brazos por la penumbra. Los movimientos del oleaje parecían irreales, exuberantes, como si la naturaleza nos mostrara toda su fuerza. Al navío, presa de la tormenta, le costaba remontar la gigantesca pendiente de agua que se erigía frente a él. El barullo ambiental tapaba el ruido de los motores. De hecho, me preguntaba si todavía estaban operativos. Cuando llegamos al apogeo de la pendiente, el nivel del suelo se estabilizó. El barco, inmóvil, recobró el aliento antes de caer en el vacío, con la proa por delante. La aceleración fue brutal y el nivel del suelo volvió a inclinarse hacia delante.

No había sitio al que ir; imposible salir de allí sin ahogarse. Estábamos atrapados. El cielo, cubierto de espesas nubes, aprisionaba la luz de esa luna que tanto buscaba con la mirada. Me había abandonado. Mi todopoderosa luna. Un chorro de agua salada entró por el resquicio de la puerta y me salpicó. No era bienvenido. Volví a cerrar la puerta precipitadamente y me caí al suelo, pegado al frío metal. Nuestra única esperanza dependía de la solidez del navío. Si nos hundíamos, no habría superviviente. Volví al camarote. El hombre giró la cabeza en mi dirección y me escrutó el rostro con los ojos bien abiertos, deseoso de conocer mi decisión.

—No hay nada que hacer —dije afligido—. Es imposible salir de aquí sin ahogarse.

No parecía decepcionado por mi respuesta. Si seguía vivo era precisamente por esa deducción. Me tumbé en la cama mojada e intenté cerrar los ojos, aislándome en un rincón de mi cabeza, al abrigo de los manzanos de mi infancia, cerca de Mathilde y Jeanne.

27

Fuimos zarandeados por el oleaje días y noches enteros. Cuánto tiempo exactamente, lo desconozco. El tiempo ya no importaba. Me esforzaba por cerrar los ojos para no pensar. El hombre frente a mí vomitaba como un poseso. El olor pestilente propagaba sus efluvios por todo el camarote. Sus alaridos constantes solo interrumpidos por sus llantos me permitieron constatar la desigualdad de nuestra especie frente a la muerte, pero su presencia me tranquilizaba. A veces, cuando sus delirios se intensificaban, lo abrazaba para que se callara. Sus gritos de terror podrían hacer que acabara perdiendo la razón. Se acurrucaba, llorando en silencio, hasta que la locura se volvía a apoderar de él poco a poco.

Durante el día, observaba el campo de escombros oceánicos que se extendían hasta el horizonte, los remolinos de agua y las columnas de espuma blanquecina que se entrechocaban, parecidas a la mechas de las velas que nos iluminan. El cielo, cubierto por una bruma grisácea, ya no era el mismo. El sol ya no existía. En el barco, el agua caía de paredes y lámparas. El nivel aumentaba a diario, inundando los pasillos, ganando terreno en el monstruo de metal que libraba ferozmente la batalla. Cuando caía la noche, lo irradiaba todo con su oscuridad y yo esperaba llegar vivo al día siguiente.

Permanecíamos despiertos días y noches enteros. La cabeza me daba vueltas por la falta de sueño y, para colmo, no teníamos nada que llevarnos a la boca. Nuestros estómagos gritaban de hambre y nadie parecía interesarse por nuestra suerte.

Al cabo de unos días, el océano se calmó. Los movimientos del oleaje se fueron espaciando y el viento se apaciguó poco a poco. Yo estaba en la cama, exhausto. El hombre frente a mí yacía sobre su espalda, con la mirada fija en el techo. Parecía un muerto tumbado en su ataúd, blanco como el sudario que se pone sobre los cadáveres. Ya resignado, hacía horas que no gritaba. Yo también cerré los ojos, con la esperanza de poder abrirlos un día. Hacía calor en el camarote y la humedad tropical me acariciaba la piel. Poco a poco me fui sumergiendo en un sueño profundo, entrecortado por pesadillas extrañas. Un pez gigante se alzaba sobre el puente del barco. Apuntaba con un arma a la tripulación e insultaba a los marineros en alemán. Oculto tras la pasarela, observaba la escena, aterrorizado. El pez ordenó a un hombre que diera un paso al frente, esta vez en español. Martín salió de la formación.

—¿Dónde está? —gritaba el gigante con escamas.

—Me ha dejado tirado en el pasillo, nos ha dejado tirados a todos: a mí, a su padre, a su madre, a su mujer, a su hija, a María y a Catherine. ¡Es un cobarde! —respondió Martín apuntando con el dedo en mi dirección.

La tripulación entera se dio la vuelta sonriendo. Mi familia y mis amigos. El pez se me acercó y me apuntó con su fusil al pecho.

—¡Busca a la alemana!

Y entonces disparaba. ¡Pum!

᭱

Me desperté sobresaltado, sin aliento, con las manos en el pecho. Mi corazón saltaba desbocado dentro de mi caja torácica, bombeando la sangre que afluía en masa. Mis pulmones, ávidos de oxígeno, mendigaban más aire para calmar la angustia de semejante ilusión mortal. Miré a mi alrededor. Nadie. Estaba solo. Un hilo de sol entraba por el ojo de buey, rozando la piel de mi cara con dulzura.

Abrí el ojo de buey y llené mis fosas nasales de aire puro. La masa de agua, perfectamente lisa, brillaba y reflejaba los rayos de sol, lo que me obligó a entrecerrar los ojos. El huracán había pasado. Estaba vivo.

Corrí al pasillo, con cuidado de no resbalarme y caer al suelo húmedo. Abrí la puerta y me dirigí al puente. Había algunos marinos allí, asombrados por el espectáculo de desolación que se abría ante ellos. La pasarela del navío estaba arrancada, lo que había dejado en su lugar un enorme agujero por el que se había filtrado el agua. La borda en la proa había sucumbido al impacto de las olas. La inclinación del suelo indicaba que había un exceso de agua en la bodega que había escorado el navío hacia la izquierda. Los motores ya no rugían. Íbamos a la deriva. En el horizonte, no había ni el más mínimo rastro de auxilio, solo una enorme extensión azulada que llegaba hasta donde alcanzaba la vista. En el puente, una decena de marineros supervivientes permanecían inmóviles, contentos de seguir vivos.

—¿Dónde está el capitán? —gritó uno de ellos.

Nadie respondió.

—¡Hay que pedir ayuda! —prosiguió—. ¿Alguien sabe utilizar la radio?

No hubo respuesta.

—¡Dios mío! ¿Qué vamos a hacer? —masculló el hombre—. ¿Dónde están las provisiones?

—En la bodega —respondió otro—, pero está inundada y el acceso a los pasillos está impracticable.

—¿Alguien sabe si hay cañas de pescar en esta montaña de chatarra?

—No —respondieron todos al unísono.

—Que todo el mundo busque sedal de pesca. Rebuscad en los armarios. Zambúllanse en los pasillos. ¡Si no hacemos nada, moriremos todos! —exhortó el hombre que todavía tenía suficiente lucidez como para ponerse al mando.

Todos, ávidos por encontrar algo que llevarnos a la boca, nos pusimos en marcha. Durante horas removimos los armarios, los pasillos accesibles, los botiquines, todo lo que pudiera contener algo de utilidad. Un olor espantoso flotaba en el aire. Los cadáveres de los marineros ahogados por la tempestad se descomponían difundiendo sus emanaciones fétidas. El olor de la muerte penetraba en nuestras fosas nasales sin que pudiéramos evitarlo.

Me zambullí en un pasillo salpicado de cadáveres y tuve que abrirme paso entre ellos para poder respirar. El olor pestilente me daba arcadas. Imposible respirar por la nariz. Me volví a sumergir en el agua corrompida por la muerte y nadé hacia un camarote que tenía la puerta abierta de par en par. En él, gracias a la inclinación del barco, se había formado una bolsa de aire. Un cuerpo flotaba en la superficie. Rebusqué deprisa en los armarios para no eternizarme en aquel cementerio marino. Los objetos se arremolinaban a mi alrededor, suspendidos en el agua, como una cohorte de pequeños astronautas moviéndose por la superficie lunar. Giré la cabeza en dirección al último armario. Un rayo de sol se filtraba por el ojo de buey, reflejando su luz sobre un objeto suspendido de un cadáver. Entrecerrando los ojos pude distinguir una pequeña cadena de plata colgada del cuello del hombre. Entonces comprendí que Martín flotaba frente a mí, con la boca abierta y el cuerpo en descomposición. Un grito de terror salió de mi garganta, formando grandes burbujas que subían en silencio y explotaban en la superficie del agua. Me precipité hacia mi amigo, saqué su boca del agua, como si eso fuera a cambiar algo, y descubrí su rostro hinchado, tumefacto por los impactos de la tempestad.

Mi estómago no pudo evitar expresar todo su horror. Un chorro de bilis amarillenta brotó de mi boca, diluyendo sus efluvios nauseabundos en el agua. Vomité de pavor al contemplar la silueta deforme de mi amigo. El español extrovertido, versátil, ya no era más que un cuerpo sin vida, inanimado. En su cadáver la muerte tejía toda su paradoja, transformando ese ser de sangre caliente en un vulgar trozo de carne helada, cubierto de ampollas abyectas. A la muerte le da igual nuestra personalidad, nuestra percepción de la vida, nuestras alegrías y nuestras penas, nuestro patrimonio, no, nada de eso le interesa. A ella le estimula algo mucho más sutil, más profundo, esa fascinación por los cuerpos inertes, elegidos al azar entre las presas a su disposición.

Era demasiado. Nadé hacia la salida, asfixiado por el peso de un sufrimiento que se me pegaba a la piel. Corrí por el pasillo y me tumbé en el suelo al aire libre. La angustia me aplastaba el pecho y se me aceleraba la respiración. Sobre mi cabeza, el cielo azul se me ofrecía, desnudo, sin nubes, implorando mi perdón. Con la extraña sensación de haber salido a la superficie después de una larga, muy larga, fase de apnea, suplicaba en silencio que me permitieran volver a ver a Mathilde y a Jeanne.

Entonces, algo hizo clic en mi cerebro, activando las sinapsis que, hasta el momento, no habían participado en el esfuerzo colectivo. Ese día, después de un visionado rápido de la película de mi infancia, adopté un punto de vista diferente que hizo bifurcar el cauce de mi río. Mi sueño de la infancia no era la marina, ni el mar infinito y su perpetua huida hacia el horizonte. Cuando el marinero puso su gorra sobre mi cabeza hacía ya treinta años, no era la libertad lo que me había embriagado, sino que aquella fue la primera vez que sentí el calor de un hombre. El marinero me había hecho sentir la gracia masculina que mi padre me había negado obstinadamente. En realidad, huía de los fantasmas de mi infancia a través de los océanos cargados de recuerdos. Intentaba olvidar sobre las olas ese periodo de la vida en que mi corazón se había estrellado miles de veces contra las rocas de la incomprensión. Mi sueño no era huir, sino amar. Mi sueño era ser un buen padre para esa niñita que no estaba viendo crecer. Había llegado el momento de ocuparme de ella. Tenía que recuperar el tiempo perdido con Jeanne y Mathilde como fuera. Recé para poder volver a verlas y abrazarlas con fuerza una vez más. Las quimeras de mi existencia se disiparon sobre la pasarela del barco. Abrí los ojos frente a la vida por segunda vez.

$$\infty$$

¿El cielo escucharía mi plegaria y me concedería su redención o, una vez más, intervendría el azar? No lo sé. A lo lejos, resonó una sirena. Giré la cabeza y vi un navío navegando en nuestra dirección. Cerré los ojos y le di gracias al cielo o al fruto del destino. Todo está estrechamente unido de todas formas. Los marineros gritaron a mi alrededor e hicieron grandes señas al barco que se acercaba. Nos daban a todos una segunda oportunidad.

Luna llena

A veces, en la encrucijada de la vida, se instala la plenitud. Planea sobre el suelo desplegando sus grandes alas. Su envergadura, observada desde abajo, parece gigantesca. Como un fénix que renace de sus cenizas, ese pájaro mitológico con el que soñaba de pequeño nos atrapa y nos transporta al cielo, a descubrir nuevos horizontes, nuevas formas de pensar.

Allí arriba, el aire es puro y el panorama impresionante. Nos sorprendemos al vernos respirar con tranquilidad, soñar despiertos, saboreando la caricia del sol sobre la piel, el gran azul extendiéndose hasta el infinito, el soplo regular del viento. La tormenta de ayer se había ido. Las lluvias torrenciales habían dejado de caer y ahora fluían en un río apacible.

En el suelo, algunos curiosos nos observan, armados con unos gemelos intentando desentrañar el misterio de la plenitud, descifrar los jeroglíficos de nuestras pirámides interiores. Los demás, atrapados en el torbellino de la vida que viene a debilitar la barca en la que reman, con frecuencia en el vacío, ni se detienen.

Nos gustaría quedarnos allí arriba para no sufrir más, para escuchar el murmullo de las estrellas al pasar, para contemplar, las noches de luna llena, la sonrisa cósmica del astro viviente... Pero el pájaro desaparece en el horizonte, en busca de una nueva presa por conquistar y, entonces, aparecen los años oscuros, al acecho del sentido dado a la prueba del tiempo.

28

Los veinticinco años siguientes fueron los más serenos de mi vida. Poco después de nuestra repatriación, un perito de la compañía de seguros inspeccionó el barco de arriba abajo. Su veredicto fue inapelable. El deterioro de la embarcación fue considerado inaceptable para la práctica comercial. La compañía fue condenada a pagar unos daños y perjuicios colosales a todas las familias de las víctimas, tanto vivas como muertas. Tenía que reasignar a los marineros que, traumatizados por el cataclismo, no quisieran dedicarse a otra profesión. Una victoria importante del proletario sobre la patronal, una especie de *Germinal* de los tiempos modernos. Esa situación era profundamente paradójica teniendo en cuenta que, durante los diez años que habíamos pasado navegando en ese navío, nadie se había preocupado jamás por su obsolescencia, ni el capitán, ni los poderes públicos.

De entre todas las conclusiones a las que había llegado en mi vida, se me vino una a la cabeza. Cuando se trata de dinero, el hombre, esa máquina de pensar, de adaptarse para sobrevivir, perdía de repente la capacidad de anticipar las futuras catástrofes, ignorando su propia naturaleza, que es la que había hecho de él lo que era. En sus fases de olvido o de ceguera materialista, la postergación primaba sobre la anticipación. Dicho de otra forma, el dinero desnaturalizaba la mente del hombre cortocircuitando sus veleidades fraternales, aniquilando sus capacidades de proyección en el futuro. Nosotros, los marineros, éramos los chivos expiatorios de esa dejadez regida por reglas capitalistas y a mí me repugnaba la idea de que una peor suerte hubiera privado a mi hija de un padre y a mi mujer de su marido.

En memoria de mi amigo desaparecido, me uní a la resistencia y me convertí en la punta de lanza de esa rebelión proletaria. Acudí a diferentes procesos y conté la misma historia mil veces a todo el que me quiso escuchar, delante del jurado correspondiente, ante la prensa conmocionada hasta tal punto que el suceso saltó a la escena nacional. La compañía intentó corromperme para hacerme callar, pero no cedí a los vicios de la corrupción y denuncié sus fechorías, lo que provocó que se alimentara todavía más la polémica sobre semejante tragedia. Nos indemnizaron a todos incluso todavía más y pude, gracias a ese regalo que no era tal, ahorrar suficiente dinero como para pagarle los estudios a mi hija.

Una noche, antes incluso de que la historia saltara a los medios, tuve que anunciar la muerte de Martín a su madre. La pobre anciana, que vivía en un piso lúgubre, me observó fijamente con la mirada vacía. Agachó la cabeza sin asimilar la información, sin duda vacunada contra el dolor de una vida que se le escapaba. Cuando la compañía nos indemnizó unos meses más tarde, le llevé el cheque que ella, mecánicamente, se metió en el bolsillo de la blusa. Enterramos a Martín en un cementerio bordelés. En su tumba, coloqué una lápida de mármol con una inscripción: *A mi mejor amigo, Martín.* Una lluvia fina caía sobre su estela, cubriendo el mármol de gotitas que se acumulaban en la inscripción y que acababan cayendo cuando el peso del agua se hacía insoportable. Decoré su tumba con un ramo de jazmín, en recuerdo a esa Carmen de la que me había hablado justo antes de morir.

La amistad es un sentimiento profundo, próximo al amor, pero desprovisto de deseo carnal. Pensaba en todas esas noches pasadas en la intimidad de nuestro camarote, en esas historias que se inventaba para hacer que su vida resultara más atrayente. Cuando anochecía, hablaba sin parar, gesticulando en todas direcciones para animar su discurso. Fumaba cigarrillos junto al ojo de buey y bebía vino de La Rioja, ese era el que más le gustaba. Un auténtico fenómeno ese tipo. Nos recordaba corriendo por las calles de Las Palmas con María, huyendo de fantasma imaginarios, asustados como niños. ¿Dónde estaría María? ¿Por qué no había ido al entierro de Martín, que había arriesgado su vida para arrancarla de las garras de la prostitución? Maldije la ingratitud humana y esa falta de lealtad que tenían algunos. ¿Acaso había gesto más bello que el de la entrega?

Por un instante, recordé la imagen de su cadáver. La culpabilidad de no haber podido salvarlo me dejó sin respiración. Desde su muerte, el mismo sueño me había atormentado todas las noches, con ese pez gigante que me disparaba en el pecho. Mathilde me tranquilizaba con cariño, mi bella Mathilde, encarnación de un amor inagotable. Intentaba quitarme de la cabeza esa imagen de su cadáver, de su cuerpo cubierto de ampollas inmundas. Aquel no era el Martín que yo conocía. El que le cantaba a la vida, se movía, bailaba y transpiraba pasión. Las lágrimas llenaron mis ojos. Tomé la mano de Mathilde y la de Jeanne, que ya era una adolescente. Las apreté fuerte y puse rumbo, acompañado de mis dos mujeres, a la felicidad que se perfilaba en el horizonte.

—Gracias amigo, que descanses en paz —murmuré en español.

❦

Poco tiempo después de mi despido de la compañía marítima, la señora de Saint-Maixent, que tenía muchos contactos, me presentó a un político de la aristocracia bordelesa, aquel hombre de físico impecable que siempre lucía elegantes trajes me contrató como vigilante principal del centro de exposiciones de Burdeos. El hombre, de pelo canoso, tenía un don especial para analizar el temperamento de las personas, cualidad que, sin duda, lo había ayudado a llegar a ese puesto tan codiciado de representante de la República. No me costó adaptarme a mi nuevo trabajo, ya que a veces me permitía soñar solo en mi cabina.

Por aquella época, empecé a escribir un libro en el que narraba las aventuras de un marinero enamorado del mar, mezcla de autobiografía y ficción. Por las noches, cuando todo el mundo se había acostado, me concedía unos minutos de tranquilidad al abrigo de mi despacho. Con la única iluminación de un pequeño haz de luz, escribía el relato apasionado de este héroe de los tiempos modernos que, en realidad, no era tal, a veces lleno de nostalgia, pero contento de poder abrazar a Jeanne y a Mathilde todas las noches. Me gustaba ese lugar apartado, ese pequeño paraíso de libertad en el que me codeaba con las musas de la creación. Toda mi mente, divagando entre las ideas y los pensamientos, se divertía sublimando el pasado de forma romántica. Volvía a encontrar el equilibrio en la vida, como si la punta de mi pluma acariciara las hojas vírgenes fijando las bases de mi ser. Cada letra, cada línea, cada párrafo alimentaba esa sed de expresión. Y luego, cuando ya no podía más, agotado por semejante esfuerzo intelectual, iba en busca de Mathilde y me acurrucaba en las sábanas calientes. Allí era feliz y no tardaba en dormirme, impaciente por escribir las nuevas páginas de mi novela, rezando en la oscuridad para que esta nueva etapa no se acabara jamás.

୧୦

Durante todos esos años, aproveché el tiempo libre que me dejaba mi nuevo trabajo para recuperar el tiempo perdido con Jeanne.

La educación de un niño es una ciencia en la que la teoría y la práctica son como la noche y el día, antagonistas pero complementarios. Sobre el papel, trazamos el boceto de una arquitectura de formas perfectas, con sólidos cimientos, con un estilo propio, gótico o románico, barroco o contemporáneo. Y, luego, cuando empieza la construcción, nada va como estaba previsto. Un obrero resulta herido, faltan sacos de cemento, la calidad de los ladrillos a veces deja mucho que desear y toda una planta amenaza con caerse. Tenemos que revisar los planos, modificarlos como podemos, deprisa y corriendo, con la esperanza de que la estructura aguante conforme a nuestras exigencias. A veces, el suntuoso monumento que habíamos imaginado sobre el papel no es más que una vivienda común y corriente, sin la más mínima originalidad, que se confunde con el paisaje. Otras es justo lo contrario y la modesta construcción plasmada en la hoja se convierte en una obra de arte por la que los profesionales del sector nos felicitan, celosos por esa inspiración divina, por ese talento del que ellos carecen. Por último, en el tercer de los casos, el boceto y la realización son similares, más o menos lo mismo, y nos felicitamos por semejante realismo, alejado de los delirios de grandeza.

Con Jeanne, era diferente. Me había ausentado durante mucho tiempo para reivindicar vete tú a saber qué. Se había construido bajo la luz de Mathilde y a la sombra de su padre. Como un fotógrafo frente a su objetivo, me esforzaba por leer el juego de luces, sin alterar ese equilibrio femenino. Con los meses, conseguí penetrar en el universo de mi hija, integrarme en su paisaje, ganarme su estima. La escuchaba con interés, absorbiendo el flujo continuo de sílabas sin interrumpirla jamás, sin desatender sus opiniones ni intentar convencerla de lo contrario. Establecí con ella una relación de confianza para exorcizar los fantasmas de mi padre. No quería que mi hija repitiera mis errores, que saliera destrozada de la adolescencia, esa fase fundamental de la construcción de una personalidad humana. Por eso, me esforzaba el doble y estaba siempre atento.

Una noche, cómodamente instalado en mi despacho, con la punta de mi pluma recorriendo las páginas aún en blanco, oí como alguien llamaba con suavidad a mi puerta. Dejé mi trabajo y me levanté para abrir. Jeanne, en pijama, estaba de pie frente a mí, con los ojos rojos por todas las lágrimas que había vertido.

—¿Qué te pasa, cariño? —pregunté con gran pesar al ver a mi niña tan triste.

—Papá, me gustaría hablar contigo de algo.

—Por supuesto, lo que haga falta. Siéntate y voy a buscarte una manta.

Saqué de un armario un edredón grueso y envolví con él a mi hija.

—A ver, cuéntame qué te pasa.

—Creo que me he enamorado —dijo agachando la cabeza, como si se avergonzara.

—Pero eso es estupendo. ¿Por qué lloras?

Porque él no me quiere.

Observé el rostro de mi hija, llena de dolor por ese sentimiento tan complejo que es el amor. Los adolescentes tienen esa despreocupación en la mirada que los adultos pierden con los años, golpeados por una cotidianidad difícil, por la decepción y la pena que se acumulan sobre sus espaldas. A la luz de la pequeña lámpara, creí reconocer a Mathilde hacía unos años, sentada a la sombra del árbol bajo el que cosía pacientemente. De repente, la angustia del tiempo que pasa demasiado deprisa se apoderó de mí, ese maldito tiempo al que nada detiene, que destruye o embellece a su paso, según puntos de vista. El mío oscilaba como las curvas de una sinusoide que se repite hasta el infinito: a veces nostálgica, otras depresiva y otras exaltada. Con un esfuerzo sobrehumano, contuve las lágrimas de melancolía que solo querían rodar por mis mejillas.

—¿Y cómo sabes que él no te quiere, Jeanne? —pregunté con voz temblorosa.

—No me ve. A sus ojos soy transparente.

—¿Y esa es razón suficiente para afirmar que no te ama? —interrogué, dubitativo.

Jeanne parecía desconcertada por mi pregunta. Levantó la cabeza y clavó esos ojos almendrados como los de su madre en los míos. Reflexionó unos segundos, como si otras zonas de su cerebro estuvieran considerando la situación desde un nuevo ángulo.

—Sí... Bueno, eso creo. ¡Si me quisiera me devoraría con la mirada como hago yo!

—Quizá no reacciona de la misma forma que tú. Quizá su forma de amar es diferente y siente cosas, pero no quiere que se sepa.

—¿Tú crees? —preguntó.

—Por supuesto. Algunas personas rehúyen la mirada de los demás por miedo a ser desenmascarados. Mirar a alguien directamente a los ojos es, en cierta manera, dejar que entren, desnudarse y admitir su fragilidad. Ciertos hombres odian eso, cariño mío, porque no quieren mostrar su sensibilidad, su parte femenina. No está bien visto en el mundo de los adultos.

—¿En ese caso entonces quiere decir que él también me quiere?

—Tendrás que averiguarlo tú, sin tener miedo de los sentimientos, estimulando en él su parte femenina oculta —dije rezando por que el chico en cuestión también estuviera enamorado de mi hija.

—¿Y cómo quieres que haga eso?

—Dejando hablar a tu corazón. Piensa en una forma de hacerle ver lo que sientes por él.

—¿Y qué pasa si no me quiere? —preguntó molesta.

—En ese caso, no importa. Habrás hecho todo lo que estaba en tu mano. Al principio será doloroso, pero se pasará y saldrás más fuerte de la experiencia. Y, entre nosotros, ¿cómo no va a estar enamorado de alguien como tú? Mírate, eres preciosa, inteligente. Si yo fuera ese chico, no me lo pensaría dos veces. ¡Créeme!

Los dos nos echamos a reír. ¡Qué maravilloso poder ver esa sonrisa en su rostro, poder oír la risa de mi hija! Me sentía realmente bien a su lado, realizado, orgulloso de mí mismo, radiante de felicidad en ese papel de padre que tan bien me iba. La puerta del despacho se abrió y la cabeza de Mathilde apareció por el resquicio.

—¿Qué estáis tramando los dos? —preguntó con tono travieso.

—Nada. Hablamos, como dos adultos civilizados.

Una vez más, de nuestra garganta se escapó una carcajada.

—Llegas en el momento justo. Iba a contarle un cuento a Jeanne —proseguí.

—¿Un cuento? —se sorprendió Jeanne—. ¡Ya soy demasiado mayor para cuentos, papá!

—Nunca se es demasiado mayor para eso, cariño. ¡Créeme! —bromeé—. Siéntate con nosotros, Mathilde.

Aquella noche le conté a mi hija la historia de mi infancia, mi adolescencia, mi sueño de convertirme en marinero, cómo conocí a su madre y que ella tampoco me había mirado al principio. Le conté la historia del oficial alemán, nuestro encuentro en el bosque, su muerte prematura y la fotografía de su hija, el ejército y Jean el actor, nuestra escapada a Alemania, mi decepción y luego mi viaje a Las Palmas, Martín, María, las fotografías de su hijo Manuel, mis viajes a los confines de la Tierra, la tempestad que se llevó la vida de mi mejor amigo y, por último, mi proyecto de libro. Jeanne me miraba con los ojos llenos de admiración y se giraba hacia su madre que asentía con la cabeza para confirmar la veracidad de mis palabras, del impostor, del novelista en ciernes. Cuando terminé, Jeanne me bombardeó a preguntas, embelesada, olvidando al chico del que estaba enamorada, ella que decía haber superado la edad de los cuentos. Quería conocer a cualquier precio el final de mi historia y se ofreció para ayudarme a encontrar a Catherine Schäfer, cuyo rastro había perdido en España. ¿Y dónde estaba María?

—Hay que remover cielo y tierra para encontrarlas, papá. Tu historia es magnífica, digna de una novela. ¡Escríbela!

Sonreí al distinguir en sus ojos la misma llama que había en los míos, la misma voluntad de pasar a la acción, la misma perseverancia. Un niño es una suma de cromosomas, de mecanismos científicos, de teorías bárbaras que nunca he conseguido entender. Jeanne Vertune era una mezcla inteligente de sus dos padres, a la vez calmada y apasionada, inteligente e ingenua, misteriosa y expresiva. La vida me había dado un regalo de un valor incalculable, una hija de ojos brillantes que perpetuaba el rastro de un amor del que era fruto.

29

En una calle bordelesa un cartel llamó mi atención. Estaba colgado en el escaparate de una tienda y en él se podía ver la sonrisa gigante de dos personas que me resultaban familiares. Me acerqué al cristal y observé el trozo de papel.

¡A sus órdenes, mi coronel!
Obra de teatro
escrita e interpretada por Jean Brisca y Marc Dantouge

A medida que iba recorriendo las letras con la mirada, me sorprendí al constatar que se trataba de mis dos amigos parisinos, los actores del cuartel. Estaban de gira por toda Francia y representaban su obra esa misma tarde en Burdeos. Fui corriendo a la taquilla del teatro, bastante cerca de allí, y compré tres entradas. Quería darles una sorpresa a mis dos amigos, colarme en los camerinos al final del espectáculo y presentarles a Mathilde y Jeanne.

La espera aquella tarde se me hizo interminable. Estaba deseando hablar con ellos de todo y de nada. Los dos actores gozaban de gran popularidad en todo el país. Esperaba que el éxito no hubiera alterado de ninguna forma su filosofía de vida de aquel entonces. Ahora formaban parte de la flor y nata parisina, del *show business*. No creía que a mis dos amigos se les hubiese subido a la cabeza hasta el punto de no reconocerme o, peor, de ignorarme. No era su estilo. ¿Pero habrían cambiado? Quería cerciorarme y llevar esa noche a las dos mujeres de mi vida al teatro.

Nos sentamos en la tercera fila y esperamos a que empezara el espectáculo. Jeanne parecía impaciente por conocer una parte de mi historia y, sobre todo, de hablar con esos dos actores tan famosos. Había preparado una pequeña hoja de papel con la intención de pedirles un autógrafo y así poder impresionar a sus amigos. Un hilo de luz iluminaba su rostro de joven adulta, radiante. Había atravesado la adolescencia sin dramas ni tumultos, al menos esa impresión daba. La parte grande del iceberg siempre está bajo la superficie del agua y es necesario sumergirse para admirar sus formas submarinas. El papel de padre me había enseñado que, por muchos esfuerzos que hagamos, jamás podemos conocer a la perfección a nuestros hijos. Nos encantaría poder descifrar sus misterios, descubrir en una pantalla de cine el fondo de sus pensamientos, para anticipar las catástrofes, para ayudarlos a ver las cosas con la perspectiva que da la experiencia, pero es imposible. Conservan su parte de enigma y ocultan sus heridas, las alegrías y las penas.

Los tres golpes que anuncian el inicio del espectáculo resonaron en la sala. Se hizo el silencio y todas las miradas se giraron hacia el escenario. Se levantó el telón y al instante pude reconocer la silueta de Jean, disfrazado de coronel para la ocasión. Había envejecido. Agotado por la energía que le exigían sus espectáculos, la expresión de su rostro ya no era la misma. Las risas resonaron de punta a punta de la sala. Jeanne y Mathilde también se morían de la risa, llevadas por la interpretación de mi antiguo secuaz, que gritaba órdenes a otros actores. Me pareció reconocer al pequeño coronel de nuestro antiguo cuartel. ¿Qué habría sido de él? ¿El largo río de la vida lo habría liberado de sus muchos sufrimientos? ¿Seguiría vivo? La trayectoria vital de unos y otros siempre me había intrigado. Podía distinguir la impronta de una fuerza invisible que empujaba a sus peones hacia un tablero gigantesco, calculando las millones de posibilidades para conseguir sus fines. Sin embargo, había algo que no acababa de entender. ¿Cuál era el objetivo de aquella fuerza? ¿Cuál era su finalidad? ¿Qué clase de suerte nos tenía reservada a nosotros, los seres humanos, posados sobre nuestra piedra, demasiado pequeña para contener los millares de habitantes que cubren su superficie? Habría deseado entender el sentido de todo eso, descifrar su misterio, descubrir su interés, pero había algo que se oponía. Una energía cósmica, a miles de años luz, tenía el control del tablero.

—¿Papá, estás bien? —murmuró Jeanne en la oscuridad.

—Sí, gracias, cariño. Pensaba en otra cosa.

—¿Pensabas en Catherine?

—No, no te preocupes. Céntrate en la obra.

Jeanne, a la que le divertía mi temperamento soñador, volvió a mirar al escenario. Marc y Jean entonaron un himno satírico sobre el ejército. Los espectadores reían sin parar. Estaba claro que el espectáculo gustaba.

Unos minutos después, cuando los actores se aproximaban al desenlace final de la obra, el pasado salió a la superficie de repente. El coronel, que maltrataba a sus subordinados, se veía atrapado con dos tipos inanimados tirados en el suelo. Se oía ruido de pasos en el recinto. Sin saber qué hacer, el coronel miraba al público, aterrorizado, y se desmayaba, cayendo al suelo. La confusión, cómica, hizo que los espectadores rompieran a reír y aplaudieran ese alarde de ingenio del que yo había sido protagonista hacía veinte años, en el patético cuartel parisino. Los dos actores se habían inspirado en nuestra historia para escribir una obra de teatro. Yo también aplaudía con fuerza, reconfortado por ese guiño al pasado.

Jean y Marc saludaron al público, que se fue dispersando poco a poco. El pueblo, después de haber aprovechado el paréntesis para relajarse, volvía a casa donde, cínicas, las vilezas de la vida los esperaban al calor del hogar. Me levanté, acompañado de Jeanne y Mathilde, y llamé a la puerta que había junto al escenario. Apareció un hombre que me miró de arriba abajo.

—¿Qué desea, señor? —preguntó con arrogancia.

—Me gustaría ver a Jean y Marc, por favor.

—Como a todo el mundo —respondió antipático.

—Sí, pero yo soy un antiguo compañero del ejército.

—¡Mira, esa es la primera vez que me la dicen! —se burló—. Un amigo del ejército... ¡qué tontería!

Cerró la puerta con violencia. El aire del portazo me acarició las mejillas. Giré la cabeza en dirección a Mathilde y Jeanne, aterradas por un comportamiento tan poco educado. Volví a llamar a la puerta.

Apareció el mismo hombre.

—¿Usted otra vez? —amenazó con la misma arrogancia.

—Escuche, le juro que los conozco a los dos, se lo puede preguntar. Dígales que Paul Vertune desearía verlos, por favor.

—¿Paul Bertrune?

—Vertune, Ver-tune.

—Está bien. Ahora vuelvo.

Esperamos unos minutos en silencio. Tras la puerta, resonaron pasos ligeros por el pasillo y entonces apareció la silueta de Jean Brisca.

—¡Paul! —gritó—. ¡Qué agradable sorpresa! ¿Cómo estás?

El hombre me rodeó con sus grandes brazos afectuosos.

—¡Muy bien! ¿Y qué tal tú después de todos estos años? —respondí, conmovido por la acogida.

—En plena forma, como puedes ver —afirmó sonriente—. ¿Pero quiénes son estas dos encantadoras señoritas que te acompañan? Déjame que lo adivine, ¿la famosa Mathilde?

—Sí, encantada —respondió mi mujer sorprendida.

—¡Qué memoria! —repliqué con admiración—. Y esta es mi hija Jeanne.

—¡Qué belleza! —exclamó Jean—. ¿No ha considerado la posibilidad de hacerse actriz, señorita?

—Pues... no —respondió Jeanne, desconcertada por la pregunta—. Encantada.

—Bueno, venid conmigo a los camerinos. ¡ Marc se alegrará de veros!

Seguimos al hombre entre bambalinas y llegamos a un camerino estrecho en el que Marc se estaba desmaquillando. Me reconoció de inmediato y también me dio un fuerte abrazo. Nos sirvieron café y firmaron en la hoja de Jeanne. Después tuvimos una larga conversación en la que nos contamos nuestros respectivos pasados desde el cuartel. Ambos comediantes desprendían un inconmensurable calor humano que me reconfortaba. Ninguno de los dos había cambiado. Tenía la sensación de haber retrocedido veinte años en aquel pequeño camerino, en el que se colaba el viento de la amistad silbando.

—¿Has encontrado a la alemana? —preguntó Marc cuando recordó nuestro periplo.

—¡Ah, sí, la alemana! —añadió Jean que se acordó de repente.

—No, no sé nada de ella —respondí decepcionado—. Estuve a punto de encontrarla en las islas Canarias, pero se había evaporado. Ahora todo eso ha quedado en el pasado...

—Es una pena —replicó Jean—. Me habría gustado conocer el final de la historia.

—¿Quieres usarlo como final de tu próxima obra? —bromeé.

Los dos hombres se echaron a reír. Intercambiamos nuestros números de teléfono respectivos. Los dos actores nos invitaron a París. Les dimos las gracias antes de desaparecer en las tinieblas de un teatro vacío.

Esa noche, me alegró comprobar que la llama que ardía en sus miradas seguía intacta. Mis amigos seguían teniendo una fe inalterable en la vida, un optimismo que iba más allá de las fronteras de la imaginación. Vivían su pasión artística, su sueño de la infancia, el mismo que brillaba en mis ojos desde que nací.

30

Tras años de arduo trabajo, de noches enteras escribiendo y reescribiendo, reformulándolo todo, por fin acabé mi primera novela. Un editor bordelés, interesado en mi manuscrito, decidió publicar el libro. Un día, al doblar una esquina, me topé con el escaparate de una librería y allí, en una estantería de madera, estaba mi libro, destacando con orgullo entre las demás obras. La imagen de mi maestro me vino a la memoria, aquel pequeño hombre de gafas redondas y barba descuidada que había llenado mi cerebro de conocimientos. Por supuesto, al final del libro le había dado las gracias a título póstumo. Por las ventas del libro, pude ahorrar algo de dinero para regalar a las dos mujeres de mi vida unas vacaciones. Nos fuimos a Andalucía dos semanas, a disfrutar de un sol mágico y relajarnos en las playas españolas.

Era feliz. Muy feliz. Un hombre colmado desde todos los puntos de vista. En el plano personal, mi vida era idílica. Profesionalmente, mi trabajo no me apasionaba demasiado, pero me permitía escribir novelas por las noches. Siendo niño, jamás habría imaginado semejante felicidad, semejante plenitud. ¿Quién habría apostado algo por Paul Vertune, ese niño con las manos maltratadas por las espigas de trigo? Analizaba el camino recorrido, salpicado de obstáculos, de maldad pero también de alegrías, de momentos llenos de ternura y de amor. La existencia es bipolar y debería medicarse.

Y después, daba gracias al cielo por no haberme alejado de alguna forma de mi país. Francia. Con sus colores azul, blanco y rojo. Con su bandera flotando sobre la capital. París la sublime, la prestigiosa, el orgulloso centro del mundo cultural año tras año, el apogeo de una reflexión filosófica única. Su historia me fascinó cuando empecé a investigar, todos esos grandes personajes que la habían gobernado, sus artistas, sus escritores. Me parecía que el Hexágono escondía un misterio trigonométrico del que un geómetra de esencia divina guardaba el secreto. En Francia, todo era posible. Acariciaba con las yemas de los dedos el edificio de la meritocracia republicana sobre la que el Estado había puesto su primera piedra. Mi país no era tan solo un país: mi país era mi vida, mi cultura, mi sangre. Valoraba realmente esa solidaridad que habíamos construido todos juntos, lejos de la locura capitalista que hacía estragos al otro lado del canal de la Mancha. Gracias, Marianne, te quiero con toda mi alma.

Mathilde y Jeanne se salpicaban agua frente a mí, embriagadas por el ritmo de vida español, sus tapas y sus calles llenas de gente sonriente recientemente liberada del franquismo. El sol brillaba en lo más alto. Sus rayos dejaban su sello rojizo sobre las pieles de los bañistas que, demasiado ocupados construyendo castillos de arena, habían descuidado su epidermis. Las playas andaluzas tienen esa magia que las demás no tienen, esa insolación permanente que las nubes no osan interrumpir.

—¡Papá, ven con nosotras! —gritó Jeanne a lo lejos.

—¡Voy! —respondí mientras saludaba a mi hija.

Me levanté de la toalla, con el cuerpo entumecido por la deliciosa acaricia del sol, y fui hacia mis dos mujeres, sentadas a la orilla del mar, con la piernas estiradas sobre la arena. Pequeñas olas tapaban y destapaban la costa, haciendo cosquillas en las plantas de los pies ofrecidas al mar. Cuando el agua acariciaba la punta de los dedos de sus pies, soltaban risitas ahogadas parecidas a las de un niño maravillado. El vaivén de los cantos rodados sobre la arena provocaba una sensación agradable, como un murmullo apenas audible. Me senté junto a ellas, sobre la arena mojada, y estiré las piernas en el agua. La temperatura del mar era excelente. Desde el accidente del barco, hacía ya unos años, no había vuelto a ver el gran azul. No echaba de menos su olor. Pero ese día, con Jeanne y Mathilde, pasaba un delicioso momento de intimidad, me relajaba al abrigo del tumulto de la ciudad, estrechando aún más los lazos familiares. Nos sonreíamos mutuamente.

—Se está bien aquí —dijo Jeanne con una voz apenas audible.

—Sí —respondió Mathilde.

—¿Papá?

—¿Sí, cariño?

—Gracias por estas vacaciones.

Me habría gustado capturar con la red de un salabre las palabras de mi hija, la sonrisa de Mathilde, el sol que bañaba nuestra piel, el sonido de las olas, el murmullo de las piedras, el cielo azul, el mar cálido y tranquilo, las gaviotas que agitaban sus alas sobre nuestras cabezas, la línea del horizonte, el panorama, ese trozo de vida entero. Lo habría metido todo en una botella y la habría escondido, al abrigo de las miradas indiscretas, en un cofre, por ejemplo. Y, luego, cuando la nostalgia de los años pasados me asaltara, metería la cabeza en la botella para volver a contemplar ese pequeño mundo, ver, escuchar y sentir esa emoción furtiva que, un día, asoma la nariz para luego marcharse sin avisar ni prevenir.

La alegría es fugaz y efímera. Cuando un día la acaricias con las yemas de los dedos, cuando es como un perro dócil que se deja hacer, nos gustaría ponerle un bozal para que se quede con nosotros, para que no pueda irse lejos, para no tener que correr detrás de él, temerosos por no volver a acariciar su melena. Pero no, no está por la labor. El animal se resiste y escupe el cuero de su bozal porque prefiere el perfume de la libertad, la incertidumbre de la novedad. La felicidad es así: solitaria y bohemia y prefiere buscar nuevos horizontes a engordar frente a la chimenea. Disfruta de las caricias y se retira en silencio, de puntillas, hasta desaparecer por completo como una ingrata. Siempre habrá alguien que la acaricie. Solo queda el inconveniente de la elección.

Al fin y al cabo, la alegría está hecha a nuestra imagen y semejanza, eternamente insatisfecha. Nuestra mejor compañera. En aquella playa andaluza, estaba allí, sentada con nosotros, con la lengua fuera y sus ojos, llenos de amor, fijos en los nuestros. Los tres acariciábamos su atuendo peludo suave como la seda. Unos días después, cuando volvimos a Burdeos, puso pies en polvorosa. La perdimos de vista. Desapareció. Otra vez.

31

El teléfono sonó.

—¿Diga? —respondí.

—¿Paul?

—Sí, soy yo. ¿Quién habla?

— Soy Jacques.

—¡Jacques! ¿Cómo estás?

—Tengo que decirte algo —respondió con voz temblorosa.

—¿Sí?

—Mamá ha muerto, esta mañana.

Al principio no le creí. Uno siempre intenta convencerse de lo contrario, no escuchar. Es imposible que haya muerto. Hablé con ella antes de ayer y todo iba bien. Y, además, ¿cómo podría la Tierra seguir girando sin ella? En la cabeza nos repetimos una y otra vez que no era posible... Entonces, cuando la duda se instala, cuando la frase que nos repetimos pierde su consistencia, empezamos a aceptar la horrible realidad. Sí, es posible.

Creemos que estamos preparados para la muerte de un ser querido. Pensamos en ello y nos imaginamos cómo sería la vida sin esa persona. A veces, en la cama, antes de dormirnos, esbozamos diferentes escenarios y les asociamos emociones, recuerdos, esperando que ese momento nunca llegue, sin admitir que, en una fracción de segundo, la ficción se puede volver realidad.

El día que supe que mi madre había muerto, una parte de mí se fue con ella. Un ectoplasma salió de mi cuerpo y voló hacia el cielo, aspirado por la nada. Planeaba sobre mi cabeza, esparciendo sus efluvios blanquecinos por toda la habitación, su olor a cerrado, a muerte. Lo observaba mientras flotaba en el ambiente, impotente, incapaz de agarrar su vestido blanco sobre el que se proyectaban desordenados todos los recuerdos de mi infancia. Estaba allí, mi silueta de niño reflejada en esa pantalla improvisada como en un cine. Andaba de la mano de mi madre, sujeto a ella con fuerza.

Estábamos los dos en el huerto de mi infancia, agachados en el suelo para recoger la fruta, con los pies mojados por el rocío de la mañana. Flotaba en el aire una fragancia maravillosa. El perfume de mi madre armonizaba con los olores frescos de las verduras de la huerta.

Y entonces la imagen se fue difuminando poco a poco para dar paso al lavadero de mi infancia, al juego del jabón y las burbujas, al movimiento de los cuerpos de aquellas mujeres que se olvidaban unas horas de ser respetables esposas.

El proyeccionista volvió a cambiar la película y me ofreció un nuevo decorado, después otro y otro y la película se aceleró de repente, proyectando sobre la tela los vestigios de mi pasado. Las lágrimas rodaron por mis mejillas.

Dejé caer el teléfono y me eché en un sofá. Oí como Jacques gritaba mi nombre al otro lado de la línea:

—¡Paul! ¡Paul! ¿Sigues ahí, Paul?

No, Paul ya no estaba allí. Fue una explosión de tristeza. Mi pecho, oprimido por la angustia, no podía respirar. Me asfixiaba. Mis sollozos resonaron bruscamente en el salón.

Mathilde, alertada por los gritos de desesperación, no tardó en aparecer. Lo supo sin ni siquiera preguntar. Me acurruqué en sus brazos abriendo la boca para que el oxígeno pudiera circular en mis pulmones atrofiados, como un pez rojo que se debate en aguas estancadas. Mi madre había muerto. Se había ido. Había desaparecido. No volvería a verla jamás.

La desaparición de un allegado es como una pequeña muerte, una huida repentina hacia delante de todos nuestros sentidos. Me refugié en los brazos de mi mujer para empaparme de toda su bondad, de su amor. Ese mismo amor que me había dado mi madre durante años y que no me volvería a dar jamás.

☙

Mathilde, Jeanne y yo salimos al día siguiente por la mañana y llegamos a Sarzeau tarde, entrada la noche. En el andén oscuro de la estación, Jacques nos esperaba con el rostro desencajado y las manos en los bolsillos. Parecía absorto en sus pensamientos, como si la muerte de nuestra madre hubiera reavivado en él los fantasmas de la infancia, los recuerdos esparcidos por todos los rincones de su memoria. Cuando se detuvo el tren y sus frenos chirriaron en la vía, rechinó los dientes y se tapó los oídos.

Bajamos del tren. Jacques, en cuanto nos vio, corrió a nuestro encuentro con los brazos abiertos. Abrazó galantemente a Mathilde y a Jeanne antes de abrazarme a mí. Me sorprendió ese arrebato de humanidad de mi hermano, él, que no había dejado jamás de reprimir sus deseos y de controlar sus gestos. Recogió nuestro equipaje y nos dirigimos a su casa, situada cerca de la granja de mis difuntos padres, en Kerrassel.

Su mujer, Muriel, nos esperaba en la puerta fumándose un cigarrillo. En cuanto el automóvil de su marido entró en el camino de acceso bordeado de flores, aplastó la colilla en el suelo y salió a recibirnos. Aquella mujer, algo descortés a primera vista, rezumaba humanidad por todos los poros de su cuerpo, una extraversión natural que contrastaba con el carácter reservado de mi hermano. El equilibrio de su matrimonio se basaba en un antagonismo que se percibía a simple vista. A Jacques su mujer le aportaba esa apertura a los demás de la que él cruelmente carecía. Por su parte, a Muriel su marido le daba esa capacidad de contener sus emociones en cualquier circunstancia, de no dejarse llevar por el torbellino.

Muriel nos abrazó con dulzura y nos presentó sus más sinceras condolencias, como exige la tradición en esas situaciones. Recogió nuestro equipaje y desapareció con Mathilde y Jeanne. Más tarde, cenamos todos juntos. Un velo fúnebre envolvía la comida con su tristeza. No cenamos gran cosa, para gran pesar de Muriel, que se sentía incómoda con tanto silencio. Cuando acabamos, le dimos las gracias educadamente y Jeanne y Mathilde se fueron a dormir. Muriel abrazó a su marido antes de desaparecer ella también.

Jacques y yo nos encontramos solos en torno a la mesa, incómodos por la ausencia de nuestras mujeres, ellas solían facilitar la conversación.

—¿Quieres un whisky? —preguntó Jacques—. Yo voy a tomarme uno.

—De acuerdo —respondí pensando en nuestra madre.

Se levantó, se acercó a un aparador suntuoso de caoba que decoraba el salón, metió una mano en el mueble y sacó una botella prácticamente sin empezar. Vertió el líquido oscuro en dos vasos que dejó sobre la mesa. Encendió un cigarrillo.

—¿Fumas? —le pregunté curioso.

—De vez en cuando —respondió—, en las buenas ocasiones. O en las malas. ¿Quieres uno?

Para mi sorpresa y a pesar de la náuseas que me provocaba el tabaco por culpa de los habitáculos de los barcos siempre llenos de humo, le respondí afirmativamente. Encendí un cigarrillo y lo avivé carraspeándole encima. Jacques me observaba, entretenido con la espiral de humo que formaba una bruma espesa a mi alrededor.

Bebió un sorbo de whisky y volvió a dejar el vaso en la mesa. Un silencio sordo invadió el salón. Las agujas del reloj aprovecharon para cantar, con su ritmo tradicional sin talento, sin extravagancias, solo la justa medida del tiempo, repetitivo, parecido.

—Somos huérfanos —dijo acariciando con el dedo el borde del vaso.

—Sí —respondí desamparado.

—Tú querías mucho a mamá, ¿verdad?

—Sí... ¿Tú no?

—Sí, claro —respondió desconcertado—. Pero a lo que me refiero es que, de todos, tú eras su favorito.

—No lo sé. De todas formas, eso ya no importa.

Jacques se terminó el vaso de un trago e hizo una mueca, zarandeado por la aspereza del alcohol. Esgrimió la botella y volvió a echar un poco del líquido destilado en su vaso.

—Hablaba mucho de ti —prosiguió—. Creo que, de alguna forma, jamás aceptó que te fueras. Para ella, siempre fuiste su pequeño Paul. Fue duro para ella.

—Para mí también, Jacques.

—Entonces, ¿por qué te fuiste?

El tono de su voz flirteaba con el reproche. Estaba claro que mi hermano quería ajustar cuentas. Hacía años que rumiaba el recuerdo del joven que volvió del cuartel para anunciar a la familia que se exiliaba a Burdeos para convertirse en marinero. No tenía ganas de discutir con él, de sacar nuestras historias de familia en un día de duelo, pero en la vida a veces hay que echarle valor para que las emociones no queden suspendidas en el aire como un huracán que amenaza con estallar.

—Me fui porque no había nada para mí aquí —respondí—. Quería huir de los campos de trigo.

—¿De los campos de trigo o del recuerdo de papá?

—¿Por qué me preguntas eso, Jacques? —pregunté molesto—.

¿No crees que ya hemos sufrido bastante todos? Papá me odió toda su vida, desde el día en que nací. ¡Siempre me trató como si fuera menos que nada! ¿Acaso crees que podía querer a un padre tan frío?

—No, yo...

—Tú eras su favorito, el favorito de la familia, de todo el mundo. ¿Crees que era fácil para un niño crecer a la sombra de su hermano mayor?

Jacques bebió otro sorbo de whisky y dejó el vaso en la mesa. Agachó la cabeza, arrinconado por los recuerdos de su infancia. Acarició nerviosamente su vaso y encendió otro cigarrillo. El carillón del reloj marcó la hora del ajuste de cuentas de la vida, esa hora que te marca para siempre o que esculpe los contornos de la redención. Todos tenemos que pasar por esto un día u otro.

—Es verdad que no siempre he sido amable contigo —prosiguió Jacques.

—Pero eso ya es el pasado —respondí enternecido por sus palabras.

Se sirvió un tercer vaso de whisky, como si el alcohol le diera fuerzas para abrirse y deshacer los nudos enredados en su alma llena de remordimientos. Aprovechó para rellenar mi vaso otra vez.

—¿Sabes? —continuó—. A pesar de lo que pueda parecer, papá no siempre fue amable conmigo tampoco. Era exigente y autoritario. Y, a diferencia de lo que pasaba contigo, a mí nadie me defendía.

—Lo sé —respondí—. Mamá siempre me protegía de él, pero no le guardo rencor a nadie. Me fui para alejarme de todo eso.

—Sí. Siempre te he admirado por tu coraje —confesó con los ojos fijos en el whisky—. Fuiste el único que tuvo el valor de irse de aquí.

—Gracias.

—¿Te ha gustado trabajar en la marina?

—Sí, durante un tiempo. Ahora me ocupo de Jeanne y Mathilde y soy mucho más feliz.

—Mejor —respondió Jacques dando una calada a su cigarrillo—. Mañana enterramos a mamá y, con ella, a todos los demonios de nuestra infancia.

—Sí —respondí con gran pesar—. De hecho, ya es tarde y deberíamos irnos a dormir.

Nos levantamos y recogimos los vasos que había en la mesa. Flotaba un perfume de nostalgia en el salón, como si el pasado hubiera dejado sus huellas dactilares sobre las paredes, los muebles, el suelo y el techo. Los gestos bruscos de mi hermano delataban su alma torturada por las decepciones y los remordimientos. Me dio pena. No supe qué decirle para reconfortarlo. El agua de la vida había pasado bajo el puente de nuestras almas. Había erosionado con paciencia sus cimientos, puliendo la piedra hasta hacer desaparecer las fisuras visibles. Me despedí de mi hermano y puse rumbo a la escalera.

—¿Paul? —me llamó Jacques.

—¿Sí? —respondí dándome la vuelta.

Jacques se acercó a mí, con las piernas temblorosas y la respiración entrecortada, como si se preparara para correr la final de los cien metros lisos en las Olimpiadas. Era el favorito y el público esperaba su victoria, por lo que soportaba un enorme peso sobre la espalda. Se plantó frente a mí, con los ojos llenos de lágrimas. Quería decirme algo, pero se quedó ronco, como si las palabras no quisieran salir de su boca, como si los sonidos se quedaran bloqueados en las cuerdas vocales. ¿Por fin iba a pronunciar las palabras que tanto esperaba? Esas que mi padre jamás dijo y que se llevó con él a la tumba para la eternidad.

—Buenas noches —dijo rodeándome con los brazos.

—Buenas noches, Jacques.

Subí las escaleras a paso lento. Jacques me observaba desde abajo. Una pizca de decepción cruzó mis pensamientos, pero conseguí quitármela de la cabeza pensando en las sábanas calientes en las que me esperaba Mathilde.

Si hay algo agradable que aprendemos en la vida es la perspectiva. Ya no buscaba nada. Prefería disfrutar del amor de mis dos mujeres que esperar palabras de cariño de mi familia. Después de todo, Jacques había hecho un esfuerzo esa noche y se había disculpado por su comportamiento. Ya era algo. Me metí en la cama y me acurruqué contra el cuerpo caliente de mi mujer.

Esa noche dormí mal, temiendo el momento en el que, al día siguiente, tendría que ver el cuerpo blanco y sin vida de mi madre tendida en su última morada. Recordé la imagen de mi padre en su ataúd, camino de aquel agujero vacío del cementerio municipal, y el cuerpo frío que mis hermanos y yo observábamos más fascinados con la muerte que tristes por su pérdida. Esta vez había llegado el turno de mi madre. La inmensa rueda de la fortuna se había detenido en ella.

Al alba, cuando salimos camino del tanatorio, el paisaje que desfiló ante mis ojos tenía un tono especial, como si hubiera perdido su brillo. Reconocía los lugares de mi infancia, las arboledas, la pizarra de los muros, el golfo y sus barcos mecidos por las olas, las hierbas altas en las que jugábamos mis hermanos y yo, los campos de trigo y sus espigas que se alzaban con orgullo, pero, en ese decorado con cierto perfume a indiferencia, faltaba un elemento.

Delante del tanatorio, reconocí al padre de Mathilde, al que saludé efusivamente, a mis hermanos Guy y Pierre, a mis primos y primas y a los amigos de la familia. Todo el mundo se había reunido allí para ofrecer un último homenaje a mi difunta madre.

Entramos en el edificio. Un empleado nos indicó en qué sala se encontraba. Las paredes eran sombrías. Tan solo un pequeño hilo de luz se filtraba por las cortinas. Recordé los ritos mortuorios indonesios a los que asistiera hacía años en los que la muerte se celebraba como un segundo nacimiento, un paso obligado hacia una reencarnación agradable. Todo el mundo bailaba y cantaba. El color lo dominaba todo, sin rastro de negro. Allí, la muerte era algo bonito.

Aquí todo era diferente. Jeanne, junto a mí, me apretaba con fuerza la mano.

—¿Estás preparado, papá? —preguntó con amabilidad.

—Sí, eso creo.

—Muy bien, vamos.

Entramos en un pasillo que olía a muerte, como los del barco asolado por el oleaje en el que se amontonaban los cadáveres. Allí flotaba un olor particular, uno a final de la vida, áspero, rasposo. El empleado se detuvo, y con él nuestro grupo, compuesto por mis hermanos y sus familias. Abrió la puerta. A medida que la gente que me precedía iba entrando en la sala, sentí cómo se me aceleraba el corazón, se me humedecían las manos y se me hacía un nudo en el estómago.

A veces, tenemos que pasar por determinadas situaciones, enfrentarnos a desenlaces trágicos, a realidades de las que no podemos huir, ni siquiera con la imaginación o difícilmente con ella. Me habría gustado que un águila gigantesca me atrapara con sus garras y me llevara lejos de allí, al cielo y las nubes, al abrigo de esa espantosa escena en la que yo era el actor principal. Quería huir como fuera de allí, huir de la banalidad de esa realidad aplastante, de su falta de tacto, de su sufrimiento, huir como lo hacía siempre en los campos de trigo, los barcos y mis novelas. Me habría gustado ser astronauta y pisar el suelo de mi luna, mi bella luna que brillaba en el cielo en cuanto caía la noche. Pero como todo el mundo sabe, la realidad siempre supera a la ficción.

En cuanto sentí la mano de mi hija arrastrándome a la habitación, aguanté la respiración, como un buzo que se adentra en el abismo oceánico.

32

Mi madre yacía allí, con la piel algo blanca y una expresión relajada en el rostro, como la de mi padre en su momento. Me acerqué a ella y, acariciando su piel fría, la observé y le recoloqué un mechón de pelo detrás de la oreja. Mi madre era coqueta y jamás habría permitido que tuviéramos una mala imagen de ella, sobre todo si era la última.

La muerte siempre me había parecido extraña. Tenía la impresión de que el cuerpo que yacía frente a mí se despertaría en breve y, como si no hubiera pasado nada, volvería a sus ocupaciones domésticas. De alguna forma, aquello me parecía una farsa. No llegaba a concebir que todo se parara allí, en ese lugar, en ese momento, que todo se hubiera acabado, así como así. Quizá hubiera un problema en el programa de mi cerebro o simplemente la inmadurez de un niño que jamás quiso crecer ni contemplar la realidad de frente, porque aporta una tristeza que la imaginación borra y distorsiona a su voluntad o la sublima con la perspectiva.

Besé a mi madre en la frente, derramando sobre ella unas lágrimas que rodaron por su cuello. Me pareció oír su voz en la lejanía, llamándome, pronunciando mi nombre, cada vez con más fuerza:

—*Paul, Paul...*

Presté atención para escuchar mejor el sonido de origen desconocido.

—*Paul, Paul...* —repitió la voz de mi madre.

¿Había perdido la razón? ¿Mi imaginación me jugaba una mala pasada? Me invadió un deseo irrefrenable de correr hacia ella, de unirme a ella para la eternidad.

—Ahora vuelvo —le susurré a la oreja a Mathilde, a lo que ella respondió con un gesto de duda.

Salí de la sala a toda prisa y después del tanatorio, guiado por una fuerza indescriptible, la voz de mi madre resonando a lo lejos en la luz. Corrí por los campos de trigo y tomé un camino embarrado por el que estuve a punto de caerme. Nada podía pararme, ni siquiera los oficiales alemanes pidiéndome los papeles, ni las bombas que aporreaban la tierra a mi alrededor, ni el ruido ensordecedor del trueno sobre mi barco. Nada. Corría hacia ella, hacia mi madre, que seguía viva.

Tomé la ruta del golfo, bañada por el tintineo de los barcos mecidos por el oleaje, y luego me adentré en los caminos de zarzas plagadas de moras con las que ella preparaba sus tartas. Tras unos minutos de maratón desenfrenado, reconocí el camino de mi infancia, el del lavadero en el que mi madre se extasiaba y decidí ir por ahí. Mis lágrimas ya no eran lágrimas, sino perlas de vida que se estrellaban contra el suelo, esparcidas a toda prisa como las migas de pan de Pulgarcito.

Vi a lo lejos el lavadero de mi infancia. Mi madre estaba allí, dando vueltas en un torbellino de pompas de jabón, y me paré para admirarla. Giraba sobre sí misma, con los brazos extendidos, los ojos fijos en el cielo y una sonrisa dibujada en su joven rostro, apenas erosionado por el tiempo. Yo también reía, como ese niño que ya no era. Nunca dejamos de ser los hijos de nuestras madres, sea cual sea nuestra edad.

Es extraño cuánto se pueden llegar a mezclar de repente todas las épocas en nuestras cabezas, como si el tiempo perdiera su consistencia, su realidad. Mi madre se desplomó sobre la hierba, una alfombra mullida y verde, extendida sobre el suelo como un mantel en la mesa del banquete dominical. Se tumbó sobre el césped suspirando de placer, agotada. Su pecho se ondulaba al ritmo de las bocanadas de oxígeno que inhalaba para recuperar el aliento. Una piel suave como la juventud recubría su cuerpo, con las piernas dobladas sobre sí mismas. Mis manos se agitaron frenéticamente, con las palmas entrechocándose con violencia sin poder controlarlas. Aplaudía a mi madre una última vez, antes de que se pusiera su vestido de madera. Se incorporó y se sentó con las piernas cruzadas frente a mí. Arrancó una margarita que sobresalía por encima de la hierba y se la puso detrás de la oreja. Una sonrisa iluminó su rostro, cuya dulzura contrastaba con la de la habitación del tanatorio.

—Paul, hijo mío, ven a sentarte conmigo, como cuando eras pequeño —dijo con voz tranquila.

Me hizo señas para que me acercara y me senté sobre la hierba mojada. La humedad caló en mi ropa y me manché aquel traje que tan poco tenía que ver conmigo. Los hombres se ponen trajes para ocultar su auténtica identidad, para esconder la fragilidad de su ser, para no descubrirse por miedo a ser descubiertos. Siempre había odiado vestir así.

—Bueno, mamá, ¿entonces ya está? ¿Este es el fin? —pregunté triste.

—¿El fin? —respondió ella—. Esto acaba de empezar...

—¿El qué?

—Una nueva aventura...

—Pero, ¿te vas y me dejas solo?

No parecía desconcertada por la pregunta y puso la mano sobre mi rodilla.

—Jamás te dejaré solo, cariño. Y, además, Mathilde y Jeanne están ahí.

—Sí, pero... ¿y tú? —pregunté, inconsolable.

—Tengo que irme...

—No quiero que te vayas...

—Ya, pero tengo que hacerlo. Todo el mundo tiene que irse un día.

—Pero tú no, mamá...

—Sí, yo también, pero no tengas miedo, Paul, porque lo que nos une es más fuerte que la muerte. La gente pasa, pero su recuerdo sigue flotando en el aire como las nubes en el cielo. Basta con estar atentos a su presencia, a sus olores, a su magia. Es todo.

—¿Mamá?

—¿Sí?

—Te quiero.

—Yo también te quiero, cariño.

La imagen de mi madre se fue desvaneciendo frente a mí. Su rostro tenía una nueva serenidad, una sensatez cuyo secreto solo conoce la muerte. Pronto no fue más que un espejismo cuyos contornos se difuminaban, como una bruma desgarrada por los rayos nacientes del sol. Me quedé solo, envuelto por un caos de emociones que se marchitaban en la confusión de miles de sentimientos enredados los unos en los otros, mezclados anárquicamente.

Avancé con la cabeza por encima del lavadero y pude ver mi rostro reflejado en la superficie lisa del agua. Se formaban arrugas por todas partes, en las comisuras de los labios, en los ángulos de los ojos, en las líneas de la frente. Mis cabellos iban perdiendo terreno con el paso del tiempo, sucumbiendo al yugo de una calvicie incipiente que exhibía entradas a ambos lados de mi frente. Bajo mis ojos, dos ojeras negras testimoniaban mis largas noches sin dormir, en los navíos primero y en mi mesa de escritor después. La piel de mi cuello se había marchitado a ojos vistas, reblandecida por las vicisitudes de la existencia, como una barbilla de gallina de granja. El rostro del niño que sonreía hacía cuarenta años en aquel gran charco ya no era más que un recuerdo lejano. Había envejecido. Mucho. Pero me sentía menos atormentado, menos sometido a ese florilegio de emociones que me asaltaba cuando era niño, más calmado. Lo que resulta paradójico sobre el tiempo es que erosiona la piel del fruto al mismo tiempo que sanea el hueso. La juventud es bonita, pero la vejez es un pozo de conocimientos, de recuerdos, de sabiduría. Cuando somos niños, queremos crecer deprisa, pero a medida que vamos cumpliendo años, queremos volver a la infancia. La humanidad se construye sobre una paradoja, creedme, desde los albores de la historia. Carece de lógica.

Toqué el agua helada del lavadero, provocando el nacimiento en su superficie de grandes círculos sucesivos y deformando la masa de agua. Mi rostro se alteró en el reflejo del espejo acuático. Metí las manos en el agua y, usándolas a modo de cucharón, recubrí las paredes del lavadero de grandes salpicaduras. Me eché a reír yo también, inundando la obsolescencia de ese lugar. La tecnología no dejaba de ganar terreno en esta civilización que ya no sabe qué hacer para sentirse viva. Pensé en mi madre por última vez y le rendí el más bonito de los homenajes, el de recuperar, por un instante, ese juego pueril que la hacía tan feliz.

Por fin, cansado de interpretar el papel de esa mujer llena de alegría, volví al camino embarrado con una sonrisa en los labios, orgulloso de haber conjurado la suerte, antes de enterrar a mi madre en el cementerio municipal, junto a su difunto marido.

33

A principios de los años ochenta, Jeanne conoció al hombre de su vida, se casó con él y no tardó en quedarse embarazada. Nueve meses más tarde, un bebé llegó al mundo. Esta vez fue un niño, François. La tradición familiar volvió a imponerse. Mathilde y yo acabábamos de entrar en una nueva fase. Ya éramos abuelos. La infancia es despreocupada, la adolescencia es cruel, la paternidad es un camino sinuoso que consiste básicamente en no resbalar, pero ser abuelos es la plenitud absoluta.

Unos meses después del entierro de mi madre, tuvimos que decidir qué hacer con la granja de mis padres. Un agente inmobiliario visitó la casa y nos dijo que cerca de allí había una vivienda en venta por una miseria. El propietario, un inglés acaudalado que no tenía hijos, deseaba vender lo antes posible un bien del que solo disfrutaba una vez al año. El agente inmobiliario nos llevó a ver la casa y, cuando nos dijo el precio de venta, Mathilde y yo nos miramos, asombrados. Dos horas más tarde, después de haber llamado por teléfono al banco para confirmar su conformidad, éramos los felices propietarios de una segunda vivienda en el golfo de Morbihan. Un agricultor que quiso retomar la explotación agrícola compró la granja de mis padres. Jacques ahora era alcalde del pueblo y

consejero regional y mis otros dos hermanos eran pescadores y trabajaban como socios, así que aquella vieja propiedad ya no nos servía de nada. Al volver a Burdeos, conseguimos que nuestros jefes
respectivos nos dieran unos días extras de vacaciones cada verano
para poder disfrutar plenamente de nuestra segunda residencia.

Jeanne, que ahora era abogada en el tribunal de Burdeos, nos
dejaba al pequeño François, que crecía a ojos vistas, durante las
vacaciones escolares. El niño era infatigable, curioso, ávido de
aprender más y más, de descubrir nuevos territorios, nuevos lugares
de pesca. Siempre andaba con una gran sonrisa en la cara y no
paraba de hacer preguntas sobre todo.

—Abu, ¿por qué las luciérnagas brillan por la noche?

—Porque captan la luz de sol durante el día.

—Aaaah... ¿Y por qué hacen eso?

—Porque es su trabajo iluminar la noche.

—Aaaah... Entonces, ¿son como los faros de los vehículos?

—Sí, solo que son más naturales y hacen menos daño en los
ojos.

François asentía con la cabeza, convencido de la pertinencia de
mis explicaciones. Se sumergía en una especie de meditación y,
luego, cuando la información quedaba almacenada en su cerebro,
volvía a la carga con más fuerza.

—Pues entonces, si metiéramos luciérnagas en los faros, ¿no
harían menos daño en los ojos?

—Es posible... pero no se vería bien y habría más accidentes.

—Mmm... Entonces habría que meter miles en los faros, quizá
eso funcione, ¿no, abu?

—Sí, quizá —respondí, sonriendo.

El niño aprendía muy deprisa y me sorprendía cada año más.
Una tarde, cuando volvíamos andando del puerto de Logéo, se paró
en el camino de hormigón que bordeaba la playa cubierta por la
marea alta.

—Abu, ¿quién es Catherine? —preguntó con los ojos brillantes. Me detuve en seco frente a él sin saber qué decirle.

—Pues... es una amiga —respondí con voz temblorosa.

—Mamá me ha contado un cuento sobre Catherine y María, que estaban en España y que buscaban a una niña pequeña en un puerto.

—Sí, fui yo el que le contó esa historia a tu madre cuando era pequeña —respondí aliviado.

—¿Abu?

—¿Sí, cariño?

—¿Crees que algún día encontrarán a la niña en España? —preguntó con voz triste.

Sentí un pinchazo en el pecho al recordar al oficial alemán en el suelo, la fotografía de Catherine, la señora mayor en Alemania, el albergue de Las Palmas, María y Martín.

—Por supuesto que la encontrarán.

—Mamá me ha dicho que la historia termina en el puerto y que no sigue —replicó con un tono de decepción.

—Solo es porque ya no se acuerda —respondí sin desconfiar de la inteligencia del pequeño.

—¿Y tú, abu? ¿Tú sabes cómo sigue?

No, yo no lo sabía. Durante todos aquellos años, el tiempo había ido borrando poco a poco el recuerdo de la niñita de la fotografía y los rasgos del rostro de María, desaparecida sin explicación. Podía ver en los ojos de mi nieto todo el misterio que planeaba sobre aquella historia, toda la inquietud de no poder poner punto y final, de no poder darle un final feliz. Los niños tienen una necesidad de soñar que los adultos pierden con el tiempo. François reavivó en mí al viejo demonio, esa infancia que volvía a acariciar gracias a él bien entrado el verano.

No quería tener que inventarme una continuación. No quería tener que mentirle. No respondí. Los dos volvimos con la cabeza gacha, privados de un final feliz que habría animado nuestra noche. Cuando me fui a dormir, esperaba poder conocer un día la verdad de aquella búsqueda que había iniciado siendo niño. ¿Pero cómo podría hacerlo? Toda aquella historia no era más que un recuerdo lejano, una esperanza abandonada entre muchas otras.

34

Como todos los domingos, salimos a andar por el parque bordelés. Aprovechábamos esos paseos para charlar sobre nuestra vida. Estábamos jubilados desde hacía poco y pasábamos seis meses al año con nuestra hija en Burdeos y los otros seis en nuestra segunda residencia de Morbihan. Los dos éramos felices. Cuarenta años de vida en común eran ya unos cuantos. Las raíces de nuestro amor eran más sólidas que las de un viejo baobab milenario. El amor es lo más bonito de este mundo, la única forma de alcanzar la plenitud, esa sabiduría alejada de las futilidades que contaminan nuestra existencia.

Sobre el camino asfaltado, Mathilde flaqueó por primera vez. Su silueta vaciló en el vacío y tuve que sujetarla, presa del pánico ante la idea de que pudiera pasarle algo.

—¿Todo va bien, amor mío? —pregunté preocupado.

—La cabeza me da vueltas. Preferiría volver —respondió con las extremidades entumecidas.

Volvimos a casa y la acosté en la cama. Se durmió enseguida, febril, con lo que yo creía que sería un simple catarro.

Al día siguiente, su estado no parecía haber mejorado, así que decidí llamar al médico que, inquieto al ver a su paciente semiinconsciente, la hospitalizó de urgencia. Nos fuimos en una ambulancia, con las sirenas sonando por toda la ciudad, esas mismas sirenas que oímos a veces por las calles, que hacen que rechinemos los dientes cuando nos imaginamos a la pobre víctima tumbada en el interior. Esta vez la víctima era Mathilde, mi mujer, mi razón de vivir. Sentía cómo la vida vacilaba en su pedestal, cómo se caía a pedazos. Ya no era una simple tormenta oceánica que amenazaba en el horizonte, sino una vez más, la sonrisa de la parca que arrasaba con todo a su paso, sin distinción de edad alguna.

Llegamos al hospital y le dieron una habitación. Le hicieron una batería completa de pruebas, esas cosas de la vida real que mi cerebro jamás había sido capaz de asimilar. Tras unas cuantas horas de espera insoportable amenizadas con café, un hombre vestido con una bata blanca se me acercó y me hizo señas para que lo siguiera. Entramos en una sala blanca apenas amueblada. El despacho de aquel hombre estaba salpicado de fotografías familiares, su mujer y sus hijos sin duda, momentos de la vida capturados por el objetivo de una cámara.

—Señor Vertune —dijo nervioso—, siéntese, por favor.

—Gracias —respondí mientras me sentaba en una silla.

—¿Cómo está?

—Un poco angustiado, tengo que confesarlo.

—Sí —dijo clavando sus ojos en los míos—, lo entiendo.

—¿Cómo está mi mujer?

—Está descansando en estos momentos.

—Muy bien. ¿Y cuándo le dará el alta?

—Señor Vertune, tengo que decirle algo.

—¿Sí?

—Le acabamos de hacer una serie de pruebas exhaustivas a su mujer.

—¿Y?

El hombre se levantó y sacó una ficha negra que colocó sobre la luz de un tablón blanco. Me pareció ver un cráneo humano. Con ayuda de una especie de bastoncito que sujetaba con la mano derecha, señaló algo en la pantalla.

—¿Ve esta mancha? —preguntó.

—Sí.

—Es un tumor maligno, señor Vertune. En el cerebro de su mujer.

—¿Un tumor? —pregunté horrorizado por la noticia.

—Sí.

—¿Quiere decir que tiene cáncer?

—En cierta forma, sí.

—¿Y es grave?

—Mire, le voy a decir la verdad. El tumor se encuentra en un lugar inaccesible del cerebro, así que no se puede operar. No podemos hacer nada.

—¿Y no hay tratamiento posible? —pregunté con los ojos desencajados.

—A su edad, es posible que la quimioterapia la mate y eso sin estar seguros de que el tratamiento fuera a servir de algo.

—¿Entonces no tiene ninguna posibilidad?

—Ninguna, señor Vertune. Lo siento mucho.

—¿Cuánto tiempo le queda?

—Dos meses como mucho, el tumor está muy desarrollado. Siento mucho no poder hacer nada por ella.

Me quedé mirando el tablón sobre el que se exhibía el cerebro de mi mujer. Y esa mancha, blanca, inmensa. Dos meses. ¿Cómo era posible? ¿Qué había hecho de malo en la vida para merecer semejante suerte? Mi padre falleció joven y luego mi mejor amigo, después había muerto mi madre y ahora mi mujer. ¿Por qué la desgracia se cebaba conmigo? ¿Qué iba a ser de mí sin ella, sin mi Mathilde, mi costurera con las manos de oro?

Salimos de aquella sala y volví a casa, desesperado, con la esperanza de que el diagnóstico del médico no fuera más que un burdo error. Después de todo, no tenía tantos años. Nos quedaban tantas cosas por hacer los dos juntos, tantos momentos que compartir. Mathilde descubriría ese mundo tan vasto que yo había recorrido para conjurar la suerte de una infancia triste, las sonrisas de los pueblos indonesios, los tambores del carnaval de Río de Janeiro, las playas de Fuerteventura bañadas por el sol, cuyos habitantes se reunían por la noche en torno a sus barbacoas. Del largo reloj de arena de la vida todavía no había caído todo su contenido. Gracias a los avances de la medicina y a toda esa civilización aplacada, nos quedaban algunos años por delante. La humanidad parecía haber aprendido por fin la lección. Mathilde no podía irse, eso no era posible. Su eterno optimismo vencería al mal que carcomía su cerebro en silencio. Pronto volveríamos a nuestra Bretaña natal, a cuidar de nuestro nieto en verano, a jugar con él en los campos de trigo en los que ahora me divertía, lejos del malestar de mi infancia, vacunado para siempre de sus contundentes tallos. Volveríamos a disfrutar de un pícnic en la playa, pescaríamos almejas los tres juntos, recogeríamos bueyes de mar, bígaros, navajas y otros crustáceos para el festín del domingo. Nadaríamos hasta las estacas de la playa de Kerrassel, esos trozos de madera que se alzaban con orgullo a lo largo para delimitar los parques de ostras a los que nadábamos de pequeños compitiendo entre nosotros. Mathilde seguiría divirtiéndose con su nieto y, a pesar de que, por edad, ya casi rozaba la adolescencia, le prepararía la merienda. Recogería con él las frambuesas del huerto, vendría a buscarnos al jardín y gritaría «¡A comer!» con una sonrisa. Pasearía con nosotros por el puerto de Logéo durante la puesta de sol embriagadora del verano, cortaría bambú para hacer cerbatanas, contemplaría la luna majestuosa en el cielo que nos guiñaría el ojo con indulgencia.

Por primera vez en la vida, me negaba a creer que el futuro fuera un tiempo verbal perteneciente al imaginario, creado para los artistas frustrados por la simple realidad del pasado y el presente. Y, sin embargo, lo había estado usando toda mi vida, para huir la horrible verdad de la conjugación, su irascible necesidad de fijar el tiempo para que fuera como los números de identificación de los soldados en sus trincheras de Verdún: sin importancia, sin afecto, sin poesía. Mathilde no era un simple número, una simple combinación de tiempos compuestos. Mathilde era mi mujer, mi luz en la noche. No podía apagarse. Era inmortal, como la estrella de nuestro encuentro que todavía brillaba en el cielo. Todo aquello no era más que una inmersa farsa.

Iba todos los días a ver a mi mujer y me quedaba con ella de la mañana a la noche, acompañado de Jeanne, que se ausentaba del trabajo. Al principio de la enfermedad, pensé que el diagnóstico tenía que ser erróneo. Mathilde estaba perfectamente y andaba sin problemas por el parque contiguo al hospital. A pesar de los consejos de los médicos, quiso probar con la quimioterapia y después con la radioterapia, ambos conceptos bárbaros que solo los científicos de bata blanca comprenden, no como los ignorantes de mi especie. Poco a poco, los mareos se hicieron cada vez más frecuentes, las náuseas cada vez más potentes y los alaridos cada vez más aterradores. Tenía mucho miedo por Mathilde. Su vida pendía de un hilo, de eso no había duda.

Por la noche, después de las visitas, volvía a casa y me sentaba en el jardín. El huerto de nuestra casa bordelesa, minuciosamente creado por las mágicas manos de mi mujer, esperaba con impaciencia que su arquitecta volviera a refinar sus formas. Ella amaba por encima de todas las cosas aquel pedacito de tierra que le recordaba nuestra Bretaña y sus vastos espacios. Allí había pasado momentos felices, ensuciándose las manos con aquella tierra, sudando la gota gorda cuando el sol caía a plomo. Contemplaba su obra de arte, abatido por la idea de navegar sin timón en ese océano de incertidumbres que es la enfermedad.

Un día, estando junto a ella, el médico vino a verme.

—Detenemos el tratamiento, señor Vertune —dijo con esa implacable lógica de científico que yo tanto odiaba.

—Muy bien —respondí al comprender que la tenacidad terapéutica no había servido de nada.

—Solo le quedan unos días. Llévesela a un lugar en el que se sienta cómoda para que acabe allí sus días. El hospital alquila sillas de ruedas si lo necesita.

Me dieron ganas de abofetear al médico, de darle una paliza como hicieron los vecinos de mi pueblo con los soldados alemanes. El capitalismo, incluso en los momentos más duros de la vida, muestra su crueldad, su ignominia, su barbarie. Un día, el equilibrio del mundo cambiaría. La magia del ser humano acabaría con la dictadura nauseabunda de la rentabilidad y sus cifras. Pero aquello no eran más que frases en futuro, una utopía más. El despertar de las conciencias todavía no estaba en el orden del día.

Sentamos a Mathilde en una silla de ruedas y salimos del hospital.

༄

El sol, tenue, caía lentamente en el mar, en el horizonte. Como todas las noches, el astro del día capitulaba. En la cala del puerto de Logéo no había ni un alma. Había instalado a Mathilde frente al golfo y las islas de su infancia. Ya hacía unos días que había dejado de hablar; sus cuerdas vocales se habían resignado, al igual que sus extremidades. Estábamos allí, en la misma cala en la que, hacía cuarenta y tres años, le había pedido la mano. Por aquella época éramos tan jóvenes y estábamos tan llenos de energía, de entusiasmo. Teníamos todo el tiempo del mundo por delante, pero la vida había pasado tan deprisa... Ninguna piedrecita había entrado en su mecanismo para frenar su impulso. A pesar de todo, disfrutábamos del paisaje. Mathilde estaba sentada en su silla de metal, yo sobre la arena. Apretaba con fuerza su mano. Habíamos hecho tantas cosas juntos.

—He sido muy feliz a tu lado todos estos años, Mathilde —dije, sin esperar respuesta alguna de mi mujer.

No la hubo. Mathilde estaba demasiado débil para hablar. Sin embargo, yo sabía que había oído mi frase, el resumen de una vida entera. A veces, la simplicidad de ciertas palabras vale más que los discursos políticos infinitos que, al final, no dicen nada.

Mathilde se apagó aquella noche. La enterramos cerca de su madre, en el cementerio municipal en el que también reposaban mis padres. El señor Blanchart, cuyas ganas de vivir eran tales que ni la muerte se atrevía a acercarse, lloraba en silencio a mi lado. El cruel destino de su hija estaba unido al de su mujer, como si el cáncer se perpetuara de generación en generación a modo de herencia siniestra. Pensaba en la pequeña costurera sentada a la sombra de su árbol, manipulando su ovillo de lana y sus agujas. Jeanne y François también lloraban. En cuanto a mí, deambulaba como una sombra entre los escombros de nuestra vida en común. El día que murió Mathilde, perdí la sonrisa, esa que me habían reprochado toda la vida, esa que enarbolaba desde que nací.

35

Allí estaba. O más bien mi cuerpo estaba allí. Mis pensamientos estaban en otra parte, perdidos en el horizonte. El océano se extendía hasta el infinito ante mí. Mi terreno de juego, mi historia. Había echado raíces en el azul del mar como lo hacen los árboles en las profundidades de la Tierra. Tenía algo de mágico, de inexplicable, de irracional. Cada vez que perdía las ganas de vivir, volvía a recargar las pilas de mi alma contemplando aquella enorme extensión de agua cuyas olas acariciaban la arena.

Muchas veces, me había preguntado qué naturaleza podría ser más bella que mi océano, pero jamás obtuve respuesta. Durante quince años, lo había recorrido en grandes cargueros llenos de mercancías, en busca de mi pasado, rebuscando en todos sus rincones con minuciosidad, para finalmente descubrir una verdad que se me escapaba. Lo había abandonado, asqueado por su inconstancia, por su peligrosidad. Pero ahora todo era diferente: Mathilde había muerto y yo volvía con gusto a devorarlo con los ojos para llenar el enorme abismo que me había dejado la desaparición de mi mujer. En realidad, esa coreografía de los elementos naturales en perpetuo movimiento me embriagaba como el vino embriaga a los borrachos. Me había convertido en un alcohólico, ávido de sus salpicaduras saladas, adicto a su perfume yodado, sus remolinos, sus formas gigantescas. Lo contemplaba durante horas, sentado sobre la arena, solo, ausente. Todos los días desde la muerte de Mathilde eran la misma rutina. Me levantaba por la mañana hacia las nueve, desayunaba y me instalaba en la playa hasta el ocaso. El tiempo no importaba. Iba todos los días, olvidándome de vivir, a veces mecido por la llovizna, otras por las ráfagas de viento, otras por el sol y las nubes. Cada día que amanecía era un día nuevo, como un producto recién sacado de su embalaje. Intentaba no pensar en nada o, más bien, evitaba pensar en Mathilde. A cualquier precio. El más mínimo pensamiento furtivo provocaba un torrente de lágrimas, que rodaban por mis mejillas, se enganchaban a los pelos de mi barba y se abrían camino por mi cuello. El dolor me laceraba las entrañas, en aquel cuerpo mío desgastado por la vida, cansado de luchar contra el destino trágico. Mathilde era mi sangre.

A veces, en la playa, los mirones paseaban con los pies metidos en el agua. Tiraban migas de pan a los pájaros y se extasiaban cada vez que estos se sumergían en el agua para atrapar su comida. En ocasiones me preguntaba qué animal alimentaba al otro. Algunos me saludaban de vez en cuando, sin que yo les devolviera el gesto, demasiado ocupado en no pensar, en huir de la realidad hostil.

Cuando anochecía y veía tras una nube a mi todopoderosa luna, mi luna llena y silenciosa, le dedicaba una sonrisa, a ella, solo a ella. Me había acompañado desde la infancia y le profesaba respeto absoluto, casi un culto, como los incas con el sol. Al contrario que su homólogo diurno que brillaba intensamente, orgulloso, arrogante, para mí la luna era más discreta, más apaciguadora, más tranquila. No necesitaba brillar ni desplegar toda su jactancia, su energía. Simplemente se colaba en el cielo por la noche, cuando todo el mundo dormía, para que solo los insomnes pudieran verla, sin grandes signos de ostentación, sin prestigio. Al contrario que el astro diurno que maltrataba nuestras retinas si intentábamos profundizar en su misterio, podíamos admirarla sin dañarnos los ojos, la luna se desnudaba. Era mi astro, mi divinidad. Aplacaba las infamias de mi alma con su reflejo pálido sobre el mar, con sus cráteres discretos, las múltiples formas que adoptaba en función de sus ciclos, como los de mi personalidad. Me sentía identificado con ella. Mi luna. Mi piedra colgada del cielo de la infancia.

Por fin, cuando la temperatura caía y empezaba a tener frío, me levantaba y volvía a casa. Allí, me tumbaba en la cama y soñaba que mi Mathilde todavía vivía, con los platos que cocinaba al mediodía, con su risa estival bajo los manzanos del jardín, con nuestro amor que jamás conoció fronteras. Jeanne se preocupaba por mí. Me llamaba y yo le aseguraba que todo iba bien. Durante el periodo de duelo, apreciamos la soledad. Mi hija me animaba a escribir, pero yo no le veía utilidad alguna. Mi fuente de inspiración se había agotado. Mathilde no solo era mi mujer, sino también mi musa. Pero se había ido al cielo.

෨

Esa rutina duró todo un año, un largo año durante el que me pasé muchas horas frente al océano. Habría podido seguir observándolo el resto de mi vida, para no pensar, para unirme a mi mujer lo antes posible, pero, una vez más, el destino no estaba de acuerdo con mis intenciones. Me volvió a sujetar del cuello y me hizo volver de repente a la realidad. La vida no se había acabado.

36

Kerrassel (Morbihan), 1992

Estaba echado en la cama cuando sonó el timbre. Al principio, me sorprendió. No esperaba a nadie. El despertador marcaba las ocho y media de la noche. Me levanté en la penumbra y miré por la ventana. Un hombre moreno bien vestido, de unos cuarenta años o más, esperaba frente a la puerta. Su rostro no me sonaba de nada. Un comercial, sin duda. Me puse una chaqueta a toda prisa y me dirigí a la entrada. Al abrir la puerta, me encontré cara a cara con aquel sonriente individuo.

—Buenas tardes, señor Vertune —dijo el hombre con acento español.

—Buenas tardes. ¿Puedo ayudarlo en algo?

—Sí —respondió mirándome directamente a los ojos.

—Lo escucho...

—Quería darle las gracias.

—¿Cómo?

—Gracias de todo corazón —dijo rompiendo a llorar.

☙

El hombre se arrodilló en el suelo y se abrazó a mis piernas. La postura me pareció embarazosa, por lo que miré a mi alrededor para comprobar que nadie asistía a esa extraña escena. Gimoteaba abrazado a mí. Sentía su frente sobre mis muslos. Sus lágrimas mojaban mi pantalón. ¿Quién sería aquel hombre? ¿Y por qué se comportaba así? Parecía desamparado allí, en el suelo, y me partía el corazón.

—Venga por aquí, señor —le dije mientras lo ayudaba a levantarse.

Lo agarré del brazo y le hice entrar en el salón. Se sentó en un sillón y se sujetó la cabeza con las manos. Intentaba reprimir sus pequeños sollozos acallados. Me acerqué a él y le ofrecí un pañuelo.

—Cálmese, señor. ¿Qué le pasa? —pregunté compasivo.

—Discúlpeme —balbuceó—. No es nada, solo la emoción de verlo.

—¿De verme? ¿Y eso por qué?

—No sabe quién soy, ¿verdad? —farfulló mientras se sonaba la nariz.

—No, ¿quién es usted?

El hombre se secó las lágrimas, se recompuso un poco y se acomodó en el sofá. No lo había visto nunca, estaba seguro. ¿Qué diablos haría en mi salón?

—¿Está seguro de que no sabe quién soy, señor Vertune? —dijo con ese acento español.

—Pues no, no le reconozco. ¿Es usted amigo de Martín? —respondí al llegar a la conclusión de que su acento se parecía bastante al de mi difunto amigo.

—No, no conozco a Martín.

—Entonces, ¿quién es usted?

—Soy Manuel, el hijo de María.

Me quedé de piedra. Mi corazón se paró de repente y la sangre de mis venas dejó de circular durante un segundo. ¿El hijo de María? ¿El niñito del columpio? ¿El huérfano de una madre obligada a prostituirse en Las Palmas? No podía creer lo que veían mis ojos. Me acerqué a él y lo observé unos segundos. Sobre el rostro de aquel joven poco a poco fueron apareciendo los rasgos de su madre: los mismos ojos, la misma forma redondeada de su cara.

—Ma... Ma... Manuel —balbuceé tocándole la cara.

—Sí, señor Vertune —respondió sonriendo tímidamente.

—¿Pero cómo diablos me has encontrado? ¿Y tu madre? ¿Qué ha sido de ella? ¿Qué ha pasado durante todos estos años? ¿Dónde estabais? —exclamé.

Las respuestas a todas aquellas preguntas se me habían resistido durante tantos años.

—Siéntese, señor Vertune, y se lo explico. Es una historia muy, muy larga. Antes de que empiece, ¿podría darme un vaso de agua, por favor?

—Por supuesto —dije dirigiéndome a la cocina.

Eché un poco de agua en un vaso y se lo di.

—Perdóneme las lágrimas, señor Vertune, pero es que me han venido muchos recuerdos a la cabeza cuando le he visto —declaró.

—No pasa nada y llámeme Paul, por favor.

—Muy bien... Paul... Su vecina de Burdeos me dio su dirección aquí y he venido. El camino ha sido largo.

—¿Y María? —pregunté con impaciencia.

El rostro del hombre se llenó de tristeza de repente. Comprendí que mi pregunta había reabierto viejas heridas ya olvidadas.

—Mi madre —prosiguió— volvió un día siendo yo pequeño. Era feliz. Todavía me acuerdo de ese día como si fuera ayer. Estaba en el jardín de mis abuelos en Málaga y ella vino corriendo hacia mí. Me abrazó y me prometió que jamás volvería a abandonarme.

La mirada de Manuel estaba perdida en los recuerdos de su pasado, en busca de todas esas sensaciones. Sus palabras estaban impregnadas de una nostalgia que yo también sentía al evocar todos esos recuerdos, los recuerdos de toda una vida, de María, de

Mathilde, de todos esos encuentros que me habían convertido en lo que era.

—Me habló mucho de usted, Paul —continuó—, de su encuentro en la playa de Alcaravaneras. Fui allí el año pasado. Es una playa muy bonita...

—¿Y cómo es que habla francés tan bien? —le pregunté intrigado.

—Estudié en un colegio francés de Málaga. Fue su forma de darle las gracias por lo que hizo por ella. Por eso ahora hablo francés o, al menos, lo intento...

—Lo hace muy bien —respondí conmovido—. Desde luego es mejor que mi español...

El hombre también esbozó una sonrisa.

—Y luego mi madre me contó la historia de Catherine Schäfer cuando era adolescente. Conservó la pequeña fotografía de la alemana que metió en el sobre que le dio en el puerto de Burdeos.

—¿Ah, sí?

—Con el tiempo, empezó a sentirse culpable por no haber podido ayudarlo en su búsqueda. No podía dormir por las noches. No paraba de repetir que usted la había ayudado arriesgando su vida y que ella se sentía culpable por no haber estado a la altura.

—Pero yo no le pedí nada a cambio.

—Lo sé, pero a mi madre se le metió en la cabeza que tenía que encontrar a la alemana. Llamó a todas partes en Las Palmas para pedir información, a los hoteles, al ayuntamiento... Ayudarlo se convirtió en una obsesión para ella. Quería darle una sorpresa para agradecerle su gesto.

—¿Descubrió algo? —pregunté intrigado.

—No podía investigar desde Málaga, así que, un día, volvió allí.

—¿A Las Palmas?

—Sí. Removió cielo y tierra. Incluso pagó a un detective privado de su propio bolsillo. Se las arregló para encontrar a la alemana.

Aquí tiene las cartas que me fue enviando en 1965. En ellas resume sus investigaciones.

Me entregó un pequeño paquete en el que se apilaban varios sobres. Los examiné con atención.

—Tras unos meses, al no tener pistas fiables, fue a hablar con sus antiguas compañeras —dijo agachando la cabeza.

—¿Lo sabía?

—No, lo supe después, pero no me importa. Mi madre era una persona admirable —dijo con la cabeza bien alta antes de hacer una pausa—. Una de las prostitutas del puerto la reconoció y le indicó una casa del barrio de La Isleta. Fue allí. Y, desde entonces, no volví a saber nada de ella.

—¿Qué le pasó? —pregunté horrorizado.

—En la última carta que me envió, anotó la dirección de la casa. Dos meses después, al no tener noticias de ella, fui allí.

—¿Y qué había pasado?

—Me abrió un hombre y le pregunté si había visto a mi madre. Me invitó a entrar en la casa y me dejó inconsciente de un golpe. Cuando volví en mí, estaba atado a una silla, con la camisa manchada de sangre. El hombre estaba de pie frente a mí y empezó a hacerme preguntas sobre María y la madre de Catherine, quería saber por qué todo el mundo las buscaba. Después, se fue y me dejó solo en la habitación. Grité durante horas hasta que un vecino alertó a la policía. Cuando llegaron, el hombre había desaparecido.

—¿Quién era?

—El antiguo proxeneta de mi madre. Creo que no pudo soportar que mi madre se escapara durante diez años y, cuando la reconoció, la mató, como había matado a la madre de Catherine porque también ella tenía planeado escapar. Encontraron el cuerpo de tres mujeres en el sótano de la casa, bajo el cemento. Por eso había dejado de comunicarse. Poco después, sacaron los cadáveres. Enterramos a mi madre en el cementerio de Málaga.

—Lo siento mucho, Manuel, lo que me cuentas es espantoso. Todo es culpa mía...

—No, no es culpa de nadie. Mi madre tenía fe en la vida, fe en usted, Paul. Solo quería ayudarlo, como lo había hecho antes con ella.

Un largo silencio invadió la habitación. Pensé en la bella María, desafiando los peligros para encontrar a la alemana en mi lugar, deseosa de ayudarme a su vez. Me sentía culpable por haberla metido en toda esta historia, por haber metido la fotografía de Catherine Schäfer en el sobre para deshacerme de mi molesto pasado. Ese gesto, anodino, la había llevado a una búsqueda perdida ya de antemano. Con frecuencia había llegado a pensar en ella, en su ingratitud, sin conocer aquella horrible realidad. Durante todos aquellos años, María estaba muerta, como Martín, mi madre y ahora Mathilde. Los cadáveres se acumulaban en el ocaso de mi vida y constataba cada día más mi incapacidad para controlar aquel fenómeno.

—Hay otra cosa que quiero decirle, Paul —prosiguió Manuel.

—¿Sí? —respondí con tristeza.

—Tras la muerte de mi madre, volví a Málaga. Allí, entré en la policía. Quizá para vengar su muerte, quién sabe. A fuerza de trabajar, llegué a teniente. Durante años, no he dejado de pensar en esta historia. Y, entonces, hace dos años, volví a Las Palmas durante mis vacaciones en homenaje a ella. Visité la isla de arriba abajo. Es magnífica, ¿la conoce?

—Solo Las Palmas —dije—, solo la ciudad.

—Una pena. El interior de la isla es magnífico. Sobre todo el Roque Nublo, una inmensa roca que se puede ver desde todas las islas de archipiélago cuando el tiempo lo permite. Es sublime. El caso es que pasé por la comisaría y me valí de mi placa de teniente para acceder a los archivos judiciales. Encontré el expediente y todas las pruebas. En una pequeña bolsa de plástico había un sobre con la fotografía de Catherine y su dirección, Paul. Me las metí en el bolsillo. Gracias a eso he podido encontrarlo. Aquí tiene; se la devuelvo.

Me entregó la foto en blanco y negro de la alemana que tantos recuerdos me traía de mi infancia, de la liberación y el linchamiento en la plaza de los oficiales alemanes, la sonrisa de Mathilde. Sentí un pinchazo en el corazón al pensar en todo aquello.

—Una última cosa —continuó— En la bolsa de plástico de la madre de la alemana había un recibo de alquiler con su dirección. No vivía en el barrio de La Isleta, sino justo al lado, en Guanarteme, frente a la playa de Las Canteras. Fui allí. Una señora mayor me abrió la puerta. Era la propietaria del edificio desde hacía cuarenta años. Alquilaba habitaciones a la gente de paso. Se acordaba muy bien de la alemana, Martha, me dijo.

—¡Sí, así se llamaba, Martha! —dije al recordar el cartel que había en la puerta en Fráncfort.

—Me dijo que Martha tenía una niña, Catherine. Había estado ahorrando para irse a Argentina. Tenía amigos allí que podían ayudarla.

—¿En Argentina? —exclamé intrigado.

—Sí. Cuando Martha desapareció, la señora mayor buscó el sobre con el dinero y la información. Le escribió una carta a la familia de Argentina. Unas semanas después, le respondieron proponiéndole que les enviara a la niña. Lo hizo.

—¿Catherine Schäfer ha estado en Argentina todos estos años?

—Sí. ¿Y sabe qué? Llamé al consulado español en Argentina con el pretexto de que necesitaba información para una investigación sobre una tal Catherine Schäfer. Investigaron un poco por allí y me enviaron este sobre hace dos semanas. Aquí lo tiene, Paul, esta es su historia.

Agarré el sobre y lo abrí. Dentro, en medio de un texto escrito en español que no alcanzaba a comprender, había una dirección: *Catherine Schäfer, 180 Avenida Luis María Campos, Buenos Aires.*

—¿Todavía vive? —le interrogué.

—Sí. La vida da muchas vueltas —me dijo en español esbozando una sonrisa.

—Gracias, Manuel.

—Gracias a usted por haber salvado a mi madre, Paul.

De repente, el pasado resurgía de sus cenizas, todas esas preguntas sin respuesta, todos esos momentos dejados en suspenso por culpa de la incomprensión. La vida me ofrecía una segunda oportunidad, la de terminar esa búsqueda infantil, ese sueño de la infancia que me atormentaba desde hacía décadas. Lamentaba que Mathilde y Martín no estuvieran allí para celebrarlo juntos.

Llamé a mi hija y le conté la historia. Estaba encantada. Manuel se quedó a dormir en casa y se fue por la mañana no sin antes darme un abrazo. Me invitó a pasar unos días en Andalucía, donde me recibirían como un rey, en memoria de mi amistad con su madre. Al día siguiente, nos compramos tres billetes de avión para Buenos Aires. Jeanne y François vinieron conmigo. Iba a poder poner punto y final a toda aquella historia. Mi nieto estaría contento.

37

El avión volaba sobre el océano. Por la ventanilla, pude distinguir las luces dispersas de los barcos en forma de pequeños puntitos blancos. Las tripulaciones debían de estar durmiendo a esas horas, mecidos por el ritmo del oleaje que, por su bien, esperaba que fuera apacible. De acuerdo con el plan de vuelo que teníamos delante, el avión seguía una línea recta entre París y Buenos Aires. Estábamos a medio camino. Junto a mí, François dormía apaciblemente. La cabeza del chico agotado por el viaje desbordaba su asiento hasta mi brazo. Jeanne leía un libro, echaba un vistazo de vez en cuando a su hijo y lo tapaba bien para que no cogiera frío.

Desde que salimos, estaba fascinado por el universo extraño de la aeronave que se elevaba a más de diez mil metros de altitud y que volaba a una velocidad desmesurada. El despegue me había sorprendido por su potencia, por el ruido de sus motores, por su aceleración repentina para dejar la pista y volar rumbo al cielo. Contemplaba el paisaje exterior, fascinado por la belleza de la Tierra a esa altitud, los meandros de los ríos esculpidos en la roca, las gigantescas montañas que, desde allí, no eran más que colinas sin importancia. Luego, cuando perdimos de vista la tierra y vi a lo lejos el océano Atlántico, sentí un pinchazo en el corazón al pensar en todos esos años pasados en la marina. Reconocí el estrecho de Gibraltar, con sus acantilados abruptos y sus playas doradas, las costas de Marruecos de color ocre y, todavía más lejos, las islas Canarias. Lanzarote. Fuerteventura. Gran Canaria. Tenerife.

No pude evitar pensar en María y Martín, en nosotros tres corriendo por las calles de aquella gran roca que exhibía sus formas redondeadas unos kilómetros más abajo. El tiempo pasa tan deprisa. Los capítulos de este gran libro se encadenaban uno tras otro y las páginas iban pasando sin que pudiéramos repasar los pasajes importantes. Desde allí arriba, la vista era espléndida.

La noche empezaba a caer en el horizonte, haciendo gala de su manto infinito de estrellas. La luna parecía colgada en el cielo, en levitación, llena, llena como mi vida, mis alegrías y mis penas, mis sueños y mis renuncias, mis glorias y mis fracasos. Echaba mucho de menos a Mathilde. Ella era la gran ausencia de aquel viaje, ella, tan interesada en mi historia. Tarde o temprano, tendría que volver a escribir. Me preguntaba si Catherine Schäfer viviría de verdad en esa dirección, si no se habrían equivocado de persona. Quizá por miedo a la decepción, no había tenido el valor de llamar al número. Además, hacía mucho tiempo que deseaba visitar Argentina y así mataba dos pájaros de un tiro.

Una azafata se acercó por el pasillo y me propuso una bebida; tenía el pelo recogido en un moño y los ojos almendrados con aire sonriente. Decliné su propuesta y me quedé dormido soñando con mi mujer, mi dulce mujer allí en el cielo.

෨

El avión aterrizó unas horas después. François y Jeanne estaban despiertos a mi lado. El chico, que había estado durmiendo todo el viaje, estaba impaciente, como yo, por conocer el final de la historia. Las ruedas de la aeronave chocaron violentamente contra el suelo, sacudiendo a los pasajeros que aplaudieron, por fin tranquilos. Bajamos del avión y entramos en el ruidoso aeropuerto para recoger nuestras maletas. Una horda de taxis nos acorraló, vendiéndonos las bondades de su compañía, nada cara y rápida. Jeanne, que hablaba español, negoció con uno de ellos y pusimos rumbo a nuestro hotel.

Largas autopistas saturadas desfilaron ante nuestros fatigados ojos, agotados por el viaje. Nuestro taxista hablaba sin parar y Jeanne asentía educadamente con la esperanza de que se callara. En los alrededores de la ciudad, las chabolas extendían sus trozos de chapa frágiles. Inmensas montañas de basura cubrían el suelo un poco por todas partes, esparciendo sus efluvios insalubres. Sus habitantes, desfavorecidos por la cruel selección del nacimiento, intentaban subsistir como podían en míseros tugurios de colores oscuros. Esas gentes, abandonadas a los caprichos de la existencia, son aquellas que a veces vemos en las esquinas de las calles y a las que ignoramos cruelmente. En el fondo, no son ellos quienes nos dan miedo, sino la sombra que planea sobre nuestras cabezas que nos recuerda sin cesar que un drama en la vida puede hacer que acabemos en la calle, sin blanca. Para huir de esa realidad, cumplimos con esa ley del silencio que nadie se atreve a violar.

El taxi se detuvo en un semáforo en rojo a la entrada de la cuidad. La silueta de un hombre mutilado se acercó entre los coches con un par de grandes muletas que sujetaban el peso de su cuerpo magullado. Los automovilistas lo ignoraban cuando golpeaba las ventanillas, no se dignaban dedicarle la más mínima mirada, ofrecerle aunque fuera un simple arrebato de compasión. El taxi siguió su marcha cuando el semáforo se puso en verde, como si el color de la esperanza nos ofreciera la oportunidad de huir de allí, lejos de ese hombre triste, que el rojo sangre del semáforo nos había obligado a contemplar durante unos instantes.

—Buenos Aires —dijo el taxista señalando con el dedo una avenida frente a nosotros—. ¡Avenida Nueve de Julio!

—Gracias —respondí con educación.

El taxista giró a una calle adyacente, volvió a girar varias veces más por diferentes calles, todas muy parecidas entre sí, y se detuvo frente a un hotel.

—¡Ya estamos, chicos! —dijo orgulloso de sí mismo.

—Gracias —volví a responder.

Bajamos del vehículo, recogimos las maletas y entramos en el hotel. La recepcionista examinó nuestros pasaportes y nos entregó las llaves de nuestras habitaciones. Le pregunté educadamente si la dirección de Catherine Schäfer estaba lejos de allí. Me respondió que se encontraba «a unas cuadras de allí». Subimos a nuestras habitaciones y descansamos unas horas.

Ya por la tarde, llevé a mi hija y a mi nieto a un restaurante en el que unos bailarines de tango nos ofrecieron un espectáculo de una extraña belleza. Aplaudimos, seducidos por su demostración de gracia. Volvimos al hotel y nos fuimos a dormir. Mañana sería otro día.

38

Ese día hacía mucho calor. El sol golpeaba con fuerza en la capital argentina, convirtiendo la ciudad en un infierno asfixiante. Por la mañana, salimos a las calles de Buenos Aires, adornadas con las impresionantes jacarandás que cubrían las avenidas con sus tonos malvas. François se extasiaba frente a los árboles con sus ramas cargadas de flores que caían al suelo. Algunos músicos tocaban en las aceras, contentos por ser libres a pesar de la precariedad de su situación. Pensé que no estaría mal vivir allí.

Por la tarde, decidimos ir a la dirección indicada por Manuel. Al entrar en la avenida Luis María Campos, sentí cómo el peso de los años caía sobre mis espaldas, todos aquellos caminos que había tomado con cada encuentro, con cada elección, con cada estado de ánimo. Las flores de las jacarandás, golpeadas por los rayos del sol, se secaban expandiendo sus efluvios edulcorados por el aire. Cuando llegamos al número 180 de la avenida, me temblaban las piernas y tuve que apoyarme en un portal para no caerme. Jeanne me sujetaba del brazo.

—¿Estás bien, papá? —preguntó ansiosa.

—Tengo miedo, Jeanne —contesté con el corazón en un puño.

—¿Quieres que nos vayamos? No pasaría nada, ¿sabes?

—No, quiero verla. Pero tengo miedo de que todo salga a la superficie. Todos estos años de búsqueda, todas esas personas que me he ido encontrando por el camino. Tengo miedo de que no quiera escucharme o, lo que es peor, que se burle de toda esta historia absurda.

Mi hija, que se parecía cada vez más a su madre, me miró directamente a los ojos.

—Papá, esa historia es tu historia. Da igual lo que pase hoy. Has perseguido tus sueños hasta el final, como siempre has hecho. ¿Sabes? Estamos muy orgullosos de ti.

Me acordé del rostro de María en el barco, de nuestra llegada a Burdeos, de la bella María paralizada ante la idea de volver a ver a su hijo. La había tranquilizado amablemente, igual que lo hacía ahora mi hija. Los roles no siempre están grabados en piedra. Van cambiando en función de la situación.

—¿Y mi padre, Jeanne, crees que estaría orgulloso de mí hoy?

Se quedó mirándome y afirmó con una seguridad absoluta.

—Tu padre siempre ha estado orgulloso de ti, papá, pero jamás encontró la manera de decírtelo.

Contemplaba el rostro de mi hija sin dudar por un segundo de sus palabras. Jeanne tenía razón. Mi padre estaba orgulloso de mí a pesar de su rechazo. Por fin lo comprendí, a miles de kilómetros de distancia de mi tierra natal, en el continente de las grandes revoluciones, con la imagen del Che flotando sobre la ciudad. Por qué diablos no me había dicho nada y había preferido morir llevándose su secreto a la tumba en vez de compartir su orgullo por tener un hijo diferente a los demás, más sensible, más instruido. El ego es el cáncer de la vida, una enfermedad del corazón sin control.

Ese día, llamé a la puerta del número 180 decidido a poner fin a todo aquello, a conjurar la suerte de los años, a exorcizar de una vez por todas los demonios de mi infancia, de mi adolescencia, de mi vida entera. Unos segundos después, una mujer nos abrió la puerta. Jeanne hizo de intérprete.

—Buen día, ¿qué se les ofrece? —preguntó sonriendo.

—Buenos días, busco a Catherine Schäfer —dije con seguridad.

—Sí, es mi madre. Está dentro. ¿Quién le digo que la busca?

—Paul Vertune y su familia.

—¿Ella lo conoce?

—No, pero yo la conozco desde hace mucho tiempo.

—Ah, muy bien. Espere acá.

Desapareció tras la puerta y volvió unos segundos después. Nos hizo señas para que entráramos. Apreté la mano de Jeanne y François. Seguimos a la joven por un pasillo. Tenía las manos húmedas y el corazón desbocado en el pecho. La joven de la fotografía estaba allí, tras aquellas paredes. La había buscado durante años, rezando para que no le hubiera pasado nada.

—Señor, mi madre le espera en el patio. Puede pasar, no es necesario que lo acompañe —dijo la chica, que parecía haber comprendido la importancia de nuestra visita.

Jeanne y François se detuvieron. Levanté la mirada para descubrir a mi hija llorando.

—Es tu historia, papá, tu vida, tus sueños, cumple tu destino. Estamos muy orgullosos de ti. ¿Verdad, cariño? —le preguntó a François.

—Sí. La niña pequeña del puerto va a reencontrarse con su padre. Esa es la continuación de la historia —dijo lleno de alegría.

Abracé a mi hija y a mi nieto, conmovido, mientras la joven nos miraba sin atreverse a decir nada. Avancé por el pasillo, con las manos temblorosas y paso dubitativo. Me aferré con fuerza a la fotografía de la alemana que me había acompañado durante tantos años. La vida es una noria de feria que nos lleva en su cesta hasta la parte más alta para que podamos contemplar la vista panorámica antes de bajarnos para que valoremos la suerte que hemos tenido. En ese preciso instante, en la entrada del jardín, me sentí en lo más alto de la noria.

Y entonces la vi. Catherine Schäfer, la pequeña alemana de la fotografía, sentada en una tumbona a la sombra de un árbol. Había envejecido, pero la reconocí de inmediato. Era muy guapa, sí. De repente, todo se mezcló en mi cabeza. Pensé en mi nacimiento, en el cura y el médico, en mi padre, en los largos domingos pasados recogiendo almejas con mis hermanos, en los olores marinos que perfumaban nuestras fosas nasales, en el lavadero de mi infancia, en mi maestro, en los campos de trigo con sus espigas doradas mecidas por la brisa oceánica, en el perfume de mi madre, en la mirada de mi padre, en su ataúd bajo tierra, en los años oscuros, en la guerra, en las bombas que taladraban el suelo, en los oficiales alemanes, en el padre de Catherine que murió ante mis ojos, en el tiempo que pasa y que jamás se detiene, en Jean, en el coronel, en el servicio militar, en Fráncfort y nuestra escapada, en Mathilde, mi bella Mathilde a través de los años y las épocas, en nuestro encuentro, en nuestros largos paseos por el golfo, en nuestros besos de adolescentes acomplejados, en mi petición de matrimonio, en Burdeos, en nuestra casa, en nuestra vida en común, en Jeanne, en Martín, en el barco, en el naufragio, en mi novela, en Andalucía, donde fuimos tan felices aquel verano, en la muerte de Mathilde, en María, en Manuel, en la vida, en la muerte, en todo lo que se nos da y se nos quita. Todo se entremezclaba, todo. Las emociones se convirtieron en un torbellino en el que flotaban nuestros cuerpos, en el ojo del ciclón de la existencia, arrastrados por las olas y los vientos marinos. Rompí a llorar a lágrima viva.

Catherine Schäfer se levantó, desconcertada. Tenía los mismos ojos que su padre, azules como el agua del mar, desbordantes de humanidad. A medida que avanzaba hacia ella, me decía que toda mi existencia se parecía a las fases de la luna: a veces oscura, otras luminosa, cubierta de cráteres gigantes que, cuando se observan detenidamente, esbozan una amplia sonrisa.

Epílogo

Kerrassel (Morbihan), 2009

Era un día de septiembre. Un día extrañamente bochornoso, como si el ciclo de la vida volviera a la casilla de salida, con las grandes agujas del reloj cansadas de haber girado toda una existencia. Cualquiera habría jurado que todo era igual, que los elementos naturales se habían puesto de acuerdo, como hacía ochenta años. El sol caía de plano en el paisaje, agrietando la tierra hasta formar placas, secando las hojas de los árboles que imploraban lluvia. Una ligera brisa oceánica refrescaba de vez en cuando semejante horno, acariciando nuestras mejillas enrojecidas. Todo el mundo estaba allí, delante del agujero gigante por donde el féretro de Paul Vertune, mi abuelo, iba bajando poco a poco. Los hombres, vestidos elegantemente a pesar del calor, no se ocultaban ya en sus trajes y lloraban a lágrima viva, y no eran lágrimas de cocodrilo, no, sino auténticas lágrimas, cargadas de significado. Todo parecía igual. La historia se confundía en los detalles, como siempre hace cuando hay prisas. Paul Vertune se dirigía hacia su destino.

Mi madre, Jeanne, buscaba algo de consuelo en los brazos de su marido. A partir de ese momento, huérfana, huérfana de una pasión amorosa que jamás conoció límites. El gran libro de la vida llegaba a su fin, colocado en una biblioteca secreta entre miles de hermanos gemelos.

Me llamo François Lasserre. Tengo veintinueve años. Soy el nieto de Paul Vertune. El día que mi abuelo se apagó, decidí retomar la pluma y escribir su historia.

Al final de su vida, perdió la memoria por culpa de un mal lúgubre, de una enfermedad que lo fue privando poco a poco de su pasado, arrancando los recuerdos de su vida como si fueran malas hierbas. El alzhéimer es una minusvalía extraña, una paradoja de una esperanza de vida que se alarga, como si el cuerpo hubiera soltado de la mano a la mente con el paso del tiempo. Paul Vertune ya no reconocía a su hija, ni a mí, ni a nadie, de hecho. Deambulaba como una sombra reflejada en la pared.

Incapaces de contener la violencia de sus palabras, la resistencia que oponía a la higiene corporal de un cuerpo que se negaba obstinadamente a que violásemos su intimidad, tuvimos que llevarlo a una residencia de ancianos. A veces, cuando iba a verlo, en el parque anexo al edificio, contemplaba todas esas personas mayores sentadas en sus sillas de metal, esperando la muerte como los parisinos esperan el metro, sobre un andén sucio y ruidoso. Odiaba aquel desperdicio inconmensurable, ese pozo sin fondo de conocimiento, de sabiduría, enterrado ahí ante mis ojos, al que las sociedades occidentales, que tanto presumen de ser civilizadas, no dan la más mínima importancia.

En cuanto a mi abuelo, contemplaba durante horas el cielo de su infancia, las playas cubiertas de macroalgas, los manzanos de su granja natal, sin comprender qué hacía allí. A veces, cuando la enfermedad le otorgaba un momento de lucidez, sus ojos se iluminaban de repente. Jamás supe en qué pensaba en esos momentos. Sus palabras incomprensibles ya no traducían las imágenes de su mente, pero estoy seguro de que volvía a ver a todos los personajes de su vida, todos esos pequeños héroes que somos a nuestra manera, tú que me lees, sentado en tu sofá, en el metro o en otro sitio, qué más da.

Paul Vertune tenía fe en la naturaleza humana, algo que puede parecer ingenuo a ojos de aquellos que están llenos de desilusión. Desde que nació, había comprendido que el bien y el mal viajan en todos nosotros, como dos maletas que cada uno llena a su manera. Mi abuelo había comprendido que la humanidad se construye a partir de una extraña paradoja, un antagonismo que nos manipula en la sombra. Él prefirió cultivar la luz a refugiarse en la oscuridad.

El cura se inclinó sobre la tumba de mi abuelo e hizo la señal de la cruz. La gente empezó a desfilar, unos tras otros, para lanzar flores al agujero. Entre ellos, reconocí a María, Martín, Manuel, Jean, Marc, Jacques, Catherine, mi abuela, el capitán del barco, todos estaban allí. El recuerdo del hombre alegraba los rostros cubiertos de lágrimas. Paul Vertune no solo había triunfado en la vida, sino que también lo había hecho en la muerte. Las dos están estrechamente asociadas.

La ceremonia acabó y todos volvieron a sus casas. Me quedé allí, sentado junto a la tumba del hombre que me había alegrado el corazón con sus historias. Yo, como él en su tiempo, estaba absorto en mis pensamientos. Cuando estamos ahí, inmersos en nuestro propio raciocinio, el tiempo se escapa sin esperarnos.

El ocaso no tardó en invadir el cementerio y, después, llegó la noche. A mi alrededor todo estaba en silencio. Decidí volver a casa andando por el camino oscurecido por las tinieblas. Mecánicamente, miré al cielo y entonces la vi. Laluna estaba llena, melancólica. Acababa de perder a su más fiel compañero.

Índice

CUARTO CRECIENTE

CUARTO DE LUNA

LUNA LLENA